# EL DOMADOR DE TORNADOS

**GRAN**TRAVESÍA

JORGE GALÁN

EL DOMADOR DE TORNADOS

**GRAN**TRAVESÍA

EL DOMADOR DE TORNADOS

© 2022, Jorge Galán

Diseño, ilustración de portada y mapa: Gabriel Martínez Meave

D.R. © 2022, Editorial Océano de México, S.A. de C.V.
Guillermo Barroso 17-5, Col. Industrial Las Armas
Tlalnepantla de Baz, 54080, Estado de México
www.oceano.mx
www.grantravesia.com

Primera edición: 2022

ISBN: 978-607-557-596-4

IMPRESO EN MÉXICO / PRINTED IN MEXICO

# Índice

# PARTE 1
## DOMADORES EN
## LA OSCURIDAD CRECIENTE

# 1

El frío llenó el mundo. También la sombra. Las nubes, que en los días pasados eran blancas como madejas de cabellos ancianos, se volvieron grises. Parecía que la primavera convalecía, que un nuevo invierno avanzaba por las regiones del mundo. Muchos vieron llegar del mar una niebla gris o bajar de las colinas y las montañas o ascender desde las aguas vertiginosas de los ríos. Las aves callaron, no respondieron ante la débil luz solar, y sólo el búho emitió su ulular tenebroso, como un anuncio de lo que acontecía. Los caminos se vaciaron. En las casas, muchos despertaron con fiebre. Y la mayoría, incluso los niños, tuvieron pesadillas donde caminaron a través de bosques cuyos árboles eran ceniza petrificada. La incertidumbre habitó en cada uno de los pobladores, si bien casi ninguno supo qué significaba aquella sensación tan extraña. Creyeron que era por la guerra, por los rumores que llegaban de todas partes, pocos comprendieron que un evento de naturaleza más sombría había acontecido.

—Debemos movernos deprisa —susurró By.

El aire gélido soplaba desde el este. Los cuatro, Lobías, Ballaby, Lóriga y Furth se encontraban frente al Árbol de

Homa, cuyas llamas producían enormes columnas de humo que se elevaban hacia el cielo.

—¿Movernos adónde? —preguntó Lóriga.

By miraba con fijeza las llamas, perdida en su movimiento. De pronto, giró el cuello para mirar el cielo. Lóriga también lo hizo. Una nube de cuervos avanzó hacia el oeste hasta perderse de vista.

—Se dice que un mago que domine las antiguas artes mágicas puede llevarte por el revés del mundo —dijo By—, donde quedarás atrapado y sin oportunidad de volver. Un lugar que no tiene principio ni fin y donde el invierno sólo da paso al otoño, y el otoño al invierno, en un ciclo interminable. Los que habitan allí, al cabo de un tiempo, conocerán la locura, poco antes de la muerte. Es lo que se dice del poder de los antiguos magos.

—Si no están aquí, es posible que todos sean víctimas de lo mismo que Balfalás —exclamó Lobías—. ¿Es eso lo que dices, By? ¿Crees que los domadores están dormidos?

—Es lo más probable —susurró By—. Por eso debemos movernos deprisa, porque si es así, no tenemos mucho tiempo. Furth, debemos partir de inmediato.

—Así parece —confirmó Furth, que corrió en dirección al pueblo de los naan.

—¿Dónde debemos buscar, By? —preguntó Lobías.

—Debemos seguir la nube de cuervos —respondió la chica.


Poco después, Lobías preguntó a Lóriga si quería quedarse o marchar con ellos, y la señora ralicia respondió que no tenía fuerzas para seguir.

—Estoy desolada —musitó Lóriga.

—No debemos perder la esperanza —dijo Lobías, pero sus palabras resonaron en el alma de Lóriga como una cubeta que cae por un pozo vacío. La mujer asintió y se dejó caer sobre sus piernas.

—Me hará bien repetir una oración —dijo la señora, así que Lobías la dejó sola.

Poco después, Rumin subió a su caballo y cabalgó junto a By.

Ballaby conducía la carreta donde Balfalás se encontraba sumido en el más profundo de los sueños. Furth los seguía a poca distancia conduciendo una carreta semejante a la de By. Al bordear una colina, se encontraron con una pradera. Trechos de flores grises, marchitas, se extendían a un lado y otro. Ballaby aseguró a Lobías que la sombra de una maldición se cernía sobre la región entera y quizá también más allá.

—Ninguna flor debería morir en primavera —dijo Ballaby—. Sólo espero que se detenga, porque si esto sigue así, en unos días las cosechas se habrán perdido. ¿Te das cuenta? Todo lo que conocemos puede acabar, Rumin.

—Prefiero no pensarlo —dijo Lobías, quien se resistía a creer en las palabras de By. Nunca había sido un optimista, pero no era fácil para él convencerse de que estaban en medio de una batalla que podía ser su fin. No estaba dispuesto. Y pese a ello, todo a su alrededor le decía que avanzaban en un camino de sombras. De pronto, Lobías pensó en el viejo Leónidas Blumge, el bisabuelo de Maara. Recordó su advertencia la mañana que conoció a Lóriga y Nu. *"¿Has sentido el viento en la madrugada?"*, preguntó entonces el viejo Blumge. Y siguió: *"No era sólo un viento frío, muchacho, era un extraño viento del norte, oscuro y lleno de magia, una magia maligna y antigua como un presagio. ¿No te das cuenta? ¿Es que nadie se da cuenta de que algo sucede…? Si tuviera veinte años menos, afilaría mi espada ahora mismo"*. Eso le dijo el señor Blumge a Lobías, que se preguntó ¿cómo pudo saberlo? Y tocó con la mano la empuñadura de su espada, mientras apuraba las riendas de su caballo.

# 2

En la lejanía, By y Lobías contemplaron la nube de cuervos bajar en picada. Ambos espolearon a sus caballos, pues sabían que el tiempo se acababa.

La brisa se llenó de voces. En el occidente, los rayos iluminaban las nubes por dentro. Una manada de venados cornudos se atravesó frente a ellos, saltando desesperados, como si huyeran de una bestia que los persiguiera de cerca. El bullicio de los cuervos llegó con claridad. Lobías agitó las bridas de su caballo, y éste avanzó, adelantándose a By muchos metros. Luego de atravesar una colina, los divisó. Primero reconoció sus caballos, esas bestias formidables de crines recogidas en trenzas. Se encontraban echados junto a sus dueños. Alrededor había más cuervos de los que podía contar. Pronto comprendió que los caballos defendían a los domadores de los picotazos de los cuervos. Lobías apuró el paso otra vez. Cuando estuvo a su alcance, embistió a las aves, que levantaron el vuelo. Pero no sería tan simple. Los cuervos sólo se elevaron para caer con violencia sobre Lobías Rumin, que se defendió con su espada, tratando de repelerlos.

Un cuervo de buen tamaño cayó como una flecha hiriendo con su pico la mano de Lobías, que soltó su arma. Lobías bajó de su caballo, se arrastró hasta recuperarla, al tiempo que el cuervo volvía a atacar. Rumin pensó que no era natural que un ave de ese tamaño lo embistiera de tal forma. Se preguntó si habían enloquecido o si la maldición de Anrú obraba sobre la voluntad de aquellos animales. Segundos después, otros cuervos se unieron al ataque. Lobías logró alcanzar su espada, pero eran tantos que apenas podía defenderse. Sintió los picotazos en sus brazos y sus piernas. De reojo, advirtió cómo una pareja de cuervos picoteaba el pecho de uno de los domadores, junto al que se encontraba un caballo muerto, con el hocico abierto y la lengua de fuera. Lobías acusó un golpe en la nuca, tan fuerte que cayó de rodillas, apoyando las manos en el suelo. Se sintió desfallecer. Un dolor agudo le recorrió desde el cuello hasta la coronilla.

—Malditas bestias —gritó Lobías Rumin, mientras se levantaba. Giró su espada para asestar un golpe a la cabeza de uno de los cuervos. Hizo lo mismo con otro que lo atacaba por la espalda. Fue tan rápido, que volvió a lanzar un golpe para abatir a un tercero. Rumin luchaba con todas sus fuerzas.

De pronto, una nube de aves bajó para rodearlo. Desde donde se encontraba, Ballaby observó cómo Lobías Rumin se perdía en medio de aquella oscuridad vertiginosa, como lo haría en medio de un tornado.

By agitó su caballo con todas sus fuerzas. Junto a ella apareció Furth. Su carreta, tirada por dos robustos caballos de la raza de los abouir de las montañas, se adelantó a la de By sin dificultad. Si bien, los abouir no eran tan veloces, su fuerza les permitía no bajar nunca el ritmo, lo que era clave en las largas distancias.

Furth saltó de la carreta empuñando dos espadas. Sus brazos se movieron en círculos, despedazando a cuánto cuervo se encontraba a su paso. Cuando By se unió a la batalla, Furth había arrancado medio centenar de cabezas, y ya la nube se disipaba. Lobías apareció en medio de un charco de sangre, rodeado de cabezas de cuervo y picos destrozados. By corrió hasta él. En un primer momento, era imposible distinguir el estado de Rumin. Al acercarse, la chica comprobó que tenía los ojos abiertos, y contempló vida en ellos. Eso la tranquilizó.

—¿Estás bien? —preguntó By—. ¿Puedes levantarte?

—Estoy bien, supongo —dijo Lobías, cuando se incorporaba. Tenía heridas en su espalda y en su cabeza, todas ellas leves, pero dolorosas.

Lobías caminó sin decir palabra hacia una colina cercana, donde antes había descubierto un arroyo. Furth y By, en cambio, se apresuraron a buscar a los domadores. Algunos presentaban heridas en los brazos, el pecho o la cabeza, todas ellas propinadas por los filosos picos. Uno solo de ellos había perdido los ojos. Dos hilos de sangre salían de sus cuencas. También tenía el pecho desgarrado. Cuando By se acercó a aquel hombre notó que ya no tenía pulso. Su piel era fría como agua que baja de un glaciar. El resto de los domadores, aunque heridos, se encontraban con vida.

Subieron uno tras otro a ambas carretas. Mientras tanto, Lobías Rumin llegó hasta el arroyo, se inclinó y palpó el agua fría que corría colina abajo, se limpió el rostro, las manos, y luego se quitó la camisa, antes de recostarse de espaldas sobre una piedra lisa. Sintió el agua en su espalda y se estremeció, pero no se levantó. Con el rabillo del ojo observó sutiles líneas de su propia sangre teñir el arroyo. Poco después, se incorporó, pero volvió a inclinarse para sumergir el rostro.

En ese momento pudo percibir, con total claridad, una sombra que se cernía sobre él, una oscuridad palpable, como un peso terrible y real que presionaba hacia abajo. Levantó la cabeza y miró hacia atrás, hacia el cielo, pero no encontró nada, salvo una nube interminable y gris.

# 3

Syma, la señora de Or, salió de la casa seguida a poca distancia por dos guerreros bien armados. Luego de la batalla contra los hombres de las montañas, éstos tenían orden de protegerla cuando ella saliera de paseo por el pueblo o por el bosque cercano. Pero aquella mañana, la señora no estaba de paseo. Salió al camino porque esperaba una visita. Lo había sabido al despertar. Después del desayuno, pidió a las mujeres que prepararan un amplio salón con mantas y colchones elaborados de tela y rellenos de plumas de meir, unas aves que perdían su plumaje cada verano, y que en la Casa de Or utilizaban para rellenar almohadas y colchones, una práctica que se realizaba desde hacía siglos. También se encendió la chimenea en el salón, se llevaron bandejas con jarras de agua, sábanas y velas. Cuando las mujeres preguntaron a quiénes esperaban, la señora Syma respondió que no lo sabía, que no estaba segura si a vivos o muertos, pero que pronto encontraría una respuesta. Las mujeres, desconcertadas, incrédulas, no hicieron otra cosa que obedecer mientras cuchicheaban, e incluso llegaron a decir que quizá no vendría nadie, y que aquel pequeño misterio era la manera que la señora tenía de distraerlas, luego de los terribles acontecimientos de los últimos días. En ocasiones, la señora Syma se sentaba con las mujeres que trabajaban en la Casa de Or a la hora del desayuno o de la comida, a la mesa junto a la chimenea en el salón que daba al patio. Entonces preguntaba a cada una de ellas por sus hijos o sus nietos o sus esposos, y también por sus sueños. Si alguna tenía un hecho extraordinario que contar, como haber recibido la visita de su madre muerta o haber presenciado en la madrugada el vuelo de un ave extraordinaria, la señora Syma siempre quería escuchar. A veces, era la señora quien les contaba una antigua historia, o una nueva que hacía pasar como antigua, y les aseguraba que no dejaba de encontrarse con sus ancestros en forma de sombras cuando salía a caminar por el bosque. Aquella mañana, sin embargo, la señora no quiso contar ninguna historia. Su rostro estaba serio; su aspecto, pálido. Ni siquiera quiso comer. Se conformó con una taza de té y algo de leche.

La señora Syma caminó hasta el borde del bosque. No pasó mucho tiempo para que escuchara el sonido de los caballos que trotaban arrastrando las carretas. Primero vio a Lobías Rumin, quien cabalgaba delante de la comitiva, seguido de By y de Furth. Cuando se encontraban a poca distancia, Ballaby la saludó levantando la mano. La señora Syma salió a su encuentro. Lobías hizo que su caballo se retrasara para que By pudiera alcanzarlo y así llegaron juntos hasta donde se encontraba la señora Syma.

—¿Qué cargamento traes, querida hija? —preguntó la señora Syma cuando se encontró con By—. No hay presagios buenos en este día, que es una sombra. Además, leo malas nuevas en sus rostros.

—El árbol se muere, madre —musitó By, con dificultad—. Y lo que traigo es un cargamento de domadores. Están vivos, pero no sé cómo despertarlos.

La señora Syma se asomó a la carreta. Estiró el brazo, tomó la mano de Balfalás y movió la cabeza a un lado y otro, apretando los labios.

—Si pudiera decir en qué estado se encuentra —dijo Syma—, es como una persona que duerme y sufre una pesadilla interminable. Está vivo pero a la vez muerto. Vivo, pero rodeado de una tierra de muerte, y no tardará en pertenecer a ella, según creo.

—¿Nada se puede hacer, señora? —preguntó Lobías.

—Quizá sí o quizá no —respondió la señora Syma—, y no quiero hablar como uno de esos charlatanes que inventan trabalenguas; digo que sí, porque sé que es posible despertarlos, y que no, porque no son artes que yo domine. Es claro que debemos cuidarlos. Cuidarlos lo mejor posible y esperar que puedan encontrar el camino de regreso. By, ¿qué ha pasado con el árbol?

—Arde en llamas, madre.

—Eso no es posible —se lamentó la señora Syma, que se cubrió la boca con una mano.

—Lo es —dijo Lobías—, todos lo vimos.

—Te creo, pero, aun así, no es posible —siguió la señora Syma—. Si sé lo que sé, nadie puede destruir el árbol, y si alguien ha podido hacerlo, no tendremos oportunidad ante magia semejante, y cualquier intento de sobrevivir será inútil.

—Anrú, el mago del país de la niebla, ha derramado un hechizo de fuego sobre el Árbol de Homa —sentenció By—. Y el árbol se consume. Es así, madre.

—Eso tendré que verlo con mis propios ojos —dijo la señora Syma, al tiempo que subía a la carreta de By—. Pero, por el momento, debemos ir a casa, hay un salón esperando por estos buenos hombres.

# 4

El polvo ardía bajo los pies de los naan. Los más jóvenes corrieron hacia el arroyo cercano, se reunieron allí muy juntos, cuchicheando, asustados por lo que ocurría. El humo se elevaba en el cielo en una sola columna que se dilataba en la altura, formando una nueva nube sombría del color del plumaje de los cuervos. La anciana Elaann caminó hasta donde se encontraban los más jóvenes. Otros ancianos también lo hicieron, pero la mayoría de ellos no se movió del lugar donde estaban, se sentaron sobre sus piedras y oraron en silencio o emitiendo leves susurros. Cada uno de ellos sabía que ocurría algo terrible. La desgracia se volvía una emoción que debían intentar controlar. La anciana Elaann habló con palabras amables a los más jóvenes. Les pidió que tomaran sus manos y la acompañaran. La voz de Elaann era suave como el sonido del arroyo y a ella se aferraron los chicos y las chicas naan.

Poco después, un anciano llamado Emummabat hizo sonar un silbato en medio de un descampado a la orilla del pueblo. Cada uno de los naan caminó hasta aquel lugar, y también lo hizo la anciana Elaann, seguida de los más jóvenes. Al encontrarse todos reunidos, Emummabat tomó la palabra:

—En tiempos de tempestad, la calma debe estar en nosotros. En tiempos de oscuridad, debemos ser la luz y caminar el sendero de la luz. En tiempo de fuego, debemos ser el arroyo, el río, la lluvia, el océano, la niebla húmeda, la tormenta de nieve. No debemos temer en esta hora terrible, debemos ser fuertes y estar en paz.

Al callar, empezó a andar hasta encontrar el sendero que lleva al árbol. Sus hermanas y hermanos lo siguieron. Frente a Homa se encontraba Lóriga, quien observó a los naan llegar y rodear al árbol, mientras emitían una especie de mantra, un susurro. Vestían túnicas de hilo, incluso los niños, e iban descalzos. Se sentaron alrededor del árbol e invitaron a Lóriga a hacer lo mismo. Cerraron sus ojos y así permanecieron, sentados, repitiendo el mantra que, según Lóriga, imitaba el sonido de la brisa en los arbustos o el viento alisando las colinas, y que hizo que su propio dolor y angustia se disiparan. El sonido interminable emitido por los naan fue una canción de cuna para ella, quien, sin darse cuenta, se recostó en el suelo y quedó dormida. Días más tarde, cuando se reunió con Nu, Lóriga le contaría que nunca tuvo un sueño ni tan plácido ni tan vívido como aquél, que la hizo volver a la antigua biblioteca de la casa de sus abuelos. "No fue ni un recuerdo ni un sueño", diría entonces la señora ralicia, "parecía estar allí con mis abuelos, leyendo un viejo libro de rimas que contaba la historia de una hechicera que tuvo nueve hijas. Una historia de amor", le aseguró Lóriga a Nu.

24

# 5

El salón era un rectángulo con una sola ventana al fondo, un círculo que atravesaban dos brazos de madera, formando una cruz. Sobre ella, dos clavos que sobresalían de una viga horizontal sostenían una especie de cortina de lana, que se descorría si el viento amainaba por las noches. En los días de frío, la ventana podía cerrarse desde dentro con una tabla de madera. Lobías estaba sentado en una cama frente a la ventana y miraba hacia una lejanía de colinas y pinos. Una enorme nube se desplegó en el cielo.

De afuera llegaban voces y ruido de pasos. By le había pedido que la esperara en la habitación. Era un sitio cálido. Sobre la cama lucía una sábana de hilo y almohadones. Una mesa con una sola silla se encontraba a un lado de la ventana, con una vela del ancho de un puño cerrado y una base de cera derramada, petrificada. Un olor a flores marchitas llegaba desde una especie de olla de metal que descansaba en una cómoda junto a la cama. Había otras velas desperdigadas por toda la habitación. Lobías notó que todo el lugar olía a By.

Cuando la puerta se abrió, entró la señora Syma.

—Hola, muchacho —saludó la señora. Cargaba un cuenco del cual sobresalían unas ramas. También llevaba un pañuelo de hilo.

La señora se sentó junto a Lobías.

—Quítate la camisa —le pidió la señora Syma. Y Lobías de inmediato obedeció. Se encontraba dolorido, herido en muchas partes de su pecho, su espalda y su cabeza.

Lobías Rumin dejó su camisa a un lado. Sintió entonces las manos de la señora Syma. Notó la suavidad de sus dedos cuando lo palpó para examinar las heridas de los picotazos. Hasta entonces, no se había percatado de lo parecida que era a su hija.

—No son profundas —sentenció la señora Syma—. Esto huele mal, pero verás cómo te ayuda.

—¿Qué es? —preguntó Lobías. En el interior del cuenco flotaba una especie de mezcla espesa parecida a una papilla de trigo y miel, aunque su color era blanco, y su olor poco agradable.

—Las ramas son de hamiú —musitó la señora Syma, mientras mojaba un pañuelo en la mezcla—, un arbusto que tiene la cualidad de calmar la inflamación de la piel, y también hay algo de miel de abeja amanaíta, una variedad más pequeña que las abejas Morneas; además, lleva vino blanco de heeta y algo de hierbas, hojas de castaño rojo molidas, agua corriente y raspadura de plata.

—No entiendo nada, señora —aceptó Lobías.

—Esto te dolerá —dijo la señora, al tiempo que limpiaba la primera de las heridas. Lobías sintió un escozor al contacto con el líquido, pero se negó a quejarse, no quería mostrarse débil ante la señora Syma—. Pero será sólo un momento, verás cómo te ayuda a cicatrizar. Y pronto estarás bien.

La puerta volvió a abrirse y entró By, que caminó hasta donde se encontraban Lobías y su madre.

—Eso no se ve bien —aventuró By.

—Se recuperará —replicó la señora Syma—. Además, es un chico valiente.

By tomó otro pañuelo y ayudó a su madre, limpiando a Lobías las heridas de la cabeza. Rumin cerró los ojos y se dejó hacer. Y, por un instante, se permitió olvidar su dolor, su cansancio, e incluso su preocupación por lo sucedido con el Árbol de Homa. Hubiera querido desvanecerse, recostarse sobre la cama y dormir, y olvidar. Deseó que aquel tiempo fuera otro dónde nada sucediera y su única preocupación fuera estar listo para la hora de la cena.

—¿Cómo están los domadores? —quiso saber la señora Syma.

—Recostados y bien atendidos —se apresuró a contestar By—. La chimenea está encendida, madre.

—Ya lo creo que sí —dijo la señora Syma.

—¿Tendremos que esperar? —cuestionó By.

—¿Qué debemos esperar? —preguntó Lobías.

—No lo sé aún —repuso la señora Syma—, pero es obvio que hay que esperar. Todavía no sé si puedo ayudarlos o si sólo debemos preparar el camino para la llegada de alguien más. Sabemos tan poco estos días, lector.

—Si tan sólo pudiera leer el libro una vez más —musitó Lobías.

—A veces es bueno creer en cosas imposibles —dijo By.

—Oh, no puedo estar más de acuerdo —aseveró la señora Syma.

—Entonces yo también creeré en eso —agregó Lobías Rumin.

Poco después, la señora Syma salió de la habitación. By acabó de untar el menjurje en la última herida de Lobías y luego le pidió que se recostara un momento en la cama. Lobías así lo hizo. By se levantó y buscó un pedernal para encender una de las velas, la cual despidió un agradable aroma que a Lobías le recordó un camino de pinos que solía recorrer cuando se dirigía a la casa de su tío Doménico.

—Es muy agradable —dijo Lobías.

—Sí que lo es —respondió By, mientras se sentaba en el borde de la cama—. Ahora cierra los ojos, Rumin.

Lobías hizo caso a la chica. Sintió muy cerca de su oído derecho la presencia de By, a través de su aliento, que se convirtió en un susurro. Lobías no entendió la frase que le dijo ella. Sintió que sus manos cayeron sobre su regazo y que se deslizaban, igual que si estuviera sobre una colina de hierba húmeda. Y así, sin apenas darse cuenta, cayó en el sueño. Al despertar, era de noche ya. Un delicioso aroma de guiso llegaba de alguna parte. A través de la ventana abierta, podía ver que la nieve caía.

—Vaya —dijo para sí—, otra vez es invierno.

Y Lobías Rumin dudó si había dormido apenas unas horas o meses enteros.

# 6

Sin quererlo, Ballaby se quedó dormida en el salón donde yacían los domadores, tendida sobre una piel de oso de las montañas. Esa noche volvería a soñar con Lobías Rumin. Pero esta vez su sueño fue distinto a todos los anteriores, pues no sucedía nada extraño ni heroico. Ballaby se vio caminar con Lobías a través de un jardín, llevando consigo una bolsa de hilo que contenía algunas semillas, que depositaron en unos hoyos diminutos excavados a lo largo de una especie de jardín. Era una mañana luminosa, pero fría, pues ambos se cubrían con atuendos de lana. Ballaby escuchó el lejano balar de las cabras, así como risas que venían de algún lugar cercano. Luego, aparecieron junto a un arroyo y Lobías estaba dormido, y ella, sentada junto a él, leía un viejo libro de hechizos que había hojeado muchas veces en la biblioteca de su madre. By notó que tomaba la mano de Rumin, que la apretaba dulcemente. Ella supo que estaban juntos de una manera que no podía prever, como si hubieran pasado muchos años y encontrarse en una situación como aquella fuera tan natural como la llegada del invierno. Unas diminutas hadas corrían sobre el arroyo. Cuando alzó la vista, Lobías estaba sentado junto al borde de una terraza. Hasta ellos llegaba el ruido de niños que reían en alguna parte, quizás abajo, en un patio, pero no pudo verlos. Lobías parecía muy cansado, envejecido. Y ella tomó su cabeza y la rodeó con sus brazos, y se agachó y dio un beso en la coronilla. Ninguno de los dos dijo una sola palabra. Ballaby despertó con una sensación que no supo explicar, una mezcla de fascinación, ansiedad y sorpresa, y se preguntó si no sería una visión del futuro.

Poco después, cuando Lobías entraba en el salón, se sintió nerviosa, como si le ocultara un secreto que debía revelar, pero no se atrevía. Su repentina inseguridad la tomó por sorpresa.

—¿Cómo te encuentras? —preguntó By cuando Lobías se acercó.

—¿Qué les sucede a los domadores? —preguntó Lobías, que notó un incomprensible y leve murmullo en toda la sala—. ¿Entiendes lo que dicen?

—Están soñando —respondió By—. O eso dice mi madre, que están atrapados en una pesadilla.

—Ya veo —musitó Rumin.

Los domadores estaban apilados uno junto al otro, recostados sobre edredones de gruesa lana. De la chimenea emanaba el dulce aroma de las hojas de bumbria, una planta aromática que By había lanzado al fuego. La joven sostenía un libro en sus manos, que cerró cuando Lobías entró al salón.

—Y tú, ¿cómo te encuentras? —quiso saber By.

—Mejor, pero hambriento —confesó Lobías—. Y ansioso por volver, tengo que volver al árbol, By. Necesito estar cerca de los naan. ¿Cómo puedes leer en un momento como éste?

—No leo, sólo repito las rimas —mintió By, pues no había podido concentrarse para leer en toda la mañana, ya que su único pensamiento era el recuerdo de su extraño sueño con Lobías—. A veces me ayuda.

—Entiendo.

—Furth ha alimentado a los caballos y afilado la espada —siguió la chica—. Volveremos al árbol, pero no iremos solos. Hay devoradores de serpientes por toda la zona que va desde aquí a Naan y también por las montañas Etholias. Se dice que han atacado Dembley del Norte y Dembley del Sur. Y también han llegado noticias de un pequeño pueblo minero, Ámberin, donde todos los hombres llevan dormidos desde ayer y no hay manera de despertarlos.

—¿La maldición?

—Así parece, aunque nadie sabe por qué —confirmó By.

—¿Tu madre tiene algo nuevo que decir? —quiso saber Lobías.

—Nada por ahora, pero no perdamos la esperanza, Rumin, mientras los domadores estén con vida, debemos esperar lo mejor.

—El viento ha cambiado, By.

—Ha llegado la nieve, lo sé.

—Debemos volver al árbol, necesito saber qué sucede —agregó Lobías.

—En la cocina hay buena comida —dijo By—, debemos comer lo mejor posible antes de partir. Y que el destino nos lleve adonde deba llevarnos, señor Rumin.

—Que así sea —afirmó Lobías.

Ballaby de Or se levantó y dejó caer su mano sobre el hombro de Lobías Rumin. De algún modo, su solo contacto tranquilizó a Lobías. Admirar la leve sonrisa del rostro de la chica aligeró su angustia y lo llenó de confianza. Lobías asintió moviendo la cabeza de arriba abajo.

—Sígueme —le pidió la chica.

Ballaby dejó el libro sobre la silla y caminó en dirección a la puerta del salón, en medio de una hilera de domadores que susurraban una jerga ininteligible. Lobías la siguió. Justo antes de salir, Rumin sintió una mano que tomó su tobillo izquierdo. Era la mano fuerte de uno de los domadores. Lobías miró al domador, que aún tenía los ojos cerrados, se inclinó para tratar de zafarse, intentando abrir la mano que lo apresaba, pero no fue fácil, los dedos se aferraban a su tobillo con rudeza. Otra mano aferró a Lobías del antebrazo, lo que hizo que Rumin cayera de espaldas. By tardó unos segundos en darse cuenta de lo que ocurría.

—Eh, basta, basta —se quejó Lobías, mientras tiraba de su brazo, logrando quitarse de encima al segundo domador.

Rumin se puso de pie y pateó la mano del otro. Al tercer golpe, los dedos del domador se abrieron y Rumin saltó levemente, escapando.

—¿Qué pasó? —preguntó By.

—Me agarró del pie, By. ¿Lo viste? Y el de al lado me sostuvo del brazo. Me pregunto si sabía lo que hacía.

—No lo sé, pero supongo que fue un reflejo —respondió la chica.

—Tenía la mano tan fría como la de un muerto —agregó Lobías Rumin—, pero la fuerza de dos fortachones muy vivos.

—De alguna manera, es más un muerto que un vivo —dijo By—. Quizás un muerto que se mantiene aferrado a la antigua vida, aunque no lo sepa, por mero instinto.

# 7

Amanecía cuando el grupo de devoradores de serpientes se escondió en la maleza alta, junto a un riachuelo. Eran una docena que se arrastraban aplastando las hojas de hierba dócil, en dirección contraria al viento, que los hubiera delatado llevando su olor hasta las narices de los venados que perseguían: los devoradores estaban cazando.

Los venados eran cuatro y se inclinaron para beber todos a la vez. Su pelaje corto era más cercano al rojo que al dorado. Sus ojos eran negros como las piedras del fondo del riachuelo donde abrevaban. De piernas fuertes y astas cortas, solían rondar en aquella región, la que iba desde las montañas del norte hasta el Paso de Emulás, Esmautis y las colinas de los dragones dorados, a la orilla del Valle de las Nieblas.

Los hombres avanzaron con una extraña agilidad, rodeando a los animales. Cuando uno de ellos emitió un sonido que pretendía imitar un pájaro, los venados levantaron la cabeza. El más joven de los venados se acercó a su madre, que tenía la vista clavada en la maleza. Un macho fuerte, quizás el líder de la manada, se encabritó y, súbitamente, corrió en dirección al sur. Los otros lo siguieron, pero el joven se deslizó en el fango. Cuando el macho fuerte dio un giro repentino y saltó para internarse en la maleza, uno de los devoradores de serpientes lo sorprendió levantando su lanza. El venado no pudo evitar caer sobre ella. La punta filosa se le clavó a la altura del corazón. Chilló con fiereza. Los otros hombres atacaron al resto de la manada. Pronto, dieron caza al más joven y a la madre, que había retrocedido en busca de la cría. El cuarto de ellos, un ejemplar joven de aspecto saludable, recibió el impacto de una lanza en su pata derecha, pero apenas le rozó, por lo que pudo alejarse maleza adentro, saltando con agilidad a medida que evadía hasta a tres cazadores. El animal corrió con todas sus fuerzas, brincando sobre las raíces y los arbustos, hasta que poco después fue alcanzado por una flecha que se clavó en su cabeza con una trayectoria que no pudo prever. El venado cayó sobre un trecho de polvo. Con su última consciencia, observó acercarse a una mujer. La mujer era Ehta, quien sostenía un arco. La bruja se inclinó sobre el venado, tomó un hacha, que llevaba colgada a la cintura, y cortó sus cuartos traseros con una habilidad que denotaba pericia. Y así era. De niña había ayudado a su padre muchas veces en el establo.

—Hazlo, niña —decía Anrú en estas ocasiones, y la niña, de apenas nueve años cuando empezó ese entrenamiento, levantaba el hacha para cortar la cabeza de un conejo, una gallina, un cerdo, o, más tarde, de un venado.

—No quiero, padre —se quejó al inicio.

—Será malo una sola vez, pero luego, no te importará, hija —insistía Anrú—. Además, disfrutaremos de una buena cena, y todo será gracias a ti.

—No me gusta la sangre, padre —insistía la niña—. No soporto su olor.

—No lo soportas ahora, pero luego verás como no te importa —respondía el mago—. Además, estoy seguro de que detestas más el hambre que sufres que el hedor de la sangre. No tengo ninguna duda, hija mía, a ese respecto.

La niña bajaba la vista, respiraba y, finalmente, se convencía de obedecer a su padre, pues no quería decepcionarlo. La primera ocasión le cortó el cuello a una gallina. Resultó más fácil de lo que pudo suponer. La segunda destripó a unos simples pescados. Luego cortó un pato y más tarde, una perdiz. En su décima ocasión tuvo que cortar el cuello a una liebre. Ni siquiera estaba muerta. Su padre y sus hermanas la sostuvieron de las patas y la niña golpeó con todas sus fuerzas, pero no fue fácil a pesar del filo del hacha. Sin embargo, todo sucedió como su padre le dijo, con el tiempo se volvió indiferente al olor de la sangre, y todo se hizo más simple con cada ocasión.

Al tiempo que memorizaba rimas antiguas que invocaban la oscuridad o hacían padecer las maldiciones más terribles, Ehta aprendía a usar el arco, la espada, el hacha y el cuchillo. Se hizo fuerte. Se volvió una roca, pero tan ágil como el cauce de un río. Moldeó su cuerpo, a la vez que su mente adquirió el conocimiento necesario para convertirse en la bruja que estaba destinada a ser.

—Ahora tendremos un buen desayuno —dijo Ehta, mientras pensaba en su padre, que la esperaba en casa.

Un presentimiento la hizo girar el cuello hacia el oeste y observó que llegaban los devoradores de serpientes. Cargaban venados y alguna alimaña que ella no hubiera comido jamás. Para Ehta, eran unos salvajes, pero unos salvajes tan útiles y leales, que podía controlar sin problema.

Ehta tomó dos partes del venado y señaló su presa a los devoradores de serpientes para que cargaran el resto. Caminó entonces por delante de ellos, que la siguieron sin hablar. Al llegar a casa, antes de cerrar la puerta tras de sí, aquellos hombres subieron a los árboles y se colgaron de las ramas, aferrándose con sus piernas, cabeza abajo, como lo hacían los murciélagos.

## 8

**B**alfalás divisó una luz a poca altura. El domador se preguntó si el desierto donde se encontraba no sería un océano seco, y lo que veía, la luz de un antiguo faro, inútil para siempre. No supo en verdad por qué, pero pensó que debía ir hasta allí. Bajo sus pies, la arena era suave y se expandía a través de las dunas. No era difícil caminar sobre ella, aunque podía percibir su aridez. Tres lunas llenas alineadas en mitad del cielo iluminaban la noche. El clima era frío, pero soportable, como lo son los días cuando inicia el otoño. Balfalás no reconoció aquella región, pero no le importó desconocer dónde se encontraba. Avanzó con confianza a través del desierto. Un extraño aroma llegaba con la brisa, dulce, amargo, tibio, semejante al que despide una tetera sobre el fuego. Balfalás no llevaba espada, ni látigo, ni siquiera un cuchillo, por lo que avanzó mirando hacia el suelo, por si tuviera la suerte de encontrar una piedra o una rama de árbol que pudiera utilizar como arma. Caminó kilómetros, pero no halló nada de utilidad. "Al menos tengo la suerte de que es una noche clara", se dijo en más de una ocasión. Pronto sintió el cansancio en sus piernas. No era fácil escalar las dunas, sus pies se hundían levemente en la arena y tenía que esforzarse un poco más en avanzar. Luego de un rato, también le dolían los pies.

La primera vez que divisó el grupo de siluetas ocurrió cuando subió a la cima de una duna especialmente alta. Eran un buen número y parecían caminar en dirección a la estrella que él mismo perseguía. Desde donde se encontraban, no podía distinguirlas con claridad, pero para Balfalás era evidente que se trataba de un grupo de hombres. Su instinto le dijo que debía de tener precaución, quedarse a una buena distancia, no perderlos de vista y, sobre todas las cosas, no dejarse ver. Entonces lamentó que fuera una noche tan clara, que las lunas fueran llenas y no menguantes.

Al bajar de la cima de la duna, Balfalás perdió de vista al grupo. Caminó lo más veloz que pudo, buscando un buen lugar para no quitar ojo a aquellos sombríos caminantes. Cuando subió a una nueva duna, no pudo encontrarlos. Se lamentó por ello. Desconcertado, no supo si detener su marcha o aligerar el paso. También se preguntó si lo visto no era sino producto de su imaginación. Como no tenía respuesta, avanzó tratando de no pensar en nada. Siguió su estrella durante horas, hasta que estuvo tan cerca que comprendió que lo que veía era una especie de fogata sobre una torre. El domador siguió avanzando con buen ánimo, a pesar de lo cansado que se encontraba. Pronto, su visión de la torre quedó impedida por la altura de una duna. Balfalás corrió hacia arriba, preso de una extraña urgencia que le pedía alcanzar la cima. Cuando finalmente llegó a la altura, se alzó la torre en su esplendor y supo que era de piedra, una hermosa piedra roja. Balfalás empezó a correr, pero la inclinación de la duna era tal, que no pudo conservar el equilibrio y pronto comenzó a rodar, y sólo pudo detenerse al llegar al terreno plano. Se encontraba de espaldas al cielo, tenía rasponazos en las palmas de las manos, que le ardieron cuando las apoyó sobre la arena para intentar levantarse. Se puso de rodillas, la cabeza gacha, los brazos estirados. Se sintió cansado, dolorido. Tenía magulladuras por todo el cuerpo. Escupió arena y sangre. Al levantarse, sintió un temblor en sus piernas. Se golpeó levemente los muslos con las manos abiertas, los apretó, flexionó las rodillas. Fue el temblor el que lo distrajo. Y esa distracción la que le impidió descubrir al hombre que se hallaba frente a él, y a los otros, atrás. Al alzar la vista, Balfalás se encontró con aquellas sombrías figuras, camufladas por la oscuridad del desierto.

# PARTE 2
# LA SOMBRA DEL JAMIUR

# 9

Los cuatro avanzaron por la colina de los árboles muertos, lo cual era a la vez tétrico y asqueroso. Unas semanas atrás, aquellos árboles se secaron sin razón, perdieron las hojas y adquirieron un tufo repugnante que expelían en la madrugada y que, en ocasiones, la brisa llevaba hasta las afueras de Eldin Menor. Los cuatro jóvenes, tres varones y una chica, contuvieron la respiración cuando atravesaron aquel lugar, pero no pudieron evitar sentir el tufo de los árboles al descender la colina.

Era poco antes del mediodía, pero el día desprendía una tonalidad gris, como sucede poco antes del crepúsculo de la tarde. Nubes grises poblaban el cielo. Salvo por sus pasos, el mundo era silencioso para los que corrían hacia la linde del Valle de las Nieblas.

Al salir al descampado frente a la inmensidad neblinosa, se detuvieron. Dos de los chicos no conocían aquel lugar. Uno de ellos lo contempló desde lejos en muchas ocasiones; el otro, ni siquiera eso. Al cumplir los seis años, su padre le prohibió acercarse a la niebla. Le contó sobre su propia prueba de valor cuando cumplió los dieciséis, le dijo que penetró la niebla al amanecer, amarrado a una cuerda, mientras sus amigos, atrás, le animaban a avanzar. Le confesó que apenas pudo adentrarse medio centenar de pasos antes de encontrarse con aquel personaje oscuro, una especie de sombra maligna que se detuvo frente a él.

—Su aliento era como fuego —le aseguró al niño—. Su tamaño era como el de dos hombres —siguió, mientras le mostraba sus antebrazos llenos de las cicatrices provocadas por el fuego del aliento de aquella sombra.

—¿Era un demonio, padre? —preguntó el niño.

—Sí, lo era —fue la respuesta del padre.

El niño cumplía ese día dieciséis años, la misma edad de su padre cuando se enfrentó a la oscuridad, y estaba dispuesto a probar su valor entrando en la niebla.

—¿Estás seguro? —preguntó la chica, al tiempo que amarraba un lazo a la cintura del chico.

—No tengo miedo —aseguró éste.

—Vamos a hacerlo —dijo otro de los chicos, uno que tenía la cabeza rapada.

—Sí, hagámoslo de una vez—confirmó el otro, que llevaba una bufanda roja alrededor del cuello. Era una bufanda de lana gruesa, tejida por su madre.

—Tomen la cuerda —pidió la chica a los otros dos. Y éstos se acercaron y tomaron la cuerda y la chica también lo hizo.

—¿Qué hago? —preguntó el que estaba amarrado a la cuerda.

—¿Cómo que qué haces? —exclamó la chica—. Pues caminar, ¿qué más podrías hacer?

—Ya lo sé, sé que debo avanzar, pero ¿y luego?

—Avanzas hasta que se acabe la cuerda —dijo el de la bufanda—, son unos cincuenta metros, y luego te sientas en el suelo, abres bien los ojos, cuentas hasta cien y regresas. Es lo que se hace.

—Sí, es lo que se hace —dijo el rapado.

El chico con la cuerda amarrada a la cintura respiró hondo. Cerró sus manos en puños. Ambas manos. Estaba tenso. Tenía miedo, pero no estaba dispuesto a aceptarlo. Sudaba, a pesar del frío. Giró el cuello para mirar a la chica, ésta movió la mandíbula de arriba abajo, el chico también lo hizo.

—Anda, cobarde —dijo el de la bufanda.

—Hazlo de una vez, vamos —dijo el otro.

El chico volvió a respirar, expulsó el aire, y avanzó. La niebla era fría, densa, oscura, y tras unos pasos, al girar el cuello, no encontró a sus amigos, estaba rodeado por la niebla. Se detuvo y dudó. "¿Qué puedo hacer?", se preguntó, al observar al frente. No veía nada. Sentía, eso sí, el frío que calaba ya sus huesos, la humedad de aquel mundo sombrío, y percibía un cierto aroma a fango a su alrededor, como si estuviera internándose en una ciénaga. El chico supuso que no podía hacer nada salvo seguir avanzando y así lo hizo. Su padre pensaría que era un idiota. Pese a ello, avanzó hasta que la cuerda se tensó. Entonces, se sentó en el piso y empezó a contar. "Uno, dos, tres, cuarenta y cinco, cuarenta y nueve…" Al llegar a setenta y seis, advirtió la silueta. Fue algo súbito. De pronto, apareció frente a él a sólo unos pasos. Sintió antes su olor desagradable. Le recordó la leche agria, lo cual le produjo una arcada. Un escalofrío corrió por todo su cuerpo. Era una bestia que caminaba sobre dos patas cortas, gruesas. Tenía un hocico prominente. Ojos de un color verdoso, como piedras con musgo. El chico se puso de pie, pero no pudo correr. No conseguía moverse ni hacer nada, salvo abrir bien los ojos. La bestia se acercó a él lo suficiente para que el chico distinguiera sus colmillos. Bufó. Emanó de sus fosas nasales un moco blancuzco.

—El Único me protege —susurró el chico.

La bestia emitió un sonido horrendo justo antes de saltar sobre el chico, hundiendo sus poderosos colmillos en su cuello. Al escuchar aquel sonido terrible, la chica, el rapado y el de la bufanda, soltaron la cuerda y corrieron. Poco después, la chica se detuvo:

—No podemos dejarlo solo.

El de la bufanda se detuvo también y corrió hacia ella. La tomó del brazo.

—¿Qué haces, Maara? —gritó y la arrastró hacia sí—. ¿Qué haces?

La chica reaccionó y corrió, pero lo hizo con la mirada hacia atrás. Entonces, presenció una visión espantosa, un demonio de dos patas con el hocico lleno de sangre y ojos que brillaban en la oscuridad. Si hubiera tenido el conocimiento, habría sabido que se trataba de un Jamiur, una bestia de las profundidades de la niebla.

# 10

**M**azte Rim identificó en el aire frío un aroma de tormenta de nieve. Cerró sus ojos. Sobre el aroma de la nieve encontró uno que no supo identificar, pero que le recordó el salón de la casa de su madre en los meses de invierno, cuando era niño y se echaban sobre las pieles, cuando su padre les contaba historias. Nada malo podía suceder entonces. Y la vida era buena, tibia, abundante.

—¿Qué hueles, Mazte Rim? —preguntó Ezrabet Azet.

—Una tormenta de nieve —dijo Mazte—, pero también algo más, un buen aroma, y creo que debemos seguir en esa dirección.

Mazte señaló una pequeña senda flanqueada por una especie de arbustos espinosos de mediana altura. Azet asintió. Luego, repartió dos cuadrillas de hombres bien armados y puso una adelante y otra atrás del grupo, él mismo se situó atrás y así dio inicio el viaje a través del Bosque Sombrío.

Entraron en un lugar de árboles enormes, tan antiguos que Mazte Rim tuvo que detenerse un instante y tocarlos con su mano, mientras percibía el aroma de siglos atrás, cuando ningún pie humano caminaba por ese bosque. No pudo explicarlo con palabras y cuando su madre, Milarta, le dijo que debían seguir, Mazte le aseguró que no conocía ser en la tierra de Trunaibat tan viejo como algunos de aquellos árboles.

—Ni siquiera las piedras —dijo Mazte Rim. Su madre lo escuchó como a la brisa y no concedió importancia a las palabras de su hijo, pues aún le embargaba el dolor por la muerte de Luca. Luca llenaba todo su pensamiento. Y si seguía andando, era por no dejar solo a Ebomer.

Descansaron al mediodía, cuando se detuvieron para comer lo poco que tenían. Unos chicos cazaron un conejo, pero Mazte no quiso que lo prepararan, pues eso demoraría el viaje y debían avanzar. No sabía a cuánta distancia estaban de Eldin Mayor, dado que jamás antes recorrió aquel camino, pero calculaba que, al ritmo que llevaban, podrían tardar dos o tres días. Les dijo que los chicos encenderían una fogata por la noche y podrían asarlo entonces. También les pidió fortaleza. Pero todos estaban cansados, temerosos, llenos de dolor, pues cada uno de ellos sufría la pérdida de un familiar o un amigo. Un sol rojo se cernía sobre ellos. Las sombras bajaban de los árboles y cubrían sus cabezas. Eran la imagen de la desolación. Un mundo frío los abrazaba y nada podían hacer, salvo avanzar, tratar de salvar lo poco que les quedaba. Al menos en ese instante, ninguno tenía la ilusión de un nuevo comienzo. Aquel día, no podían encender el fuego, sentarse alrededor, contarse una historia mientras las liebres o el jabalí se asaban y bebían vino o comían manzanas o semillas, no, aquello no era un paseo por el bosque, era una huida.

Un aullido de lobos, más cercano de lo deseado, los hizo levantarse. Un grito, atrás, los alertó de lo que ocurría. Ezrabet Azet corrió a la retaguardia. Tres hombres lo siguieron. Pronto, alcanzaron la escena. Tres soldados de Trunaibat se enfrentaban a cuatro guerreros. El cuerpo de un trunaibita se hallaba al pie de un arbusto espinoso. Su cuello estaba atravesado por tres flechas.

Azet tomó de su cinto un cuchillo y lo lanzó a uno de los oponentes. Se clavó en su mejilla izquierda. El hombre soltó un chillido. Azet lo embistió, lanzándolo al suelo. El otro cayó, levantó su espada y recibió el ataque de Ezra zafándose con habilidad de sus golpes de espada. Aun en aquella condición, Azet sintió la fuerza de su oponente, que se levantó de un salto. Su arma pesaba tanto que con cada golpe hacía que Ezra retrocediera. Pese a ello, el capitán de Trunaibat atacó con firmeza y habilidad, hiriéndolo, primero en la pierna y después en la frente, cuando el guerrero se inclinó debido al corte en el muslo. Ezrabet no dudó. No podía hacerlo. Clavó su espada en el cuello del guerrero y éste, casi sin vida, tomó el filo de la espada de Ezra con ambas manos, mientras emitía un sonido gutural ininteligible.

Azet giró para presenciar un guerrero oscuro agarrando del cuello a un trunaibita. Lanzó su espada al atacante, que se clavó en la espalda del otro. De inmediato, soltó al soldado. Éste, a su vez, clavó su cuchillo en el ojo derecho de su agresor, que cayó incrustándose aún más en la espada. Ezrabet levantó a aquel hombre para hacerlo girar sobre sí mismo y, ayudándose de su pierna, que colocó sobre la espalda del guerrero, sacó su espada. La sangre manó mojando los pies de Azet, pero no reparó en ello. Un guerrero del país de la niebla atravesaba el pecho de uno de sus compañeros. Azet atacó, otra vez por la espalda, pero el otro se giró y lo recibió con su arma en alto. Otro soldado trunaibita atacó también al guerrero. Y otro más. Con el rabillo del ojo, Azet atisbó dos cuerpos, tumbados uno junto al otro, cada uno de un bando.

Furioso, atacó al guerrero, que se defendió con una velocidad jamás vista por Azet. Arrancó la mano de uno de los soldados y éste, furioso, corrió en dirección al guerrero, que lo atravesó con su acero. Aquel hecho permitió que tanto Azet como el tercer soldado pudieran clavar sus armas en el agresor, que cayó al suelo.

Ezrabet Azet distinguió las pisadas de otros soldados. No sabía si encontraría amigos o enemigos. Al descubrir a Mazte Rim y a otros como él, sintió vergüenza. A su alrededor, más de media docena de hombres estaban muertos. Él mismo era una isla en un lago de sangre. Sus pies, sus brazos, su rostro, estaban manchados con la sangre de sus compañeros y sus enemigos. A la pregunta de Mazte, "¿Estás bien, Ezra?", el aludido asintió sin mirar a su interrogador, y caminó hacia la caravana sin decir una sola palabra. La guerra alcanzó al capitán Azet como un lobo a una liebre. Pero la liebre había sido capaz de devorar al lobo.

# 11

El rey Mahut vestía un flamante abrigo de oso, a pesar de que había sido confeccionado siglos atrás. Le perteneció a su ancestro, Mahut, el antiguo rey que se llamó como él. Cuando su ancestro fue rey, su pueblo no habitaba en una isla, sino en el continente, en la región que es conocida como el Valle de las Nieblas, aunque entonces la niebla no existía.

Mahut puso un pie en el continente por primera vez y, al hacerlo, pensó en su ancestro Mahut y, de alguna forma, supo que él volvía consigo. Los bordes de su abrigo se empaparon con las aguas de aquel mar frío, sus pies también, pero nada podía importarle a aquel hombre de cabello largo, ojos grises, y tan alto como el más elevado de sus guerreros. Era un rey fuerte, joven, cuya habilidad con la espada era tan destacable como su conocimiento de los escritos antiguos que contaban la historia de su pueblo. Por ello, sabía bien que el lugar que ahora pisaba era la nación de los enemigos.

—¡Señor! —dijo el general Bartán Hanit y se inclinó ante su rey.

—Las islas fueron devastadas —dijo Mahut.

—Y hemos capturado la fortaleza, señor —agregó el general—. Porthos Embilea ha sido conquistada. Y ni siquiera hubo resistencia. Huyeron como ratas de los colmillos de un perro.

—Porthos Embilea —musitó el rey—. He leído ese nombre antes muchas veces. Y ahora la veo, pero no me impresiona. Sólo es un pueblo de pescadores y bebedores de cerveza.

—Así es, señor —dijo el hombre de la barba larga—. Ha sido demasiado fácil.

—Señor Hamet At —dijo el rey—, no lo será cuando nos enfrentemos al rey de Eldin Mayor, general. Hay que estar preparados.

—Lo estamos, mi señor —respondió Hamet.

—¿Han huido hacia dónde? —quiso saber el rey.

—Hacia el bosque que hay detrás de la fortaleza —dijo el general Hanit—. He enviado a los hombres del capitán Herazim tras ellos. Su destino es la aniquilación, mi señor.

El rey emitió un silbido. Bajó del barco un hombre cuyo aspecto era semejante al de los pobladores de las montañas. El cabello caía en hilachas sobre sus hombros. Iba descalzo, vestido con un abrigo confeccionado con trece zorros rojos. Llevaba un amuleto colgado al cuello, un símbolo labrado en madera. Su barba era gris, como los ojos del rey Mahut. Su frente estaba llena de surcos, no naturales, elaborados como un tejido cuando niño. Era el dueño de los perros, era su padre, como él mismo solía decir, y conocido por todos como Animal. Si tuvo un nombre alguna vez, él mismo se encargó de que todos lo olvidaran.

—Hay unos que corren por el bosque —dijo el rey y Animal asintió. Entonces, emitió una especie de aullido y los perros corrieron para rodearlo. Algunos bajaron del barco; otros desde la Fortaleza Embilea.

—¿Están listos para cazar, Animal?

—Lo estamos —musitó aquel hombre.

—No dejen rastro de ellos —siguió el rey—. Asesínenlos a todos.

—Así se hará —susurró Animal. Entonces emitió un grito de guerra, los perros aullaron y cuando su padre corrió, ellos corrieron tras él, más veloces que él, y avanzaron como flechas hacia la oscuridad del Bosque Sombrío.

# 12

El primero de los Jamiur se posó sobre el tejado de una casa y los que se encontraban cerca de allí, en la plaza central de Eldin Menor, donde se improvisaba un mercado de hortalizas, lo observaron con curiosidad. Parecía una estatua de piedra, porque ni se movió ni emitió sonido alguno al principio. Unos cuantos perros se acercaron para ladrar, también un hombre, que dejó de lado sus canastas con fresas silvestres, se acercó hasta que la bestia giró el cuello para mirarlo con unos ojos rojos y brillantes.

—¡Es un demonio de la niebla! ¡Es un demonio de la niebla! —gritó el señor Leónidas Blumge desde la distancia.

La brisa de la mañana trajo hasta los lugareños un tufo amargo, que provenía del animal. Sin previo aviso, el Jamiur extendió las cartilaginosas alas y se lanzó de súbito contra un pequeño grupo de seis perros que se encontraban justo abajo. La sombra de la bestia cubrió a los animales un instante antes de que las garras y los colmillos dieran cuenta de ellos. Fue un ataque feroz, vertiginoso. Los vecinos que presenciaron el ataque no se amilanaron, tomaron palos y escobas y cuchillos y corrieron contra la bestia, que no se elevó, los enfrentó emitiendo un graznido agudo, semejante a un grito de terror.

Lejos de allí, al otro lado del pueblo, en la fonda El jabalí sonriente, los que escucharon el bramido recordaron un extraño suceso acontecido la víspera, cuando un grito espantoso los despertó en mitad de la noche. La mayoría creyeron que había sido un sueño y volvieron a dormir.

—¿Lo oyeron? —preguntó un hombre—. Es el mismo que escuché por la noche.

—La señora Menrety me contó que una de las vacas de Doménico Rumin apareció muerta esta mañana —comentó una mujer—. Al parecer, le han destrozado el cuello a dentelladas.

—¿Es eso verdad? —preguntó otra mujer.

—Lo es, sí que lo es, a mí me consta —dijo el viejo Emulás, el carpintero—. Lo he visto con mis propios ojos. Fui a arreglar el techo del establo y me encontré al pobre Doménico tan desconcertado como temeroso por lo de la vaca. Me dijo que la encontraron en la madrugada y que le faltaban las patas traseras, como si un animal más grande la hubiera devorado.

—Es lo que dijo la señora Menrety —agregó el primero que habló.

En ese momento, un viento fuerte abrió la puerta de la fonda. Todos volvieron la vista hacia la calle. Nubes grises ensombrecían el día. Un silencio extraño se instaló en cada uno de ellos, un escalofrío que les impidió hablar por un instante. Fue entonces cuando apareció Maara acompañada de dos chicos. Atravesó la puerta de la fonda como una brisa súbita. Llevaba en el rostro la desgracia. Incluso antes de decir una sola palabra, los que se reunían en la fonda supieron que algo ocurría. Los dos chicos estaban pálidos y Maara tardó un minuto en echarse a llorar.

—¿Dónde está Marier? —preguntó por su hijo una mujer llamada Marta.

—Pasó algo terrible —respondió el chico de la bufanda roja.

Desde el este, bajaron sin ser vistos otros tantos Jamiur, que atacaron a los que intentaban enfrentar al primero. Nadie en Eldin Menor había presenciado, quizás en siglos, algo tan espantoso como lo que ocurrió entonces. Los Jamiur atacaron sin compasión. Caían en picada sobre los trunaibitas, lesionándoles la cabeza, la espalda, los hombros; clavando sus picos en las gargantas o las frentes. Muchos corrieron despavoridos a esconderse en las casas vecinas. Otros tantos volvieron armados con espadas, cuchillos para destazar cerdos o lo que tuvieran a la mano.

En el lateral de la plaza, un grupo de hombres y mujeres se fue reuniendo a la sombra del portal del edificio de los eruditos, ese lugar donde los especialistas en viejos mitos y ciencia solían reunirse para estudiar y comentar los antiguos libros que hablaban sobre estos temas.

—Todos juntos —gritó uno—. Todos juntos.

Algunos llevaban improvisados escudos, que no eran otra cosa que tapaderas de olla o de barril. Otros más, gritaban frases para alejar a los malos espíritus o hacían sonar sus silbatos, a la espera de que llegaran refuerzos de otras partes de la pequeña ciudad de Eldin Menor. Dos hermanos, de nueve y once años, que salieron de la pescadería lanzando piedras con sus hondas, hicieron que dos de los Jamiur fueran tras ellos. Entre los hombres reunidos bajo el portal se encontraba un tío de los niños, quien, al observar lo que acontecía, corrió en su ayuda, lo que provocó que los otros lo siguieran. El angustiado tío no pudo impedir la muerte de uno de los críos, el de once, que fue alcanzado en la cabeza por el pico del Jamiur. El otro, apenas logró esconderse debajo de una pila donde se lavaban las hortalizas. Cuando el Jamiur intentó cazarlo, introduciendo sus garras, el tío pudo pegarle con su garrote sobre sus patas traseras, lo que hizo que la bestia levantara el vuelo. Pero valió de poco. En cuanto se repuso, atacó desde el aire provocando una escena espantosa, pues con su pico atravesó el pecho de una mujer. No le fue fácil zafarse del cuerpo de la agredida, a quien agitó de un lado a otro, adelante y atrás, golpeándola contra el suelo, ante la estupefacta mirada de los trunaibitas, que presenciaron el suceso con rostros de verdadero horror.

Varios hombres atacaron al Jamiur, pero se dispersaron cuando otras bestias bajaron para defender a la primera.

La escena en toda la plaza era desoladora. Los que pudieron, se escondieron en los edificios aledaños, pero ni siquiera eso sirvió, pues las bestias derribaban las puertas y entraban para continuar con su sangrienta tarea. Los gritos llenaron el cielo y pronto la noticia del ataque llegó a todos los que habitaban la ciudad de Eldin Menor.

En la fonda El jabalí sonriente, Maara contó a los que se encontraban allí que una bestia llegada de la niebla había raptado al chico llamado Marier.

—No pudimos hacer nada —exclamó Maara para rematar su espantoso relato.

El señor Vass, dueño de la fonda, se acercó a la puerta y salió. Los pelillos de sus brazos se erizaron cuando escuchó los gritos. Era evidente que algo ocurría. Lo comprobó cuando una pareja de esposos subió corriendo al inicio de la calle. El hombre giraba el cuello a cada momento, como si alguien lo siguiera. Cuando estaban a unos pasos, Vanat abrió la puerta de la fonda, y la pareja entró. Ya en el interior, tardaron en retomar el aliento. Fue la mujer la primera que habló:

—Son demonios —musitó.

Apenas había pronunciado la frase, otros hombres y mujeres entraron en la fonda. Muchos fueron llegando a resguardarse en aquel lugar, que se convirtió en un punto de reunión. Algunos llegaban de la plaza central, otros, al ser alertados de lo que ocurría, se presentaron allí en un afán de no permanecer solos en casa.

—Aquí estaremos a salvo —dijo el señor Vass, en algún momento—. Es mejor estar juntos. Si estamos juntos, estaremos bien.

Todos asintieron, menos Maara.

—Si nos atacan los demonios de la niebla, nadie puede estar a salvo —dijo la chica. Los que la escucharon decir eso no quisieron contradecirla, o no pudieron. Ya el terror se había alojado en el interior de cada uno de ellos.

# 13

El rey Mahut caminó hasta la ciudad de Porthos Embilea junto a Hamet. Ni el rey ni el brujo mencionaron palabra durante mucho tiempo. El rey llevaba una capa con capucha, bajo la cual escondía su rostro. Sus manos estaban frías, pero eso era así siempre.

—Ha vuelto el invierno a esta región del mundo —dijo el rey—. ¿Qué quiere decir eso, Hamet? ¿Es acaso lo que creo?

—Estoy seguro de que lo es, el señor Anrú no ha fallado —respondió Hamet—. Ha traído la oscuridad al mundo. Y eso sólo puede significar una cosa.

—El árbol —musitó Mahut.

—Es así, es así —convino el mago.

Mahut contempló una zona de flores blancas que había brotado en medio de la calle. Se preguntó, sin decirlo, cómo los caballos o las carretas no las destruyeron a su paso. A un lado y otro de la calle creían otras formaciones similares. Mahut se inclinó y tocó las flores con su mano. Eran semejantes a las que florecían en las colinas de la isla de donde provenía. Arrancó un brote y lo acercó a su nariz. Reconoció el aroma. Era el mismo que conocía. El mago lo observó hacer, sin decir nada. Mahut dejó atrás las flores. Caminó escrutando a un lado y otro. Parecía buscar algo que el mago creía conocer. Al llegar a una esquina, la campana de Belar brillaba en medio del día gris como una joya en una cueva.

—Así que ésta es la famosa campana de Belar —dijo el rey Mahut.

—Bien dices —continuó Hamet—, es la famosa campana, buena para nada.

—Échenla abajo —gritó Mahut.

El rey se quedó de pie frente a la campana. El mago dio instrucciones a una cuadrilla de hombres, que llevaron cadenas con las que rodearon la base de la campana. Más tarde, media docena de caballos tiraron con todas sus fuerzas ante los gestos de Hamet. La base se inclinó tras algunos empujones.

—¡Todos a una! —gritó el mago.

Los caballos avanzaron con todas sus fuerzas. La campana se inclinó lo suficiente y cayó a menos de un metro de Mahut. Cuando la campana tocó el suelo, emitió una vibración que arrojó un par de metros de distancia al rey y a los soldados y los caballos que se encontraban cerca. Las ventanas a su alrededor explotaron y muchos sangraron de sus oídos, incluido el rey. Por un momento, quedaron sordos y sin saber qué había ocurrido. Fue el último tañido de la campana de Belar.

# 14

—**N**os persiguen —dijo Mazte Rim.

—No era una cuadrilla perdida, vienen por nosotros —anunció Emanol Brazo de piedra.

—Debemos descansar —pidió un hombre que llevaba la mitad del rostro cubierto por una costra de sangre seca—. Los ancianos y los niños no pueden más.

—Sólo podremos descansar cuando la lechuza anuncie la medianoche —dijo Ebomer Rim—. El enemigo corre tras nosotros.

—Esta noche descansaremos, pero no podemos hacer fogatas —anunció el general Azet—. Dormiremos protegidos por la oscuridad. Y haremos guardias hasta el amanecer. Y ahora, continuemos la marcha.

Los que estaban alrededor de Azet asintieron. Y aunque estaban cansados, empezaron a andar, sin pausa, sintiendo bajo sus pies o bien la suavidad de las hojas mullidas o la dureza de las raíces. Avanzaron en la penumbra que provocaba el follaje. Azet no dijo una sola palabra en horas. Bajo la media luna roja, mientras avanzaba, pensó en Lumia. Su Lumia. Su esposa. Agradeció que no lo viera como estaba, manchado por la sangre enemiga. Ni siquiera lo notó, pero caminaba con la cabeza inclinada, como si estuviera avergonzado por lo sucedido y ella se encontrara delante de él. En su juventud, Lumia lo había alentado en los torneos de combate, pero aquello era distinto, pues ella amaba el vigor de la competencia, no la violencia de la misma. Y menos una descomunal como la que su marido acababa de mostrar ante el enemigo. Azet se preguntó qué pensaría ella de él, si lo consideraría un héroe o una bestia. Lumia era una mujer sabia y en muchas ocasiones lo ayudó mostrándole el camino que a él le costaba descubrir, pero la situación en la que se encontraban era nueva para todos, se enfrentaban a unos límites inimaginables y sólo podía suponer las respuestas de cada uno. Se sentía desolado, cansado, avergonzado. Se daba cuenta de que no era fácil digerir el sombrío espectáculo de la muerte. Sus pensamientos lo llevaban de un lado a otro en el tiempo, de Lumia a la escena de la lucha recién sucedida, veía el rostro de su esposa y luego el de los guerreros muertos y las heridas donde la sangre brotaba sin tregua. Se sentía oscuro, un hombre oscuro, una sombra que avanzaba por el bosque, como un espectro. Y aunque sus soldados lo miraban con admiración, pues había luchado como nadie y él lo sabía, no estaba conforme. Para sus hombres, el general era un verdadero héroe. Todo aquel día se habló en susurros sobre la velocidad del general Azet, de su habilidad con la espada, de su destreza para asestar golpes certeros y su valor para enfrentarse una y otra vez a los enemigos.

Al inicio de la tarde, un intenso frío bajó de los árboles, lo que afectó el ánimo de todos. Ya era difícil andar en medio del bosque, pero aquel aire gélido e invernal llenó de malos presagios el corazón de los caminantes. Mazte Rim habló en susurros a Luna, su esposa, y le reveló que lo que respiraba no era el aroma del invierno, sino algo más terrible.

—¿Acaso nos espera una nevada? —preguntó Luna.

—No podría asegurarlo —repuso Mazte Rim—. Éste no es un frío que conozcamos, es distinto al que se levanta de la nieve o al del otoño o al de los primeros días de la primavera. Diría que es más parecido a la helada piel de un muerto que al clima de la cima de una montaña.

Cuando Mazte dijo aquello, Luna sintió un escalofrío. Tomó la mano de su marido, pero no replicó.

—No tengas miedo —masculló Mazte Rim.

—Ya no lo tengo —susurró Luna—. Después de lo que hemos vivido estos días, estoy cansada de tener miedo.

El día oscureció a media tarde. Lo gris llenó el mundo. Las nubes bajaron hasta cubrir la cima de las montañas en la lejanía, y las aves, los insectos y los animales del bosque permanecieron en silencio. No se escuchaba otra cosa que la brisa en las hojas. Ni siquiera el arroyo parecía emitir sonido alguno.

—La sombra nos persigue —dijo para sí Ebomer Rim.

De alguna parte les llegó el aullido de un perro o un lobo. Ezrabet Azet tomó su espada y giró el cuello. Por un instante, no supo si el aullido era real, si el viento imitaba a los lobos o si éste se limitaba a transportar aquel lamento sombrío. Fijó su vista en los arbustos cercanos y creyó ver algo o alguien que se escabullía, una sombra. Más tarde, mientras comían algo de pan y descansaban al amparo de un árbol, dos chicos dijeron haber vislumbrado sombras tras los arbustos o en las ramas altas, entre el follaje.

—Eran espectros —dijo uno de los chicos.

—Los vimos claramente —aseguró el otro.

—Quién sabe qué espíritus malignos se esconden en este bosque —agregó otro de los presentes.

Con la llegada de la noche, los vigías subieron a los árboles para que los ancianos y los niños pudieran descansar. Ezrabet Azet les pidió dormir un poco. Sabía que estaban cansados, hambrientos. Él mismo se sentía agotado. Cuando los reunió a todos en un claro del bosque, les habló en susurros.

—Traten de estar tranquilos —les dijo—. Estaremos despiertos y los protegeremos. Nadie quiso agregar nada, salvo Ebomer Rim.

—Creo que los niños pueden dormir, yo no tengo sueño.

—Haz lo que quieras —fue la respuesta de Mazte—, sólo mantente cerca.

—Respiro un frío distinto —anunció Mazte Rim—, hay que prepararse.

—No tenemos suficientes abrigos —se quejó Ramal Etz—. Que los niños duerman muy juntos, es lo único que podemos hacer, si es que no podemos encender una fogata. ¿En verdad no podemos, Ezra?

—No es conveniente —respondió Azet—. Sería como poner una señal… Pero qué…

Una especie de vibración llegó desde todos los sitios. Las ramas de los árboles se movieron de arriba abajo. La tierra tembló. Se escuchó una especie de sonido apagado, metálico, como un grito agónico que duró unos pocos segundos. Los trunaibitas se tomaron de las manos o se abrazaron, buscando consuelo cada uno con el que estaba al lado.

—¿Qué sucedió? —exclamó Ramal abrazando a sus hijos—. ¿Qué poder es éste?

—El bosque está maldito y sea lo que sea, viene por nosotros —sentenció Ebomer Rim.

La incertidumbre creció en el ánimo de todos, una segunda sombra que les hizo palidecer y mirar a su alrededor, como lo hacen los animales que vigilan la espesura al sentirse observados. En algún lugar, cerca, en silencio, el cazador esperaba para abalanzarse. La muerte entonces, no era sólo un presentimiento, también una certeza.

—No sabemos lo que ha ocurrido —dijo Azet, de pie sobre una piedra, al frente de todos—, pero tampoco debería de importarnos, lo único importante es seguir, llegar a nuestra Eldin Mayor y prepararnos para continuar esta guerra. Que nadie mire atrás en este atardecer. La luz del día para nosotros se encuentra siempre adelante. No es momento para temer, es el día de ser fuertes y seguir. Así que adelante, con honor.

—*Con honor* —repitió a gritos una multitud y, de algún modo, los susurros cesaron y aquel pueblo de sobrevivientes, reanudó la marcha a través del bosque.

# 15

Leónidas Blumge caminó hasta El jabalí sonriente, cargando en su temblorosa mano una antigua espada. Era una hoja delgada, pero aún filosa. El viejo Blumge la guardaba en el desván y era para él una especie de tesoro heredado de su padre, quien la obtuvo, a su vez, de su propio padre, y así, yendo hacia atrás en el tiempo. Se suponía que la espada perteneció a un antepasado Blumge que peleó en las antiguas guerras, no se sabía cuáles, si contra los ralicias o incluso mucho antes. En la familia Blumge se contaban historias sobre el origen de la espada, pero nadie podía afirmar que fueran ciertas o de que ésta se tratara sólo de una baratija comprada por el anciano padre del anciano Leónidas en algún mercado de Porthos Embilea o Eldin Mayor. Lo cierto es que la hoja conservaba su filo y Leónidas la levantó, orgulloso, al entrar en la fonda.

—¿Qué haces, abuelo? —dijo Maara cuando abrió la puerta y se quedó bajo el marco de la misma, pues era imposible entrar en el establecimiento, lleno de gente.

—Si nos quedamos aquí —dijo el viejo Blumge, con decisión—, esos demonios harán sus nidos en nuestras casas y no podemos permitirlo. No somos unos cobardes.

Leónidas Blumge blandió su espalda mientras hablaba, como una arenga, y muchos susurraron una respuesta que daba la razón al anciano.

—No podemos quedarnos aquí —afirmó una mujer.

—No somos unos cobardes —dijo otro.

—Debemos enfrentar este mal —convino alguien más.

—Si atacamos juntos, no podrán contra nosotros —clamó uno, incluso levantando un garrote.

Las voces se animaron de inmediato, el valor de Leónidas Blumge los despertó y poco después se observó una buena cuadrilla de hombres y mujeres, en medio de la calle, en dirección a la plaza de Eldin Menor. Gritaban llamando al resto de sus conciudadanos. Hacían sonar sus garrotes o sus espadas o sus cuchillos, estrellándolos entre sí o contra las tapaderas de metal que usaban como escudos. Era un improvisado grito de guerra, que les infundió esperanza. Al llegar a la plaza, no encontraron ningún Jamiur allí, lo que dio confianza a muchos de los vecinos que observaban desde las ventanas de los edificios aledaños, quienes salieron para unirse a la multitud.

Cuando se corrió la voz de que la plaza estaba repleta de gente, otros fueron llegando lo mejor armados que les era posible. No pasó mucho tiempo para que el buen ánimo embargara los corazones, a pesar de la desgracia ocurrida. Los que perdieron a un familiar fueron reconfortados, y de inmediato se comenzaron a organizar tanto los sepelios como los entierros. No había muchos nuevos sepulcros en Eldin Menor, los asesinatos eran casi inexistentes, cuando ocurrían, se consideraban acciones extraordinarias, casi siempre atribuidas a visitantes extranjeros o a alguna mala jugada de los que se acercaban demasiado al Valle de las Nieblas. Tan escasos eran los hechos violentos en la región, que nadie estaba preparado para lo ocurrido aquella mañana, pues los trunaibitas eran ya por naturaleza personas tranquilas, poco dadas a los conflictos, amantes de una buena cena o un buen desayuno y las fiestas que se celebraban al inicio y al final de cada estación, donde la espuma de la sidra adornaba las calles tanto como el color de los pasteles de manzana y el olor de los asados. Pese a ello, era gente propositiva, por lo que no tardaron en organizarse, en armar cuadrillas de vigilancia e imponer un toque de queda que obligaría a quedarse en casa al anochecer. Estaba todo listo, dispuesto, preparado, pero de nada serviría. Poco antes de despedirse para volver a sus casas, recibieron una visita inesperada.

El hombre caminó en medio de la calle. Era alto, más famélico que delgado, cargaba una espada con su mano derecha y un cuchillo con la izquierda, vestía una túnica gris y llevaba el cabello largo, el cual le caía a ambos lados del rostro. No parecía un ralicia ni tampoco un trunaibita. Su piel blanca poseía una palidez que le proveía de un aspecto enfermizo, pero quien viera de cerca al visitante sabía que no estaba enfermo, pues sus brazos y sus piernas eran vigorosos y fuertes y pisaban con decisión. Antes que un mendigo, parecía un extraño rey. Poco después, apareció otro visitante más, un hombre robusto, más alto que el primero. Portaba una armadura de cuero y una espada en su mano izquierda. Era robusto, de cuello vigoroso y anchas piernas que se dibujaban bajo la tela de un pantalón de cuero. También llevaba una capa, más corta que la del otro.

Cuando el primero de ellos se enfrentó a la multitud, una brisa empujó hasta los trunaibitas un aroma desagradable, bestial, que hizo que se llevaran las manos a la boca. El visitante subió a una banca de madera, situada en el borde de la plaza, y entonces estuvo por encima de todos. Hizo con su mano una visera y miró al cielo. Un grupo de bestias aladas apareció, al tiempo que un grito de terror emergió de la multitud. Los Jamiur no atacaron, se situaron en el borde de las casas y edificios alrededor de la plaza, parecían aves venidas de un mundo subterráneo y maldito. El hedor que despedían era semejante al del primer visitante.

La sombra de los Jamiur cubrió a los trunaibitas en la plaza. Sus ojos encendidos miraban hacia la multitud, doblando el cuello de manera extraña, a un lado y otro. Por un largo minuto, nadie se atrevió a hablar. El terror los paralizó sin que comprendieran que era así. El visitante cerró los ojos, aspiró el aire frío y, finalmente, pronunció aquellas palabras, que eran también una sentencia:

—Pequeñas gentes que me escuchan en esta hora gloriosa, mi nombre es Benoralit Vanat Hanit, señor de los Jamiur, príncipe del país de la niebla. Y desde hoy, señor de Eldin Menor.

# 16

La angustia llegó en la noche a través de los aullidos. El frío avanzó sobre los árboles y bajó, primero a los ancianos, más tarde a los niños y finalmente al resto de los que huían a través del bosque. Se acomodaron muy juntos, en una especie de claro rodeado de pinos, más allá de una serie de arbustos espinosos. Algunos hablaron en susurros. Otros, ni siquiera eso, pues encontraban en el silencio una especie de consuelo. Los soldados y algunos hombres se mantuvieron despiertos, sentados alrededor del grupo, o de pie, o subidos a los árboles, como vigías. El general Azet se sentó junto a Mazte Rim, en el suelo de hojas secas, y descansaron sus espaldas en una piedra lisa. No se dijeron mucho. En algún momento, Azet habló:

—Estaremos bien, Mazte; ya verás cómo estaremos bien —dijo, y el otro asintió.

En un extremo se encontraban dos chicos, uno de doce y otro de trece años. Ninguno de los dos dormía. Se conocían desde bebés, pues eran vecinos. El de trece puso la mano en el hombro del de doce que, de espaldas a él, no dormía, más bien pensaba si era posible volver a su hogar en algún momento, pronto. Su esperanza era que el rey de Eldin Mayor enviara a su ejército y acabara con sus enemigos. Sumido en ese pensamiento se encontraba cuando el otro tocó su hombro.

—¿Qué pasa? —susurró el de doce girando el cuello.

—Son luces —aventuró el de trece.

Por la tarde, escucharon al grupo de chicos asegurar que había visto sombras atravesar los caminos del bosque. El de doce tenía un cuchillo consigo. El de trece, una rama de abedul, a la que arrancó las hojas. Al escuchar el relato, sintieron miedo. Y ninguno supo si temían más que fueran espectros o soldados enemigos. Supusieron ambos, sin decirlo al otro, que era peor que fueran guerreros.

El de doce se levantó con sigilo y tardó en distinguir algo. Las luces flotaban en la oscuridad, a unos cuantos metros hacia el norte. Se inclinó y le habló a su amigo:

—¿Lo estás viendo?

—Son luces maevas —dijo el de trece. Se refería a una vieja historia que contaba que los espíritus de los bosques se presentaban en forma de luces semejantes a fogatas que flotaban en la oscuridad. Si veías una luz maeva, se advertía, debías huir del lugar, pues eran, casi siempre, espíritus malignos.

—Tenemos que avisar al general —dijo el de doce.

—Son maevas —musitó el de trece—. Los espantos del bosque vienen por nosotros.

El chico de trece parecía fuera de sí. El de doce lo jaloneó del cuello de la camisa para que se levantara. Las luces se acercaban. Lo notaba con claridad. Debía advertir a Azet de lo que ocurría.

—No me dejes aquí —dijo el de trece, que no podía moverse.

—¿No puedes levantarte? —preguntó el de doce y el otro movió la cabeza para negar.

El de doce, sin embargo, se incorporó y corrió hacia donde se encontraba el general Azet, saltando sobre los cuerpos amontonados en el suelo. Azet escuchó el susurro de los que despertaban casi al mismo tiempo que el chico que saltaba sobre los cuerpos. Tomó su espada, que yacía junto a él y se levantó.

—¿Qué pasa? —musitó Azet.

Mazte Rim también se levantó y empuñó su espada. Ambos corrieron hacia el chico.

—¿Qué has visto? —preguntó Azet.

—Maevas —dijo el chico.

—¿Maevas? —repitió Azet.

—Dos fuegos flotando en la oscuridad —dijo el chico de doce y luego señaló la dirección en que las había visto.

—Demonios del bosque —afirmó Mazte Rim.

—No lo creo —negó Azet, que ya corría hacia donde el chico de doce había señalado.

Todos se despertaron, alertados por las voces. Otros soldados también corrieron tras el general. Pronto, éste pudo observar las luces que flotaban a sólo unos pasos de ellos. Azet se detuvo, junto a la cabeza del chico de trece años, que seguía recostado, sin moverse.

—¿Qué diablos es eso? —preguntó Mazte Rim.

Azet no respondió. En cambio, avanzó con paso sigiloso en la oscuridad.

Una brisa fría bajó entonces de los árboles, provocando que la piel de los soldados se erizara. Las luces siguieron acercándose hasta que estuvieron a sólo unos pasos de Azet. Poco a poco, tras las luces, se dibujaron unas siluetas.

—¿Quién anda? —dijo Azet. Su voz sonó fuerte, sin temblores, segura—. ¿Quién anda? —repitió.

Las luces avanzaron un poco más, lo suficiente como para encontrarse tan cerca del general Azet que éste pudo reconocer a un vecino de las colinas de Porthos Embilea con quien no tenía amistad, pero al que había visto en muchas ocasiones. Tras el hombre, apareció otro. Un desconocido de aspecto serio, cuya mano izquierda asía una espada.

—No somos amigos, pero sabes mi nombre.

—Lo sé, señor Tamuz —dijo Azet.

—Pero no conoces quién es este protector del bosque —siguió Tamuz—. Su nombre es Tintaraz y deberán seguirnos.

—¿Seguirlos hacia dónde? —preguntó Azet.

—No importa hacia dónde e incluso si te lo dijera, no lo creerías —dijo Tamuz—. Y no tengo tiempo de explicártelo. No en este instante. No esta noche. Hay voces terribles en el bosque, general. Debemos partir de inmediato.

# PARTE 3
# EL GIGANTE
# DE LA COLINA

# 17

Luego de comer un buen estofado caliente, Lobías, Ballaby y Furth salieron al patio a buscar a sus caballos. Allí los esperaba la señora Syma, acompañada de una cuadrilla de cinco guerreros.

—Si hablas al viento, estaré escuchando —dijo la señora Syma a Ballaby.

—Lo intentaré, madre —musitó Ballaby.

—Si tengo buenas noticias acerca de los domadores, yo misma iré a visitar el árbol —continuó la señora Syma. Vestía con una túnica de hilo. Una diadema dorada coronaba su cabello, que caía liso sobre sus hombros, semejante al de su hija. De algún modo, a Lobías le parecía más alta, pero cuando observó sus pies, no pudo ver nada más allá del revuelo de su vestido, que rozaba la hierba húmeda.

—Cabalgaremos sin descanso, pero tal vez pasen algunos días antes de que podamos volver —dijo Furth.

La señora asintió, antes de agregar:

—Que el filo de tu espada te devuelva la imagen de tu atacante, buen Furth.

—Mejor no tener atacantes, mi señora.

—Eso quizá no sea posible esta vez —dijo la señora Syma—. En ti confío, señor protector.

Furth, a su vez, asintió moviendo la cabeza.

—¿Estás bien, domador? ¿Has recuperado tu fuerza? —preguntó la señora Syma.

—Estoy bien, señora. El viento sopla fuerte, estoy listo.

—Los días que llegan no serán fáciles, pero todos confiamos en ti, domador —agregó la señora Syma.

Cuando la señora de Or dijo aquello, Lobías sintió que estaba a punto de iniciar, otra vez, una larga epopeya. Y se dijo, en silencio, que quizá no partía hacia Homa, sino a un lugar muy lejano, mucho más allá de la niebla, quizás al último puerto de Trunaibat o de sí mismo.

Poco después, los tres viajeros se despidieron de la señora Syma, subieron a sus caballos y emprendieron la marcha. Apenas salían de las tierras de Or cuando del occidente una nube de cuervos se perdió en el cielo. Más tarde, al cabalgar bordeando una colina, encontraron los restos de una fogata y, sobre ella, huesos, piel y sobras de carne, pero ni rastro de los que pasaron ahí la noche, al amparo del fuego.

Los caminos estaban desolados. Ni una sombra de hombres o mujeres se asomaba entre los arbustos o bajo los árboles. Viajaron sobre un arroyo seco donde encontraron restos de pisadas, muchas de ellas, lo que los hizo estar alertas. Un viento frío los heló llegando la noche, por lo que tuvieron que parar para elaborar una fogata con la que calentarse. Frente al fuego, todos callaron. En algún momento, Ballaby les pidió avanzar, pero Furth se negó, pues consideraba que serían presa fácil si seguían el camino bajo los árboles en la oscuridad. By aceptó de mala gana.

Intentaron dormir por partes. Aullidos lejanos los despertaron en medio de la noche. Aullidos seguidos de gritos, gritos de furia y de dolor.

—Alguien está cazando —dijo Furth.

—¿Estás seguro que no somos un blanco fácil, Furth? —preguntó By.

—Ya no estoy seguro de nada —respondió Furth—. ¿Qué dices, domador?

—Lo que digo es que, si fuera un domador, estaría recostado en un salón de la Casa de Or —respondió Lobías, dejando ver su desconcierto.

—Ésa no es la respuesta que busco —continuó Furth.

—Creo que debemos seguir, es lo que creo —sentenció Lobías.

—Y si yo quiero lo mismo —agregó By—, tenemos una respuesta, señor.

Furth cerró los ojos, aspiró y expulsó el aire. Luego, se levantó y tomó su espada de un arbusto junto a él.

—Vamos —dijo al fin Furth.

Volvieron al camino bajo la luna menguante de esa hora. El viento no dejaba de soplar. Un viento frío, glacial, de mitad del invierno. Poco después, sobre las montañas del norte, vieron una segunda luna, también menguante, pero roja.

—Lo que vemos es un reflejo —anunció By.

—¿Cómo es posible? —quiso saber Lobías—. ¿Acaso hemos caído también en el sueño, By?

—Lo hemos visto algunas veces —agregó Furth—. Es una especie de espejismo.

—Lo que no es un espejismo es ése —dijo By.

La comitiva observó hacia una colina donde divisaron una figura descomunal, de pie sobre la cima, tan alta como un faro de seis metros, pero ancha como una fortaleza.

# 18

—Balfalás —musitó el hombre que tenía frente a él.

—Hermano Bomir —dijo Balfalás, que no pareció sorprendido. Tras Bomir, observó al resto de los domadores, un buen grupo.

—Creo que debemos ir hacia la torre, donde hay fuego —dijo Bomir.

—También lo creo —convino Balfalás, y aquella afirmación fue una especie de permiso para partir, porque todos empezaron a andar en dirección a la luz.

Balfalás caminó en la retaguardia. Lo hacía sin pensar, como si encontrarse en aquel lugar a esa hora hubiera sido algo cotidiano que no necesita ni siquiera una mención, una pregunta, un comentario. Podía pensar en lo extraña que era aquella caminata, pero no era capaz de decirlo. Incluso podía preguntarse, ¿cómo llegamos hasta aquí?, ¿qué buscamos en la luz de esa torre?; pero era incapaz de articular su pensamiento en una pregunta. Cuando, luego de un rato, observó hacia atrás y contempló una luz semejante a la que buscaban, aunque a una distancia mayor, tampoco quiso mencionarlo.

Balfalás y los domadores caminaron bajo aquel cielo de dos lunas sin estrellas visibles, sobre un terreno de arena rojiza, donde a veces aparecían guijarros filosos y arbustos repletos de espinas. No sufrían de sed ni de hambre, pero podían sentir el frío en su piel, tanto como los pies calientes, como si caminaran sobre los restos de una fogata. También podían sentir el alivio de no vagar solos por aquellas tierras sombrías.

Después de mucho andar, observaron la plenitud de la torre y descubrieron que no era una sola sino muchas, situadas paralelamente, y unidas por una pared de piedra de poca altura. Una muralla, pensó Balfalás.

—La hemos visto de manera lateral —dijo el domador, pero no encontró una respuesta en sus compañeros.

De todas, únicamente la primera torre tenía un fuego encendido. Balfalás se preguntó si tenía significado, pero formularse aquella pregunta le provocó tanto cansancio, que la abandonó.

Justo antes de llegar, un viento frío levantó una cortina de arena. Los domadores se congregaron en un círculo, muy juntos, y se recogieron, agachándose para protegerse unos a otros. Lo hicieron sin hablar, pero tomándose fuerte de los antebrazos o las manos. Cuando el viento amainó, cada uno de ellos escupió restos de polvo que secaban su garganta. Tosieron y escupieron repetidas veces. A alguno le faltó el aire. Otro de ellos, un domador llamado Aurio, se lanzó sobre una figura invisible, mientras gritaba "Detente, detente, no puedes dejarnos aquí. No puedes dejarnos aquí". Ni Balfalás ni los otros hicieron nada, salvo esperar que Aurio se calmara, lo que sucedió tras un instante.

Pronto, recorrieron el último trecho hasta la primera de las torres. No se detuvieron hasta hallarse frente a la puerta, que era de metal, robusta, pesada, pero que no poseía ni picaporte ni cerradura, por lo que la abrieron sin dificultad. Al entrar, sin embargo, se encontraron con un hecho inesperado: había una escalera. La torre era un espacio vacío, como un cuerpo sin vísceras. Era una especie de pozo vertical repleto de oscuridad desde el suelo hasta el techo. Ni ventanas, ni salientes, ni nada.

—Es una garganta sin palabras que repetir —dijo uno de los domadores.

—Es la guarida de un conejo —expuso otro más.

—El camino de una espada en el pecho de un guerrero —afirmó uno más.

Balfalás entró en aquella desolación, palpó las paredes, pero nada. Eran lisas y frías. Caminó hasta el centro y subió la vista. La oscuridad más profunda flotaba allí sin descanso y Balfalás no pudo evitar preguntarse si estaban muertos, si habían andado el sendero de la muerte.

# 19

La brisa trajo un tufo amargo, como si caminaran a la orilla de una ciénaga. El olor provenía de la criatura, que empezó a bajar la colina en dirección a la comitiva, pero ellos siguieron su camino sin inmutarse.

—¿Qué es lo que vemos? —preguntó Lobías—. Huele terrible.

—Es un Ogs —respondió By—, un gigante de los bosques de las montañas profundas.

—Nunca se les ve tan lejos de sus territorios —dijo Furth.

—Y rara vez atacan —añadió uno de los soldados—, pero se dice que, si tienen un motivo, son muy capaces de ejercer violencia.

—Es muy extraño que se alejara tanto de su hogar —continuó By—. No son criaturas que se dejen ver fácilmente, yo misma no había visto ninguno antes.

—Debe medir dos Furth —afirmó Lobías.

—Más bien tres, o tres y medio —aclaró Furth—. Pero no es importante, sólo sigamos nuestro camino, sin molestarlo. Los Ogs suelen ser dóciles, incluso amables. Y si no fuera por ese olor terrible, no deberían causar mayor problema.

El Ogs bufaba de manera extraña. Además, golpeó el suelo con su pie una vez, dos veces, una tercera.

—¿Qué hace? —preguntó otro de los soldados.

—Me pregunto si tiene que ver con lo del árbol —musitó By.

El Ogs emitió una especie de gruñido que se convirtió en un grito. Un bramido de batalla. Golpeó con más fuerza el suelo, al tiempo que levantaba los brazos, mostrando un enorme garrote de madera.

—No puede ser —masculló Furth. Un instante después, el gigante empezó a correr hacia ellos.

—No lo entiendo —gritó Ballaby.

Era difícil comprender qué ocurría y difícil saber cómo escapar de la embestida de un gigante.

—Separémonos —aulló Furth. Los soldados y Lobías y By y el mismo Furth avanzaron en muchas direcciones cada quien.

El gigante se arrojó contra Ballaby. Su garrote zumbó sobre la cabeza de la chica, que logró esquivarlo. Luego, lanzó manotazos sin sentido, como si quisiera espantar unas moscas invisibles a un lado y otro.

Los soldados rodearon al gigante atacándolo de manera intermitente. Éste se movió con rapidez y golpeó a uno de sus atacantes lanzándolo al suelo. El soldado rodó colina abajo, igual que una alfombra que se desenrolla. El gigante corrió en dirección al herido. En dos zancadas estuvo junto a él. Entonces dejó caer su garrote sobre el soldado, quebrando con el golpe su armadura. La víctima chilló de manera terrible. Mientras los otros soldados y Furth atacaron al gigante, también lo hizo By, y Lobías.

Rumin cabalgó hacia el agresor. El gigante hizo girar su garrote, buscando abatir a los que lo rodeaban. Entonces By cometió una imprudencia. Quiso cargar contra el Ogs cuando éste le dio la espalda, pero en el momento que estaba por alcanzarlo, el gigante lanzó un golpe sin mirar atrás, de tal suerte que el pesado garrote se estrelló contra la cabeza del caballo, que se desvaneció al instante. El golpe seco se escuchó con terrible claridad en la noche desierta. By salió disparada y aterrizó a unos pocos metros. Lobías, que estaba más cerca de los otros, bajó de su caballo y gritó al Ogs:

—¡Estoy aquí, montaña de excremento!

Lobías se movió con rapidez, empuñando su espada. El Ogs lo observó, al principio, desconcertado, pero enseguida soltó un chillido y lanzó un golpe a Rumin, que lo esquivó con facilidad. Los brazos enormes y pesados eran mucho más lentos que el ágil muchacho.

—¿Estás bien, By? —gritó Lobías, mientras rodeaba al gigante y golpeaba con su espada los muslos de éste.

Con el rabillo del ojo, el domador observó a Furth correr en dirección a By. Y también lo hizo el gigante, que siguió a Furth. Lobías supo que tenía que hacer algo definitivo, que no podía dudar, que en ese momento tenía que responder por By; no podía permitir que el Ogs terminara su trabajo. Corrió con todo lo que pudo, al tiempo que gritaba el nombre de Furth. Y éste giró el cuello y observó al gigante y a Lobías y empuñó su espada. El golpe del Ogs hizo que la espada del guerrero volara por los aires y cayera a pocos metros de By. Lobías presenció la trayectoria de la espada con verdadero terror. Furth, que había caído al piso por la fuerza del ataque, se levantó y atacó al Ogs, que lo tomó por el cuello igual que si fuera un chiquillo. Furth daba manotazos frenéticos que no conectaban. Cuando el gigante estaba por asestar un puñetazo al guerrero de Or, Lobías Rumin, el domador de

Eldin Menor, saltó hiriendo con la punta de su estoque el grueso cuello del gigante, que emitió un chillido al tiempo que soltaba a Furth. El Ogs cayó de rodillas y Rumin entonces volvió a atacar, golpeando de lleno al gigante en el cuello, por la parte de enfrente, pues éste tenía las manos ocupadas tratando de palpar su herida. Rumin sintió como la mitad de su espada se clavaba en la piel, rompiéndola, quebrando la tráquea del gigante. Fue una sensación desagradable, pero que provocó una genuina y extraña exaltación en Lobías. El gigante no emitió más que un leve gemido. Sus ojos amarillos se clavaron en los de Rumin. Parecía incapaz de creer lo que acababa de ocurrir. Poco después, el gigante cayó al suelo, sobre un trecho de nieve que se tornó roja como un crepúsculo de otoño.

—By —gritó Lobías en ese instante, girando el cuello.

Ballaby de Or se encontraba de pie, atrás, presenciando la escena.

# 20

Ehta hizo un corte con su cuchillo en la parte baja de la pata del venado, luego jaló con fuerza la piel, desprendiéndola de la carne. Lo hizo con una habilidad que denotaba, además, experiencia. Tomó una bandeja de buen tamaño sobre la cual colocó la pieza, a la que agregó sal, agua y algunas hojas, antes de introducirla en un horno de piedra, ubicado al fondo de la cocina. Más tarde, susurró una especie de oración, mientras hacía gestos con las manos: *Manui lan alaset tamís, hojas, almendras y anís, tomates blancos y nueces. Alanamat et omieses.* Una vela se apagó con un soplo de viento, tras ella. El día se oscureció, como si una nube cubriera el sol en el momento que se abría la puerta de la cocina. Lida entró con la cabeza gacha. Sin saludar a Ehta, tomó una copa y se sirvió agua de una botella dispuesta sobre una mesa, junto a una canasta con tomates blancos, de piel casi transparente, y unas cuantas manzanas. Lida bebió el agua de un sorbo.

—¿Cómo está padre? —preguntó Ehta.

—Padre está bien —dijo Lida, quien dejó el vaso sobre la mesa y caminó hasta alcanzar a Ehta, a quien abrazó—. ¿Cómo estás tú?

—Necesito reunir fuerzas y salir en busca de ese maldito domador —dijo Ehta.

—El maldito está muerto —advirtió Lida.

—No está muerto, está dormido —replicó Ehta—, y estaré lista para cuando despierte. He afilado mis uñas.

Ehta mostró las largas puntas de sus dedos a Lida, quien asintió.

—Si padre puede, el domador no despertará nunca, y lo sabes, lo ha hecho antes muchas veces.

—Si no puede matar al asesino de mi hermana, otros pagarán por él —dijo Ehta—. No estaré tranquila hasta que mi garganta se llene con la sangre de los malditos. No tendré paz, Lida, te lo juro.

—No tienes que convencerme de nada, sé que es así.

—He cazado esta mañana.

—También lo sé, el viento ha traído el grito de agonía del venado —dijo Lida.

Lida acarició el cabello de la hermana y comenzó a peinarlo. Ehta giró el cuello en dirección contraria a Lida y ahogó un gemido. Recordó la escena de la muerte de su hermana Trihsia. Aquella imagen volvía a ella una y otra vez. Buscaba consuelo en el trabajo, en salir de caza, en preparar la cena o cuidar de padre mientras dormía, pero era inútil. El dolor era nuevo y no podía librarse de él. Lida le sugirió dormir durante varios días, pero para Ehta aquella treta hubiera sido inútil. Temía sus sueños, porque allí todo era insustancial, un engaño, y ella necesitaba venganza. Necesitaba poner sus manos y hundir sus uñas en un domador o cualquier enemigo disponible. Para ella, la sangre sólo podía pagarse con sangre, y estaba dispuesta a todo para obtener un alivio, lo que otros llaman *venganza*.

Unos gritos llegaron de afuera. Cuando Ehta y Lida se asomaron a la ventana, observaron como unos devoradores de serpientes se dejaban caer desde las ramas donde se encontraban colgados. Aunque se soltaban estando de cabeza, giraban en el aire para caer de pie. Pronto descubrieron el origen de los gritos. Una pelea se había desatado entre dos devoradores, que se disputaban una pieza de carne.

—Malditos inútiles —se quejó Lida.

Ehta no dijo palabra, pero caminó hasta la puerta. La abrió con decisión y avanzó hasta donde se encontraban los contrincantes, en el momento que uno de ellos tomaba del cuello al otro, empujándolo contra el tronco de un árbol.

La bruja se acercó lo suficiente como para que su boca quedara a unos centímetros del agresor. Entonces emitió un grito tan agudo, que apenas pudo escucharse. Los devoradores cayeron al suelo tapándose los oídos con las manos. El grito de Ehta se prolongó unos segundos, los suficientes para que gruesos hilos de sangre bajaran de los oídos de los devoradores, no sólo de los enfrentados, sino de todos los que se encontraban alrededor.

—Detente —gritó Lida, que observaba a su hermana desde la puerta.

Ehta reaccionó y dejó de gritar. Notó su respiración agitada, la furia la consumía. Una explosión de rencor había llenado su mente y su cuerpo. Ehta apretaba los puños con fuerza. Cerró sus ojos un instante. Los abrió. Cuando miró a los devoradores que quedaban en pie, notó cómo la observaban con verdadero horror.

—No quiero otra pelea entre nosotros, debemos guardar nuestra fuerza y nuestra maldición para otros —dijo la bruja, y dio la vuelta sobre sus pasos para ponerse bajo techo.

# 21

By subió a la grupa del caballo de Lobías. A medida que avanzaron, la noche se hizo más fría y la chica se echó encima una segunda capa, con la que envolvió a Lobías. Durante un rato cabalgaron en silencio, expectantes, vigilando al frente del camino y a los lados. En algún momento, Furth se situó junto a ellos. By advirtió que tenía restos de flores en la barba. Se encontraba serio y sabía la razón. Furth no soportaba la idea de que su pequeña Ballaby pudiera correr algún peligro.

—No te preocupes, hombre fuerte, estoy bien —dijo By, con una sonrisa—. ¿No te das cuenta?

—Puede que estés bien —concedió Furth—, pero si ese maldito Ogs hubiera tenido el brazo más largo, la cabeza en el suelo sería la tuya. Eso no me lo perdono. He sido tan descuidado. ¿Qué dirán los señores cuando se enteren?

—No tienen por qué enterarse de nada —agregó By—. Además, saben que éste no es un paseo de campo.

—Lo saben, por eso estoy aquí —siguió Furth—. Y mira para qué ha servido, a veces soy un bueno para nada.

—¿Desde hace cuánto cuidas a By? —preguntó Lobías.

—Desde que era una pequeña niña que temía a sus parientes muertos —dijo Furth, bajando la voz.

—A veces creo que ustedes no se dan cuenta de lo inusual que es decir esas cosas —confesó Lobías, que giró el cuello para intentar prestar atención a la chica.

—Siempre ha sido así —dijo By—, por eso en ocasiones es difícil para mí darme cuenta. De niña, muchas veces no podía distinguir cuál de mis abuelos estaba vivo y cuál muerto, y a todos les temía.

—Ver muertos, tener visiones del futuro, enfrentar hechizos —dijo Lobías—, ¿qué más? En Eldin Menor el señor Leónidas tenía visiones, o presentimientos, pero nadie lo escuchaba. Lo consideraban poco menos que un demente.

—En la Casa de Or sería alguien verdaderamente respetable —afirmó By.

—Ya lo creo que sí —convino Lobías, y luego agregó—: ¿En verdad estás bien, By?

—Lo estoy —respondió la chica—. Caí sobre mis cuatro patas, como un lobo. No tengo ni siquiera una magulladura.

—Tuviste suerte —dijo Furth—. Mucha suerte. Pero, aun así, no me lo perdono. He sido tan imprudente.

El buen Furth siguió lamentándose y aunque By trató de convencerlo de que olvidara lo ocurrido, fue inútil. El guerrero de Or no podía evitarlo. Su corazón era débil cuando se trataba de Ballaby.

La comitiva siguió avanzando sin contratiempos por aquellas tierras desoladas.

En algún momento en la madrugada, Ballaby recordó su último sueño con Lobías. Luego observó las manos del muchacho, que sostenía las riendas del caballo. Notó aquellas manos, que parecían lastimadas, demasiado duras para un simple repartidor de leche. Sin quererlo pensó que, en todo ese tiempo, Lobías le había parecido alguien amable, de carácter bueno y, sin embargo, no recordaba haberlo visto reír. Quizá ni una sola ocasión. Se preguntó si era capaz de hacerlo y, de no ser así, cuál era la razón. Supuso que una vida de soledad y privaciones podía endurecer a cualquiera. Ese pensamiento le provocó una ternura que no esperaba. Hubiera querido decir algo a aquel chico tan valiente, pero que había visto días atrás tan asustado. Es admirable, pensó Ballaby. Ha estado tan solo, se dijo, en silencio.

Al clarear el día una columna de humo partía en dos la lejanía del mundo. Fue entonces cuando supieron que el árbol seguía en llamas. La incertidumbre volvió a ellos como una extraña fiebre. Sin darse cuenta, cada uno de ellos se sintió triste, tanto como cuando se acaba de perder un pariente muy querido de una manera repentina.

# 22

Los domadores caminaron a la segunda de las torres, junto a la muralla. Cuando llegaron hasta ella, no encontraron ninguna puerta, así que se asomaron de inmediato. Era igual a la anterior, era un cascarón vacío, oscuro, sin salientes ni escaleras. Cuando abandonaron aquel lugar avanzaron sin hablar hacia la tercera torre. Una profunda desolación creció dentro de cada uno de ellos como una segunda alma, y muchos pensaron que se encontraban en una batalla que no podían ganar. No tenían látigos, ni espadas, ni caballos. Tampoco rumbo. Ni siquiera conocían en qué región se encontraban.

Al llegar a la tercera torre, sólo Balfalás y uno llamado Orbúnamet se asomaron a la torre. Era semejante a las otras. Balfalás pensó que quizás era hora de volver al lugar de donde había partido, pero no lo dijo. No supo cómo. Caminó hasta donde se encontraba el resto de domadores. Hicieron un círculo, como si necesitaran estar muy juntos. El aire sopló con fuerza, más frío. La luna bajaba en la lejanía, lenta, pero sin detenerse, como si estuviera a punto de deslizarse para caer en un abismo inmenso. Entonces sintió algo dentro de sí, una emoción que no conocía: miedo.

No pasó mucho tiempo para que escucharan aquel susurro. Era un lenguaje y llegaba del otro lado de la muralla. Muchos domadores cerraron sus ojos y se dejaron llevar por el sonido, pero no así Balfalás, que aguzó los sentidos hacia arriba de la muralla. Parecía que se acercaban. No sabía quiénes o con qué intenciones. Pronto, pudo observar a los primeros, andando por la muralla. Eran niños. Niños de unos seis, siete u ocho años. Al principio, pareció que ignoraban su presencia, hasta que uno de ellos los señaló e indicó a los otros que los domadores se encontraban abajo. Los observaron con detenimiento. También Balfalás, quien los saludó con la mano. No respondieron al saludo, en cambio, emitieron un susurro sibilante, agudo, también algún chillido. Fue espantosa la imagen cuando uno de ellos bajó a través del muro, de la manera que lo hacen las arañas. Otros tantos lo siguieron. Balfalás observó a sus compañeros, la mayoría de ellos aún se encontraba con los ojos cerrados. Uno de los chiquillos se acercó a Balfalás. El domador notó que estaba descalzo. Sus pies eran enormes, tanto como los de un hombre. El chico husmeó a Balfalás como un animal. Olisqueó sus piernas, su pecho, su mentón. El chico despedía un hedor patente, como a vegetales podridos. Su cabello era especialmente apestoso. Sus ojos de un color amarillo brillante. Sus manos, sucias, acariciaron el mentón del domador. Su frente. Sus pómulos. Entonces emitió un susurro, una especie de rugido. Muy leve.

Balfalás se sentía incómodo por la presencia del chico, pero decidió no moverse, como si estuviera a merced de una bestia ciega. De pronto, sonó un grito, un quejido, y supo que venía de uno de sus hermanos: uno de los niños mordía la mano de un domador, y otro, su oreja. Justo antes de dar un paso en dirección a su hermano, sintió los dientes del chico en su cuello. Fue una mordida salvaje, profunda. Los dientes filosos se le clavaron de lleno. Balfalás sintió un chorro de sangre tibia correr por su garganta. Golpeaba al chico en la frente, pero sin resultado. No conseguía que lo soltara, a pesar de la andanada de golpes.

Un segundo chico saltó sobre Balfalás. Lo mordió por el cuello, desde la espalda. Un tercero lo tomó por el muslo de la pierna izquierda. Balfalás se derrumbó. Con el rabillo del ojo contempló a Bomir, tendido, y dos chicos mordiéndolo a ambos lados de la cabeza. Fue lo último que vio, antes de que uno de esos engendros saltara sobre su cabeza para dejarlo inconsciente.

Segundos más tarde, años o eones después, Balfalás abrió los ojos y percibió una luz a poca altura. Se preguntó si el desierto donde se encontraba no sería un océano seco, y lo que veía, la luz de un antiguo faro, inútil para siempre.

# 23

Anrú despertó junto al fuego de la chimenea. Estaba recostado sobre unas gruesas sábanas de lana. Atisbó a través de la ventana el arribo de los cuervos a las ramas de un árbol. Se incorporó con dificultad, alcanzó la ventana y la abrió. Un cuervo graznó, como si hubiera reconocido la presencia del mago. Luego otro. Y otro más. Y pronto, todos aquellos cuervos, que eran bastante más de un centenar, graznaron de manera tan bulliciosa que se escuchó su sonido maligno en muchos kilómetros a la redonda, quizás hasta en la vacía ciudad de Alción y en sus costas cubiertas por la niebla de la madrugada. Aquel sonido revitalizó al mago, que aspiró y llenó sus pulmones con el aire frío de esa hora.

Poco después, Anrú sintió la presencia de una de sus hijas. Sin volver la vista, susurró su nombre.

—Ehta, hija mía —saludó Anrú y los cuervos callaron.

—Padre, he sentido la presencia de las brujas del bosque —dijo Ehta—. He soñado con un trineo jalado por nueve caballos que se convertían en nueve zorros blancos y luego en nueve zorros rojos. Y ladraban tan fuerte que me despertaron.

—Han venido para encontrarse con su pequeño árbol —dijo Anrú—. Qué golpe debió ser para ellas encontrarse un puñado de ceniza aún caliente.

—Ya que están aquí, debo encargarme, padre.

—Lo sé, mi niña, lo sé. Pero debes tener cuidado. Nadie sabe de qué están hechas esas mujeres. Las historias que dan cuenta de ellas son confusas.

—No tienes que advertírmelo, padre. Lo sé bien.

—Confío en ti, querida hija.

—Gracias, padre. No te defraudaré.

Anrú volteó para contemplar a Ehta. Su rostro se había endurecido en la oscuridad, pero su cabello brillaba como un campo de trigo bajo la luna del equinoccio de primavera. El mago sonrió, también Ehta. Todo parecía marchar según lo previsto. A esa hora, según el viejo mago creía, las hordas del rey Mahut marcharían hacia Eldin Mayor. Vacía de domadores de tornados y brujas del bosque, la ciudad de los enemigos estaría desprotegida. Sabía que los trunaibitas no estaban preparados para la batalla. En ese instante, el viejo mago Anrú estaba convencido de que su plan era infalible, de que la inminente victoria se contaría en canciones a través de rimas que unirían su nombre a la gloria de su rey.

## 24

El último trecho del camino al Árbol de Homa estaba bordeado por pinos de tamaño mediano y aquella noche estaban repletos de abejas Morneas que brillaban en la oscuridad. Al avanzar por allí, Lobías Rumin dijo a By que era como si flotaran en el cielo estrellado. De inmediato, se arrepintió de decir la frase, al pensar que era la tontería dicha por un niño, pero By le dijo que dirigiera al caballo hasta los pinos, para pasar debajo de ellos. Lobías lo hizo de inmediato, tomando las riendas e indicando al animal por dónde andar. By no quiso tocar a las abejas, pues no quería molestarlas, pero alzó los brazos y, a veces, se atrevía a rozar las ramas de los pinos.

—Estoy más allá de la tierra, Rumin —musitó By.

Había tantas abejas, que la luz era tan intensa como en las primeras horas de la mañana, pero mejor, pues su brillo despedía una tibieza que era muy agradable para los viajeros.

—Mi abuelo me contaba la historia de unos dragones venidos de las estrellas —dijo Lobías.

—¿Ah sí? —exclamó By—. ¿Y qué más te dijo tu abuelo, Rumin? Acaso te mencionó que escupían agua caliente de sus fauces y sus colas eran más cortas de lo habitual.

—¿Cómo lo sabes, By? —preguntó Lobías, tan sorprendido.

—¿Recuerdas si te dijo un nombre para ellos?

—No lo recuerdo —respondió él—. Pero, ¿cómo lo sabes? ¿Has oído la misma historia?

—Mi madre y también mi abuela me contaron la historia de los tres Alumín: los dragones de las estrellas —siguió By.

—Alumín, vaya, esa palabra —continuó Lobías, dubitativo—, no puedo decir que la recuerde, pero sí que, cuando mi abuelo me contaba aquella historia, ese nombre me hacía pensar en algo luminoso. Y, de hecho, imaginaba así a las bestias, envueltas en luz, o en fuego, porque su nombre me hacía pensar eso. Quizá sea la misma historia, By.

—Es posible —afirmó la chica.

Avanzaron en silencio hasta que las voces de los naan llegaron hasta ellos. Primero, en un susurro. Y paso a paso, hasta volverse la oración que repetían.

—Los naan —musitó By—. Cantan al árbol.

—Lo sé —dijo Lobías—. Lo sé. Dime By, ¿sabes por qué el árbol no se ha consumido?

—No lo sé —musitó la chica—. Y creo que nadie lo sabe. Pero, si pensamos que el árbol fue antes y de él brotó todo, entonces quizá debamos darnos cuenta de que ni el agua ni el fuego ni la nieve ni el viento pueden acabar con él, pues Homa es parte e inicio de todo y los contiene a todos.

—¿No se sabe de algo similar antes?

—No hay en los libros ninguna historia que cuente que el árbol fuera incendiado. Nada. Ni una palabra y créeme que he leído todos los libros, Rumin.

—Entiendo —musitó Lobías.

Al atravesar un recodo, vieron la espantosa imagen del Árbol de Homa cubierto por las llamas. Se acercaron sin prisa.

Atrás de todos se encontraba Lóriga, sentada sobre la hierba, en silencio. Cuando descubrió a Lobías y By y los otros, los saludó con desánimo levantando uno de sus brazos. Lobías bajó del caballo después de Ballaby y caminó hasta donde se encontraba Lóriga.

—¿Los domadores están bien? —preguntó la señora ralicia cuando Lobías estuvo junto a ella.

—Permanecen dormidos, pero al menos están con vida —dijo Lobías.

Lóriga asintió y volteó hacia el árbol. No estaban cerca, pero podían sentir el calor que emanaba de las llamas. Lobías pensó que quizá fuera posible que el fuego no cesara nunca, que el Árbol de Homa se convirtiera en un pequeño sol o que el mundo mismo se encendiera volviéndose un astro, asesinando tras ello a todos sus habitantes. También era posible que aquellas ramas y hojas y raíces solamente fueran más resistentes y que, luego de unos días, el árbol se derrumbara sobre sus cenizas. Lobías quedó sumergido en tan extraños pensamientos, hasta que una mano, la más inesperada de todas, lo sacó de su ensoñación, y su dueño lo llamó por su nombre.

# PARTE 4
# PERSECUCIÓN

# 25

Los trunaibitas de Porthos Embilea, temerosos, cansados, soñolientos y confundidos, recogieron sus cosas y siguieron a través del bosque a Tintaraz y el señor Tamuz. Desconocían quién era su anfitrión, ése al que Tamuz definió como protector del bosque, pero confiaban en Azet y si él decidía tomar el rumbo de sus anfitriones, ellos también.

La oscuridad era profunda en el bosque, pues sus tupidas ramas no dejaban pasar la luz lunar y los astros apenas aparecían entre el follaje; pese a ello, Tamuz les pidió que no encendieran antorcha alguna.

—Hay demasiadas raíces —dijo una mujer—, los más ancianos tropezarán.

—O los niños —exclamó otra.

—Todos tenemos sueño y estamos cansados —añadió Ebomer Rim—, si no vemos por dónde vamos, nos será imposible avanzar.

—Qué necios son —se quejó Tamuz—, siempre ha sido lo mismo, nunca confían en lo que se les dice.

—No es su culpa —intervino Tintaraz—, no saben nada de mí ni de este bosque —entonces juntó sus manos y luego sopló en el hueco en medio de ellas, provocando un sonido liviano, tembloroso, como el silbido de un anciano sin dientes. Sucedió enseguida un prodigio. Frente a ellos, en los arbustos o en las ramas bajas se encendieron un sinnúmero de abejas Morneas y libélulas, antes, invisibles en la oscuridad. Un gesto de asombro iluminó los rostros de los porteños, que agradecieron encontrarse ante la presencia de un mago prodigioso. Avanzaron entonces con confianza. Y, por donde pasaban, el bosque se iluminaba. Y cuando el último de ellos atravesaba un arbusto iluminado, éste se apagaba igual que una fogata a la que se le ha echado encima un cántaro de agua.

Y así, caminaron a través del Bosque Sombrío. A veces distinguían pequeñas cabezas asomarse tras una piedra o entre las ramas, rostros veloces, que estaban y, de inmediato, se recogían. En algún momento se cruzó con la procesión un grupo de venados de un extraño pelaje del color de la primera nieve del invierno. Sus patas eran puro vértigo cuando saltaron por encima de los arbustos para huir bosque adentro.

Al frente de todos caminaba Tintaraz. Vigilaba hacia un lado y otro, atento a lo que ocurría. Detrás de él, caminaban el señor Tamuz y el general Azet. Y atrás, andaba el resto. Luego de un rato, Mazte anunció que el aire poseía un aroma delicioso, el cual le provocaba sueño. Tuvo que hacer un enorme esfuerzo para no quedarse dormido. Aunque no lo dijo, en su mente imaginaba que aquel aroma provenía de un cabello color fuego.

—¿Qué te sucede, muchacho? —preguntó Ebomer Rim, cuando a Mazte se le doblaron las piernas. Ebomer tuvo que sostener a su muchacho de un brazo para que no cayera de bruces—. ¿Te sientes bien?

—Estoy bien, es sólo que tengo mucho sueño —dijo Mazte.

—Más vale que te despiertes, porque no podemos quedarnos aquí —advirtió Ebomer.

—Estaré bien, padre —musitó Mazte, entre bostezos—. Estaré bien...

Mazte sintió que sus pies no tocaban el suelo. Era como si flotara, como si su cuerpo pesara tan poco que era incapaz de doblar las hojas y pisar la tierra. Pensó que lo imaginaba, hasta que inclinó la cabeza para mirar y le pareció distinguir una tímida sombra bajo sus pies. Apoyó la mano sobre el hombro de su padre y se dejó llevar, le parecía que avanzaba erguido sobre un trineo tirado por caballos. Era una sensación agradable y también lo era aquel aroma que asociaba con una larga cabellera roja cayendo hasta la altura de una cadera. En un par de ocasiones, Mazte Rim estuvo a punto de quedarse dormido, pero no podía permitírselo, por lo que luchó con todo lo que tenía para seguir despierto. Respiraba con lentitud, pero de manera constante. Respiraba el aire frío. Se mordía levemente los labios. Después de un rato, el aroma se desvaneció y, paso a paso, Mazte Rim recobró sus fuerzas, y también su peso, y pudo pisar otra vez la hierba y la tierra bajo sus pies.

Nadie sabía con exactitud cuánto caminaron antes de encontrar un descampado, una larga pradera sin árboles, tapizada con un césped corto, como recién segado. Era un campo enorme que sorprendió a todos, pues nadie esperaba que el bosque tuviera un claro de semejante tamaño. Al final del mismo, reconocieron una serie de árboles de hojas amarillas y Tintaraz anunció que irían en esa dirección. Más allá de los árboles se elevaba hacia el cielo el humo de chimeneas o cocinas, y Mazte Rim animó a todos cuando anunció, en realidad susurró a su padre y éste lo comunicó al resto, que olía un aroma de potaje recién preparado y mucho té. Las estrellas brillantes, ajenas, representaban un espectáculo infinito. Tintaraz caminó con los ojos al cielo y lo hizo así la mayor parte del trayecto, hasta que estuvieron muy cerca de una empalizada, que atravesaron a través de una especie de entrada sin puerta. En el último trecho, el bosque se oscurecía y a la mayoría de los porteños les pareció que entraban en una cueva. Luego de unos metros, divisaron una cabaña. O varias de ellas, a ambos extremos de una casa enorme, de madera, con techo a dos aguas y tres chimeneas, de las cuales emanaba el humo visto desde lejos. Varias mesas estaban dispuestas afuera de la casa. Había sillas a ambos lados de las mesas y platos hondos y cucharas de madera. Al lado de la casa llameaban dos fogatas, encendidas una junto a la otra, y sobre ellas unos enormes cuencos de metal. Un poco más allá, muchas teteras de varios tamaños.

Poco antes de llegar, el señor Tamuz les hizo la señal de detenerse y habló con amabilidad.

—Habitantes de Porthos Embilea, dadas las temibles y excepcionales circunstancias que hemos vivido esta noche, recibimos ahora la hospitalidad de la señora Elalás y sus hermanas. Las nueve damas, dueñas de esta casa, vecinas suyas, aunque desconocidas, son personas de prestigio y buen corazón, y si no se encuentran presentes en este momento, no es porque no quisieran recibirlos en persona, sino que otros asuntos de enorme importancia las han convocado en tierras lejanas. Por favor, tomen un cuenco cada uno y sírvanse algo de avena y té. En esta noche fría, nada mejor habrá de caernos que una comida caliente.

El señor Tamuz mostró con sus manos el camino y las asombradas gentes de Porthos Embilea avanzaron a cumplir el amable mandato. Comieron con la avidez que provoca el hambre, pero al acabar, mientras bebían una gran taza de té caliente, reposaron tranquilos, tristes, pero en calma.

—Necesitamos los ojos y la espada de ocho o diez de tus hombres —dijo Tintaraz a Ezrabet Azet—. No podemos confiarnos. En este día serán importantes los vigías que podamos situar en la altura del bosque.

—Cuente con ellos —respondió Azet, que se encontraba sentado en compañía de algunos soldados supervivientes. En la urgencia de las palabras de Tintaraz comprendieron que nada había terminado, que aquella noche sería quizá más larga que nunca.

# 26

Los puestos de vigilancia se encontraban enclavados en la altura de los árboles, protegidos por la espesura, en el perímetro de la casa, o un poco más allá, en el borde de la pradera sin árboles, y consistían en una estructura de madera encajada entre las ramas y el tronco, la cual sostenía una plataforma. En cada una se establecieron dos vigías. Se les pidió no hablar o hacerlo en susurros, y permanecer arriba hasta que llegaran por ellos a la hora de la comida o al oscurecer.

Una leve nevada cayó cuando amanecía, lo que tomó a todos por sorpresa, menos a Tintaraz, que previendo la nieve suministró abrigo a los vigías.

En un puesto al borde de la pradera, mientras comían unas galletas, un soldado percibió algo que se movía no lejos de donde se encontraba.

—Me pareció distinguir una sombra —dijo a uno de sus compañeros.

—¿Dónde? —preguntó éste.

—Abajo, entre la maleza —insistió el primero señalando un trecho del descampado donde la maleza era especialmente indómita.

Ambos soldados miraron con atención el lugar, pero no descubrieron nada.

—Quizá fuera una liebre —dijo el segundo soldado— o uno de esos venados blancos que vimos antes.

—Puede ser —sugirió el primero—. Ni siquiera estoy seguro, era como una sombra.

—Estás cansado —dijo el segundo.

—Sí, supongo que todos lo estamos —concedió el primero—. Pero no me gusta nada este bosque y no me refiero a la casa. ¿No lo notas?

—¿Notar qué?

—Escucha —insistió el primero.

Ambos hombres callaron. El segundo, incluso, cerró los ojos para concentrar su atención. Pero nada, salvo la leve brisa que hacía temblar las hojas, no escuchó nada.

—O me he quedado sordo o lo que escucho es todo silencio —dijo el segundo.

—Precisamente —le concedió el primero—. No se escucha nada, ni un pájaro, ni el zumbido de un insecto, ni un arroyo, ni las patas de un venado, nada. Y eso es lo extraño. Es como si estuviéramos en una habitación sin ventanas ni puertas. Y eso no es normal, esto es un bosque. Y los bosques están llenos de ruido, es inevitable.

—No lo había pensado —dijo el segundo.

—Pues ya ves, es como te digo.

—Es un bosque encantado —siguió el segundo—. Todo es distinto aquí... ¿Qué fue eso? —preguntó de pronto.

—¿Qué fue qué?

—Me pareció escuchar algo, un *ladrido* —respondió el segundo.

—Será un perro que ha venido siguiéndonos desde la ciudad —dijo el primero, quien, de pie sobre la plataforma, miraba hacia la pradera.

Pese a ello, no vio al perro arrastrándose entre la maleza. El animal se arrastró hasta que estuvo muy cerca del árbol. Saltó entonces hasta el tronco y trepó afianzándose con sus uñas largas.

—Es un perro —dijo el segundo.

—El silbato —exclamó el primero con desesperación, mientras acudía a su espada—, toca el silbato.

El segundo se llevó a la boca el instrumento. Al soplar, éste emitió un sonido ridículo, escaso, incapaz de poner en alerta a nadie.

—Sigue —gritó el primero—, ¡sopla!

El perro escaló el árbol en una exhalación. Cuando saltó al borde de la plataforma, el primero de los vigías lanzó un golpe de espada contra él, sin puntería. El perro se afianzó a los soportes, se empujó con sus piernas traseras y saltó sobre los pies del primero, que asestó otro golpe, no mortal, pero sí lo suficientemente atinado para herir a la bestia en el costado. El animal le mostró los colmillos, eran tan grandes como un dedo meñique humano. El perro se lanzó contra el soldado, lo mordió en la muñeca, lo que le hizo soltar la espada. El segundo vigía, paralizado, trataba de silbar sin conseguirlo, pese a su desesperación, tomó al fin su espada e intentó golpear al atacante. Su lance dio de lleno contra la plataforma.

La bestia saltó al cuello del primer soldado. De una dentellada le destrozó la tráquea; lo mató al instante. El segundo soldado saltó de la plataforma sin apenas pensarlo. Al caer, se quebró en dos puntos la pierna izquierda. Fue aquel alarido el que alertó a un soldado que se encontraba muy cerca, subido en su propia plataforma. Fue éste quien hizo sonar su silbato lo más fuerte que pudo, hasta encontrar respuesta en los otros vigías.

# 27

Los silbidos de advertencia llegaron a los oídos de Tintaraz cuando se hallaba sentado en el tejado de la casa de las nueve señoras, oteando hacia el occidente. Bajó de un salto desde allí y caminó al extremo de la propiedad, donde ya se encontraba Ezrabet Azet. Dos hombres corrían entre los árboles. Tintaraz y Azet salieron a su encuentro.

—¿Los persiguen? —preguntó Tintaraz.

—No señor, no que sepamos —respondió el soldado.

—¿Qué pasó? —preguntó Azet—. Oímos silbidos.

—Escuchamos unos gritos —dijo el otro soldado—. Fuimos a ver y localizamos dos cuerpos. —Estaban despedazados, general —añadió el primero que había hablado.

—Eran dentelladas de animales, señor —sentenció el segundo.

Un tercer soldado apareció desde el este. Corría esquivando los árboles con todas sus fuerzas. Tintaraz y los otros callaron, como si permanecer en silencio pudiera hacerles ver de una mejor manera, y necesitaban observar con detenimiento si alguien o algo lo perseguía. Se encontraba a poca distancia cuando vieron el enorme perro saltar sobre él. Un perro semejante a los que antes atacaron la Fortaleza Embilea. Azet y Tintaraz y los dos soldados corrieron a ayudar al tercer soldado. Tintaraz se detuvo un instante, tensó su arco y disparó al animal. La flecha perforó entre las costillas, pero aquella bestia ni siquiera emitió un chillido, en cambió levantó la vista a los que llegaban, les mostró los colmillos, rojos por la sangre, y se lanzó sobre ellos. Azet lo recibió con su espada en alto, pero el perro la esquivó en el último instante, girando hacia su izquierda en un movimiento casi antinatural y en seguida clavó las fauces en el antebrazo de uno de los soldados. El perro movió la cabeza con violencia, de derecha a izquierda, tratando de cercenar lo que mordía. Tintaraz volvió a disparar su arco y una segunda flecha se clavó en el cuello del animal, que siguió sin inmutarse. Casi al mismo tiempo, Azet golpeó al animal con su espada, en la grupa. La espada apenas se clavó en la piel arrugada, dura como la madera, pero el perro siguió en lo suyo. El segundo soldado se lanzó sobre la bestia, quiso sujetarla por el cuello luego de golpearle los ojos con desesperación. Azet volvió a atacar al animal en el mismo lugar del último corte, como si quiera partirlo en dos como cuando se tala un árbol, lo que consiguió luego de un tercer golpe. Pese a eso, el hocico del perro seguía cerrado sobre el antebrazo del soldado, que chillaba tratando de zafarse. Tintaraz apareció y trató de abrir las fauces de la bestia con sus propias manos. Los dientes estaban clavados muy profundo en el soldado, tanto que parecían una trampa para liebres. El segundo soldado ayudó a Tintaraz en su cometido, y sólo entonces el otro pudo sacar su brazo, que era un amasijo de sangre y carne desgarrada.

El soldado atacado en primera instancia por el perro estaba muerto; así que no llegaron a saber lo que tenía para contarles. Tampoco supieron si huía del perro o si su intención era llegar al campamento y advertir sobre algo visto. Al soldado del brazo desmadejado lo llevaron al interior de la casa de las nueve señoras, para que fuera atendido. Lo que sucedió después ocurrió con tanto vértigo que la mayoría apenas comprendió su significado.

Tintaraz, Azet, Mazte y el señor Tamuz se encontraban reunidos en el desván de la casa.

—¿Qué hueles, Mazte Rim? —preguntó entonces Ezrabet Azet.

—El hedor de los perros es inconfundible —dijo Mazte Rim—, pero también el hedor de las extrañas armaduras de la gente de la niebla, pues se acercan. Están por todas partes, anteponiéndose al aroma frío de la nieve.

—¿Estás seguro de lo que dices, joven Rim? —preguntó Tintaraz.

—Sí señor, tengo el don en mi nariz —respondió Mazte.

—Mazte es infalible, señor Tintaraz —aseveró Azet a ese respecto.

—Doy fe de ello —agregó Tamuz—, se cuentan muchas historias en Porthos Embilea sobre la habilidad de este muchacho.

—Voy a creerlo —dijo Tintaraz—, además, he escuchado el viento del norte, trae voces, voces desconocidas para nosotros, así que es claro que hay algo. No son sólo unos cuantos perros, es un ejército el que viene tras nosotros.

—¿Qué podemos hacer? —preguntó Azet—. La mayoría de los que están ahí afuera son mujeres, ancianos o jóvenes; no es posible defendernos. Y menos tras una empalizada. Y tampoco creo posible llegar hasta Eldin Mayor. Ni concibo posible recibir ayuda desde allí, ni siquiera si nuestro corredor ha llegado a la Casa Real, jamás nos encontraría aquí. Nadie atravesaría el Bosque Sombrío para venir a buscarnos.

—Todos estamos dispuestos a pelear —dijo Mazte, tímidamente.

—Pelear en estas condiciones es inútil —siguió Tintaraz—. Debemos llegar al camino bajo la tierra.

—Eso pensé —admitió el señor Tamuz.

—¿De qué hablan? —preguntó Azet.

—Cerca del muro de los ralicias, paralelamente, hay un túnel —agregó Tintaraz—, y ese túnel avanza bajo tierra hasta la Cordillera Nevada, pero hay una salida mucho antes, en una colina que bordea un arroyo, muy cerca de la ciudad de Eldin Mayor. Conozco las palabras para abrir la puerta del túnel, porque no está abierta a los visitantes inesperados. Si llegamos hasta allí, podremos recorrer el trayecto hasta la ciudad sin dificultades. Pero debemos salir de inmediato.

—Voy a preparar a la gente —anunció Azet.

—Si ya lo hemos decidido así, vamos todos —dijo Tintaraz—, hay mucho que hacer.

Poco después, bajo una leve nevada, las gentes de Porthos Embilea, guiadas por Tintaraz y el señor Tamuz, emprendieron la marcha en busca de un túnel, de un camino en la oscuridad bajo la tierra, con la esperanza de que fuera su salvación.

# 28

Herazim, capitán del ejército del país de la niebla, fue un alumno aventajado del capitán Hanit. Más alto que el promedio, poseía un físico prodigioso, pero era conocido por todos por su habilidad con el arco. Se decía que tenía una visión mágica, pues era capaz de asesinar un ave marina con los ojos vendados, guiándose sólo por su instinto. Se contaban diversos prodigios sobre su habilidad. En una ocasión, siendo un chico de doce años, mientras se encontraba de guardia en una torre, apuntó a un ratón que comía la fruta de una descuidada vendedora sentada en el mercado. Era ya asombroso que pudiera divisar al roedor, pero más asombroso fue que atravesara al animal con su flecha. En otra ocasión, se dijo que mató a un ladrón de cabras que huía a través de la niebla, guiado por el balido de un pequeño cabrito que llevaba sobre su espalda. Además de su pericia con el arco, tampoco lo hacía mal con la espada, y era tan hábil en la lucha cuerpo a cuerpo, que siendo apenas un adolescente el general Hanit lo tomó bajo su protección y cuidado.

—Serás mi sucesor —le dijo alguna vez Hanit, y el chico bajaba la cabeza, avergonzado por los elogios de su admirado general.

En nadie confiaba más Hanit que en Herazim, y nadie se esforzaría más que Herazim para cumplir la misión que el general le hubiera encomendado, cualquiera que ésta fuera. Pese a ello, el capitán Herazim no tenía manera de seguir el rastro de los porteños que huían a través del bosque. Las huellas desaparecieron luego de un tiempo de seguirlas y era como si los trunaibitas hubieran adquirido la habilidad de caminar sobre el aire. Desconcertado, el capitán pidió a algunos soldados que subieran a las ramas altas, en busca de pistas, pero fue inútil. Consideraba ya la posibilidad de volver, cuando escuchó a los perros, que aparecieron juntos, veloces. Ni siquiera se detuvieron al encontrarse con Herazim y sus hombres, a quienes ignoraron como si fueran sombras en una pared. Poco después apareció el dueño de los perros, ese hombre extraño llamado por todos Animal.

Animal hablaba poco. Era evidente, para aquellos que estaban cerca, que prefería los perros a los humanos. Vivía en la región al sur de la isla, entre el mar y la niebla, en una casa de piedra al borde de una colina de hierba verde. Nació en esa casa y permaneció en ella después de que su madre, su padre y dos hermanos murieran en circunstancias desconocidas para todos. El niño tenía siete años cuando aquello sucedió y ya entonces convivía más con sus perros que con su propia familia. Animal dormía con sus mascotas en una especie de desván, protegidos todos del frío por bloques de heno que ocupaban más como un nido que como una cama. Una mañana, al bajar, encontró a su familia mutilada, desgarrada, como si un oso de las montañas los hubiera asesinado en silencio, pero sin llegar a devorarlos, por alguna razón inexplicable. Se dice que el niño convivió con los cadáveres de sus parientes durante siete días, hasta que un vecino fue a visitarlos y encontró el horrendo espectáculo. A pesar de la soledad y la desgracia, Animal no quiso marcharse de aquel lugar. Sus perros, que entonces eran media docena, crecieron en número y se volvieron una manada de cerca de cincuenta. Pronto, empezaron las habladurías sobre el niño cazador que salía con sus perros al oscurecer y recorrían los bosques cercanos, las colinas, las montañas, y daban cuenta de venados, zorros, liebres o cualquier animal salvaje que encontraran en su camino. Cuando su historia llegó a oídos de Anrú, el mago, quiso comprobar lo que del chico se decía. Lo visitó un otoño y encontró a su jauría descansando tranquilamente en una colina, tan apacible de madrugada, que ni siquiera se percató de la visita del mago. Al despertar, tanto los perros como el chico reconocieron al hechicero y compartieron con él todo ese día, el siguiente y tres jornadas más. Hablaron poco, pero lo suficiente para que Anrú le asegurara a Animal que sería importante en su futuro mandato y para el reino nuevo. Poco después, el mago llevó a Mahut a conocer al Señor de los Perros, quien comprendió por qué, para el mago, ese chico a quien ya todos llamaban Animal podía ser útil. No mucho tiempo después, Animal y sus perros corrían a través del Bosque Sombrío, en busca de los que huían desde Porthos Embilea.

—¿Sabes hacia dónde caminan? —preguntó Herazim.

Animal asintió.

—Entonces, te seguiremos, buen señor —dijo Herazim—. Y seremos veloces como ustedes.

Animal volvió a asentir, antes de reanudar su marcha.

## 29

No lejos del lugar de encuentro entre Animal y Herazim, Ezrabet Azet iba a la retaguardia de los que huían, y mientras andaba, pensaba en Lumia, su esposa. Esperaba que Mannol, el corredor, hubiera sido capaz de llegar hasta la casa del rey en Eldin Mayor y, después de cumplir su misión de anunciar la invasión hubiera buscado a su Lumia. Azet se sentía confundido. En ocasiones, se arrepentía de no haber viajado con ella. En otras, trataba de convencerse que su deber era permanecer en la fortaleza, acompañar a su pueblo, o lo que quedaba de él. Lo cierto es que extrañaba a Lumia y pensaba que quizá no volvería a verla. Sobrevivir el camino del bosque era improbable. Sus perseguidores se encontraban demasiado cerca y un enfrentamiento en aquellas condiciones sería, con toda probabilidad, mortal. No tenían armas suficientes ni soldados, e incluso sus soldados entrenados no podían competir contra sus atacantes. La desventaja era tan enorme que una sombra crecía dentro de Ezrabet Azet. Y por eso no podía quitarse a Lumia de la cabeza. La última tarde que estuvieron juntos hablaron de pasar una temporada viajando hacia el norte, llegar a la cordillera nevada y avanzar un poco más, hasta Eldin Menor. Lumia quería ver el Valle de las Nieblas. Fue hasta allí en una sola ocasión, cuando niña, llevada por su madre, que era una mujer tan curiosa como ella. A Azet no le hacía gracia llegar tan lejos, pero sí le hacía mucha ilusión pasar una temporada en alguna montaña nevada comiendo lo que los montañeses comían, presas de caza de buen tamaño asadas al fuego. "Iré a buscarte", le prometió Azet. "Nos reuniremos en Eldin Mayor y desde allí iremos hasta la cordillera". Ésa fue la promesa del general, y pensaba en ello, en la tarde que hicieron planes mientras comían un estofado caliente, en el patio de su casa, frente al mar de Porthos Embilea.

El general Azet caminaba con lentitud. Junto a él andaban tres soldados. Ninguno hablaba. Observó a Ebomer Rim susurrar algo a Milarta. Pensó en lo terrible que hubiera sido para él que Lumia estuviera en aquella situación, sin duda prefería que se encontrara lejos, en casa de sus padres en Eldin Mayor, que en medio de aquel bosque sin esperanza. Sí, era preferible.

La nieve volvió antes del mediodía. Los hombres avanzaron tratando de protegerse del frío. El viento sopló fuerte un poco después, las ramas largas de los árboles se volvieron látigos que oscilaban de arriba abajo. El general creyó escuchar voces. De pronto, sintió una urgencia terrible dentro de sí, supo que no quería darse por vencido. Fue como despertar. Negó con la cabeza sin darse cuenta. Tenía que llegar a Eldin Mayor. Debía proteger a Lumia y, si la guerra los llevaba por el camino de la perdición y la muerte, tenía que estar con ella en el momento del fin. No podía dejarla sola, en la agonía de su ausencia. Se negó a ello.

—¡Vamos! —gritó de pronto Azet—. Hay que avanzar. Caminamos demasiado lento: adelante. Avancemos.

El general tomó a los soldados por los hombros y los empujó hacia delante. Los soldados empezaron a apurar a las personas, a tratar de juntar al grupo que se había dispersado, pues siempre los más viejos andaban despacio. Azet hizo lo mismo, sin dejar la retaguardia. Tintaraz corría en medio de la gente, seguido de unos cuántos hombres. Ezrabet Azet giró el cuello, pero no descubrió a nadie atrás. Aún estaban solos.

—¿Qué ocurre? —preguntó el general, cuando Tintaraz estuvo a su lado.

—No hay tiempo —dijo Tintaraz—, puedo escucharlos en el viento del norte, ya vienen.

# 30

Los perros se separaron en dos flancos. Los hombres del capitán Herazim, en cuatro. Corrieron sobre la nieve, iguales los unos a los otros, tratando de no hacer ruido, rodeando a quienes perseguían. El primer grupo de hombres llegó al extremo sur, otro, al norte, cerrando la salida hacia Eldin Mayor. El tercero, se quedó en la retaguardia. El cuarto dio un rodeo que lo llevaría hasta el otro lado, para sorprender a los que huían por el frente, junto al muro. Los soldados del país de la niebla avanzaron más rápido que los trunaibitas, pues eran soldados entrenados, no ancianos ni ancianas ni infantes hambrientos cansados por la falta de sueño. El tercer grupo, el de la retaguardia, quería ser avistado por los hombres de Azet. Querían ejercer de distracción, provocar agonía, desesperación de quienes están por ser alcanzados. Herazim quería tratarlos como ovejas que intentaba guardar en un matadero arrastrándolos hasta el muro. Supuso que se dirigían hacia el norte y no comprendió que otro era el camino que buscaban, en la linde del país de los ralicias.

A media tarde, los hombres de Azet avistaron la retaguardia. Poco a poco, los soldados trunaibitas retrocedieron para quedar los últimos, a la espera de repeler un ataque. No lo sabían, pero Herazim pidió a Animal que sus perros dieran inicio a la contienda. "Aún no", repetía el capitán Herazim, "aún no", insistía. Trotaba junto a Animal, que no se inmutaba. Sus perros avanzaban a izquierda y derecha. Cerrarían la formación cuando él se los indicara. Al sonido de su silbato, sus bestias subirían el ritmo y correrían en dos direcciones. Sabían ser certeras, obedientes, y no conocían la piedad, como los animales salvajes de las montañas, que cazan para sobrevivir.

La nieve era una hermosa dificultad para los que huían. Algunos ancianos cargaban garrotes encendidos, otros blandían sus espadas. El señor Tamuz iba adelante, junto a Tintaraz. Siguiéndolos de cerca, caminaba el joven Emuz Etz. En la retaguardia, Mazte Rim anunció que el tufo de los perros llegaba de todas direcciones.

—Nos acechan por los dos flancos —anunció Mazte.

Los soldados trunaibitas se separaron en dos grupos. Pidieron a su gente que avanzaran lo más juntos que pudieran. El muro estaba cerca, por tanto, también lo estaba la entrada.

—Tenemos que darles tiempo para que entren, tenemos que resistir —gritaba Ezrabet Azet.

—Nos pisan los talones, general, ¿cuándo nos detendremos para luchar? —quiso saber un soldado.

—Aún no, aún no —respondió Azet.

Al frente de todos, Emanol Brazo de piedra se acercó a Tintaraz.

—Señor del Bosque —dijo Emanol—, cuando abras la puerta, yo cuidaré la entrada. Te juro por el cielo que la defenderé con mi vida. Los colmillos de esos perros miserables no pueden traspasar mi brazo de piedra.

—Resistiremos —le anunció Tintaraz, tomándolo del hombro.

—Así será —agregó el señor Tamuz—. No le tengo miedo a la muerte.

—Tampoco yo —dijo Brazo de piedra.

—Esperemos que la muerte no nos alcance esta noche —sentenció Tintaraz—. Pero si así fuera, tampoco tengo miedo.

Antes de que terminara la frase, los perros atacaron. Primero, por el flanco izquierdo. Pero apenas segundos después, por el derecho. Los soldados trunaibitas enfrentaron con valor lo que llegaba, pero el resto, niños y niñas y ancianos, en su mayoría, se paralizaron. Cuando Tintaraz observó lo que ocurría, se acercó a la multitud gritando como un demente, en un intento de hacerlos despertar.

—¡Estamos cerca, no se detengan, estamos cerca! —aullaba Tintaraz—. ¡Corran por sus vidas!

En la retaguardia, el capitán Herazim disparó la primera flecha, que atravesó la garganta de un soldado.

—¡Con la gente! —gritó Azet—. ¡Con la gente! —insistió.

Algunos soldados, confundidos, no supieron qué hacer, pero pronto siguieron a su general, que corrió para alcanzar a sus hombres que estaban siendo atacados por los perros. Apenas inició la lucha, cuando entre las ramas, un grupo de atacantes cargó contra ellos.

—Con valor —gritó Azet. Y levantó en alto su espada y corrió al encuentro de aquellos que llegaban desde el flanco norte.

Ezrabet Azet peleó con Lumia en su mente. Tenía una misión: sobrevivir. Había decidido verla otra vez. No se dejaría vencer, aunque tuviera él solo que enfrentar a todo el ejército del país de la niebla. Cargó contra los perros y los hombres.

Su espada se movió con vértigo, sin descanso, sacando fuerzas de la desesperación, de su deseo de sobrevivir. El sol se ponía ya. Las sombras avanzaban sobre el mundo. Pero el brillo de la espada del general trunaibita se movía en el aire como un fuego fatuo, veloz e impredecible.

Muy cerca, Mazte Rim tomó una decisión: atacaría por la espalda. No se consideraba capaz de enfrentar a un soldado o un perro, así que su misión sería ayudar a aquellos de los suyos que se encontraran bajo ataque. Observó a un soldado en el suelo, tratando de resistir el embate de un perro, entonces Mazte llegó desde atrás y clavó su espada en el cuello del animal, que chilló mientras movía la cabeza a un lado y otro, hasta que finalmente cayó muerto. Mazte desenterró su espada de la bestia y continuó a lo suyo.

El flanco de la retaguardia, con Animal y el capitán Herazim a la cabeza, entraron en batalla y barrieron de inmediato a un buen número de desprevenidos soldados trunaibitas. Al frente, los que corrían divisaron el muro rojo del país de los ralicias.

—Estamos cerca —gritaba Tintaraz—. Estamos cerca.

Y lo estaban, pero a unos cuantos metros, presenciaron una imagen desoladora: un grupo de soldados agresores, el cuarto grupo, los esperaba con las espadas desenvainadas, listos para la batalla. Tintaraz se detuvo de súbito. "Los he traído a una trampa", musitó para sí.

—Oh, que el Único nos ayude —rezó el viejo Tamuz.

—Son demasiados —exclamó Emanol Brazo de piedra.

Los tres se sintieron perdidos. Pronto, otros se les unieron. Y no mucho después, Ezrabet Azet y algunos otros soldados que escapaban de la emboscada que habían enfrentado se unieron al grupo general, que se había reunido formando un círculo, como ovejas en un establo. En un instante, se vieron rodeados de los soldados enemigos. Perros y hombres avanzaron sin prisa, pero sin pausa. Se escucharon oraciones y sollozos. Y en aquel momento, por un instante, la vida se convirtió en una espeluznante expectativa, en una sombra silenciosa semejante a un ojo terrible y maligno que reuniera en su iris perverso la última y definitiva imagen de una pequeña nación.

Entonces sucedió lo que nadie pudo prever. Ni la intuición de Tintaraz ni el alma de domador del señor Tamuz ni el olfato de Mazte Rim.

# 31

La lluvia de flechas llegó desde el oeste. Cuando el general Azet miró hacia atrás, musitó, lleno de tanta sorpresa como de una inesperada felicidad:

—Los señores ralicias…

—Oh, sí, los señores ralicias —dijo Tamuz, que se encontraba al otro extremo del general Azet.

El resto de los trunaibitas recibieron a aquellos inesperados visitantes, tan altos y esbeltos, repletos de una emocionada gratitud.

Los ralicias se protegían por las almenas del muro rojo, que servía como fortaleza.

Apuntaron primero a los perros, luego, a los hombres. Eran tantos y poseían tan buena puntería, que su ataque resultaba mortal. Dispararon dos andanadas de flechas antes de que el ejército del capitán Herazim pudiera reaccionar. La sorpresa los llevó a tomar una mala decisión: retroceder hasta los árboles. Pero no fue así para Animal y sus perros. Al silbido de su amo, los perros reaccionaron con fiereza atacando a los trunaibitas. Todos estaban heridos, con flechas clavadas en los lomos o las patas, pero incluso así les quedaba fuerza para embestir al mandato de Animal. Azet y los suyos se defendieron. Emanol Brazo de piedra trató de hacerse cargo del flanco izquierdo, golpeando a cuánto perro se acercaba. Apuntaba a la cabeza, a veces sin suerte. Golpeó a uno en el hocico, desencajando su mandíbula. Lanzó otro puñetazo a uno más, pero sólo sacudió las briznas de nieve que caían sin descanso. Un golpe más, también sin suerte. Sintió unos colmillos que se clavaban con violencia en su pantorrilla, dio la vuelta y golpeó la cabeza de su atacante, abriendo una hendidura de la cual brotó un grotesco chorro de sangre tibia, oscura. Otro perro lo atacó desde el frente, pero el señor Tamuz lo repelió con la espada.

En medio de la batalla, Animal atacó de una manera voraz y más parecía una bestia que un hombre. Se lanzó contra un grupo de chicas. Tomó a una de la cabeza, la sacudió y le mordió el cuello. Otra de ellas, que tenía un cuchillo, se lo clavó al atacante en la espalda. Éste ni siquiera se inmutó. Una anciana pegó a Animal con un garrote, pero éste no se separó de la chica a la que cercenaba la tráquea. Una flecha cruzó el aire y se clavó en un costado de Animal. Un segundo más tarde, otra más lo rozó en la nuca. La anciana golpeó el borde de la flecha clavada en el costado con una precisión implacable, y ésta se hundió aún más en el cuerpo del agresor, que soltó a su víctima en un acto reflejo. Se tomó el costado. En ese momento, otra de las chicas del grupo golpeó a Animal en la cabeza con un garrote y otra más hizo lo mismo con una piedra. El Señor de los Perros hundió sus rodillas en la nieve, al tiempo que otras chicas o mujeres lo golpeaban con lo que podían: piedras, palos, garrotes e incluso con sus propias manos.

Al otro extremo, Azet, Mazte y otros soldados, lucharon con todo lo que tenían. No les fue difícil dominar a los perros, disminuidos ahora por las heridas de flecha de los ralicias.

Entre los árboles, las flechas siguieron lloviendo. Le tomó un largo instante al capitán Herazim comprender que la mejor manera de protegerse era atacar al grupo de trunaibitas. Dio la orden y salieron de su refugio, recibiendo, eso sí, una nueva andanada de proyectiles, que acabó por diezmarlos. Pese a ello, Herazim, sin apenas un rasguño, atacó mostrando su valor. Dio cuenta con facilidad de los primeros soldados que salieron a su encuentro. Su espada era fuerte, ágil, veloz, y sus movimientos armónicos. El capitán Herazim era un arma peligrosa capaz de respirar. En algún momento encontró al grupo de mujeres rodeando el cuerpo de Animal. Intentó llegar hasta ellas, pero salieron a su encuentro tres chicos de unos quince años, armados con garrotes. Lo atacaron al mismo tiempo. Herazim lanzó un golpe con su espada, cercenando la mano del que se acercaba por el frente. El chico cayó al suelo, haciendo que sobre la nieve se extendiera un extraño mapa rojo, semejante al de un desierto. Otro lo atacó por la espalda, pero el capitán giró para enfrentarlo, tras lo cual bloqueó el golpe enemigo, y con un único y brutal movimiento encajó su espada en el pecho del muchacho. Retrocedió luego, extrajo la hoja sangrante y se aprestó para enfrentar al tercero.

—No te tengo miedo —musitó el chico, acorralado.

—¿Cómo dices? —preguntó Herazim.

—No te temo —insistió el muchacho.

Herazim entonces contempló que, desde su diestra, alguien corría a su encuentro. Era Emuz, Emuz Etz, el protegido del señor Tamuz.

—No lo hagas —gritaba Emuz—, no lo hagas.

Emuz conocía a los chicos. Era mayor que ellos, pero eran sus vecinos, y más de una vez los encontró en el río, pescando, o en alguna fonda, o a la orilla del Bosque Sombrío, cuando paseaban en mitad de la noche buscando maevas, las pequeñas y escurridizas hadas que habitaban aquella región.

Herazim se movió con velocidad, lanzado dos golpes en una exhalación. El primero hirió la mano del muchacho, lo que lo hizo soltar la espada. El segundo dio de lleno en el cuello, abriéndole una herida importante bajo el mentón. Todo sucedió en un segundo. El chico se tomó con ambas manos la herida. Borbotones de sangre lo abandonaron, brotando de él como flores sobre una colina en los primeros días de la primavera. De manera incomprensible para el capitán Herazim, Emuz no lo atacó, cuando llegó al lugar, se arrodilló junto al muchacho herido, que se había desplomado sobre la nieve fresca. El capitán, desconcertado, caminó para dejar la escena, pero casi de inmediato se detuvo. Pensó que no estaba bien abandonar a un hombre a su dolor, cuando no había hecho nada por merecerlo. Así que, en un acto que él consideró piadoso, volvió sobre sus pasos y golpeó a Emuz con su espada a la altura de la nuca. La cabeza de Emuz rodó como una manzana que cae bajo la mesa.

# 32

Los señores y señoras ralicias bajaron del muro, ayudados de una soga. No todos, pues muchos se quedaron arriba, entre las almenas del muro, apuntando a los soldados de la niebla. Atacaron con decisión.

Diezmados, malheridos, con los perros aniquilados, y por primera vez sobrepasados en número, la compañía del capitán Herazim no tardó en darse cuenta de que estaban perdidos. Se replegaron. Eran poco menos de una docena. La mayoría, heridos, aunque ninguno de gravedad. Herazim supo que el destino había puesto ante sí dos caminos: la muerte o la huida. No tenían otra oportunidad. Si corrían hacia el bosque, lo más probable era que nadie los siguiera.

Las bajas en los trunaibitas también eran muchas, no quedaban más que un puñado de soldados en buenas condiciones. Eso sin contar los civiles muertos, desde ancianas hasta niños. El general Azet no quiso dar tiempo a los soldados enemigos y corrió al ataque. Herazim salió a su encuentro. Cuando chocaron sus espadas, un brillo saltó de los metales, un resplandor semejante al de un fuego fatuo que apenas se atisba con el rabillo del ojo. Los soldados ralicias también corrieron a la escena. Un instante después, una andanada de flechas surcó el aire para aniquilar a casi todos los soldados del país de la niebla que se encontraban sin resguardo. Los pocos que quedaron, fueron barridos por los ralicias de inmediato. Y, al final, en medio del dolor y de la sangre, bajo la extraña nieve que no dejaba de caer sobre todos, los vivos y los muertos, quedaron Ezrabet Azet y Herazim; el capitán Herazim, el orgullo de su protector, Bartán Hanit, mano derecha del rey Mahut.

—¿Le teme a la muerte, mi señor? —preguntó Herazim—. Porque yo no… He sido educado para atravesar el desierto oscuro y adentrarme en la nada que no posee fin. Mi alma es un valle de nieblas perpetuas. Mi corazón, un páramo de fango. Así que aquí estoy.

Azet no respondió. O, más bien, su respuesta fue su espada. Atacó al capitán Herazim, que se defendió de la mejor manera que pudo. Ambos estaban cansados, casi exhaustos. Alrededor, los trunaibitas coreaban el nombre de Azet. Todos no quitaron ojo a la lucha. También los señores y señoras ralicias. Cuando Azet, después de bloquear un golpe de Herazim, barrió las piernas de su enemigo con una patada, haciéndolo caer, y luego lanzó su espada hacia abajo, clavándola en su pecho, no hubo júbilo. No hubo gritos ni celebraciones. El silencio acompañó la terrible escena. De ambos lados del cuerpo de Herazim brotaron una especie de alas sombrías, al esparcirse la sangre sobre la nieve, que no dejaba de ser nueva. Herazim dejó caer su espada. Tosió sangre. Azet se acercó a él.

—¿Cuál es tu nombre, señor de la niebla? —preguntó Azet.

El capitán lo observó con ojos desorbitados. En su último aliento, musitó:

—Herazim.

—Malditos sean los tuyos, Herazim, hasta su última generación, por la carnicería que hoy han desatado sobre mi pueblo —dijo Azet—. Nadie se merece este invierno de sangre.

La última imagen que presenció el capitán Herazim fue la de Ezrabet Azet, el rostro del general trunaibita, mientras la oscuridad caía sobre el mundo. Aquella noche se encendieron hogueras en el Bosque Sombrío y se lloró hasta el amanecer por los muertos. Y se contaron historias. Y se susurraron cantos, lamentos cuyas rimas recordaron a los caídos en batalla: hijos e hijas de Porthos Embilea.

# PARTE 5
# LAS NUEVE SEÑORAS
# DEL BOSQUE

## 33

A las afueras de la región de Naan vivía la señora Lapislázuli, en una casa de paredes y techos de piedra. Se contaba que los vientos del norte y del sur confluyeron allí al inicio del mundo y fueron ellos quienes limaron la piedra, proveyéndola de espacios, puertas y ventanas. Cuando llegó Lapislázuli a la región, la encontró repleta de desperdicios, como si cientos de otoños hubieran dejado rastro en sus paredes. La limpió durante muchos días con ayuda de algunos jóvenes naan. Por entonces, también encargó a los carpinteros de la zona marcos de ventanas y utensilios de cocina; una cama con madera de fresno verde; una puerta de roble, que sería la principal; y una mesa de abedul blanco. La señora Lapislázuli rodeó la propiedad con arbustos, los cuales formaron un primer círculo. Sembró pinos un poco más allá, que formaron un segundo círculo. Hizo un tercero con abetos de la clase de los musorat, cuyas ramas largas no pierden sus hojas en todo el año, ni siquiera en los meses de otoño. Y allí vivió la señora, que entonces era joven. Y pronto se hizo fama de dominar unas estupendas artes mágicas. Solía pasear por la región de Or y llegar más allá, hasta las montañas, donde se encargaba de sanar tanto a las mujeres y a los hombres, como de hacer producir los campos de hortalizas y los árboles frutales. Fue en uno de esos viajes que conoció al hijo del bibliotecario.

En una ocasión, aburrida de caminar por los mismos trayectos, la señora Lapislázuli decidió visitar la antigua biblioteca de una pequeña localidad en medio de las colinas Etholias, conocida como Dembley del Sur. Sabía que entre aquellos estantes se encontraba un valioso volumen que contaba la historia de muchas plantas desaparecidas. Al llegar al lugar, sucedió algo tan curioso como extraño: un muchacho, hijo del bibliotecario del lugar, leía el grueso volumen.

—¿Qué buscas en un libro como ése? —preguntó Lapislázuli al muchacho.

—No busco nada, lo leo porque me gusta —respondió el chico.

—¿Y qué puede gustarte de tal libro? —insistió Lapislázuli.

—Cuenta la historia fascinante de una comunidad de árboles hermanos —contestó el hijo del bibliotecario—, cuyo lenguaje se hablaba en la oscuridad de la tierra, a través de sus raíces. Se les conoció como ambardines, o somarsas, en lengua de los señores de las tierras altas del sur. En los primeros años de la creación poblaron la tierra, extendiéndose a través de las semillas que expulsaban cada verano. Eran árboles de gruesos troncos y extensas ramas. Se cuenta que no existía brote alguno que fuera más alto o tuviera más envergadura que un ambardín. Se volvieron tantos, que sus ramas llenaron de sombra el mundo. Bajo ellos, todo se secó: los arbustos, las flores, los otros árboles. La tierra se convirtió en un lugar sombrío, sin vida. Pero entonces, el gran Árbol de Homa se enfrentó a ellos. Hizo que el invierno se prolongara mucho más tiempo que el habitual. Eso endureció los troncos y las raíces. Luego, la primavera se secó y lo mismo el verano, dando paso a un otoño que duró décadas. Las ramas, sedientas, no encontraron la manera de retener sus hojas, las raíces se ahogaron en la oscuridad y los troncos, tan débiles, produjeron una especie de escamas, las cuales también cayeron, reduciendo su grosor. Después de todo ello, el Árbol de Homa convocó a los cuatro vientos, quienes se reunieron a su alrededor. Entonces, los obligó a girar sobre sí mismos produciendo cada uno de ellos un tornado descomunal que envió en cuatro direcciones distintas. Al chocar contra los vientos terribles, los troncos de los ambardines se derrumbaron. Pronto se volvieron polvo. Así, al pasar los años, de ellos sólo quedó una memoria, una rima repetida de boca en boca por los maestros de poesía. Y ésa es la historia.

—Antes, pensaba que venía hasta aquí por ese libro —dijo la señora Lapislázuli—, pero ahora sé que no he venido por ningún libro, he venido por ti.

El hijo del bibliotecario quedó tan sorprendido como maravillado por aquella revelación.

Poco después, la señora lo llevó consigo hasta la ciudad de Alción, donde se embarcaron rumbo a la isla desierta de Halabel. Pasaron tres días en aquel lugar, hasta que un presentimiento le hizo saber a la señora que aquélla no era una vida que le gustaría vivir. Así que le pidió al hijo del bibliotecario que abandonaran la isla. Y así lo hicieron. Volvieron juntos a Dembley del Sur y otro presentimiento dijo a Lapislázuli que una vida en compañía de aquel hombre, tampoco era lo que quería. No entendía sus propios sentimientos. Estaba convencida de que no quería separarse de él, a la vez que sabía que no quería pasar sus años amarrada a ese chico a quien apenas conocía. Entonces, tomó la decisión que le pareció más sensata: separarse.

Antes de marchar, la señora Lapislázuli le prometió al hijo del bibliotecario volver el año próximo y, si seguía soltero, pasaría el día y la noche con él. El chico aceptó de buena gana. Y ella así lo hizo. Al siguiente equinoccio cumplió su promesa. Pero no fue justa con él, pues le ocultó que era padre. En el transcurso de aquel año, la señora tuvo una niña, pero decidió ocultarlo pues no quería que el hijo del bibliotecario se inmiscuyera en su educación. En ese segundo encuentro, también quedó embarazada. Y en el tercero. Y en el cuarto. Pero en cada ocasión, todo sucedía de la misma manera: al despedirse, Lapislázuli le hacía la misma promesa de volver al año siguiente. Y así sucedieron las cosas, hasta que, en el décimo año, algo cambió.

## 34

Durante el verano antes del décimo encuentro, el hijo del bibliotecario se enamoró de una chica que cosechaba campos de trigo y girasoles. La conoció en un baile al final de la primavera. Su rostro le pareció tan hermoso como el de Lapislázuli y debido a su carácter, tan simple y afable, el hijo del bibliotecario no opuso resistencia. Meses después, el día del décimo equinoccio, la hechicera le pidió al hijo del bibliotecario dar un paseo a través las colinas Etholias. Durante esa breve caminata, éste le confesó lo que sentía por la chica que sembraba trigo y girasoles. Al escuchar la confesión, Lapislázuli decidió no pasar la noche con él. Se marchó al crepúsculo. Al año siguiente, no volvió. Ni al siguiente. Cuando finalmente lo hizo, al tercer año, esperaba encontrar al hijo del bibliotecario casado y con hijos, pero no fue así. Estaba solo. Más tarde se enteraría de lo ocurrido con la chica. El segundo verano, después de conocer al hijo del bibliotecario, la sembradora de trigo y girasoles soñó durante trece días seguidos con un desconocido. El decimocuarto día, el desconocido se presentó en su casa. Juró que había visto aquel lugar en un sueño. El hombre pertenecía al país en movimiento, ese conjunto de barcos y plataformas de madera que transita a través del caudaloso río Enil. Tres días más tarde de aquel primer encuentro, la chica dejó atrás la casa de sus padres y se marchó.

Al enterarse de su partida, el hijo del bibliotecario se sumió en una tristeza que le impidió llevar a cabo las acciones más simples, como comer, dormir, trabajar o incluso leer. Pasó así cerca de un mes. Con la llegada del otoño, la brisa fría trajo a él el recuerdo de Lapislázuli y su tristeza se convirtió en ilusión, pues ansiaba encontrarse con la hechicera. Cuando finalmente el deseado encuentro ocurrió, nada fue igual que antes. Lapislázuli tomó una decisión que lo cambiaría todo: llevó al hijo del bibliotecario a su casa, donde los esperaban las nueve niñas, hijas de ambos.

El hijo del bibliotecario pasó entonces muchos días con sus noches en esa casa, y aunque jamás abandonó su taller, vivió cada invierno en aquel cálido hogar, acompañado de sus hijas, a quienes entregó todo su cariño y sus cuidados.

Transcurrieron los meses, los años, las décadas. La vida era buena. Las hijas crecieron y la madre y el padre envejecieron. El hijo del bibliotecario murió antes de la llegada de la primavera, seis días después de la partida de Lapislázuli. La tarde del día que murió, sus hijas le preguntaron algo que su madre jamás quiso responder, algo que la hechicera les advirtió que nunca debían preguntar a su padre. *¿Cómo se conocieron?* Y éste, con la voz débil de un moribundo, les respondió:

—Su madre estuvo conmigo siempre. Desde niño soñé con ella muchas veces. Primero fue una chiquilla de cabellos dorados. Más tarde, una niña con el pelo negro y el rostro lleno de pecas. Luego, una chica pelirroja de ojos amarillos como el trigo. Cambiaba como el bosque, según las estaciones, pero siempre fue la misma, así como el bosque es el mismo en el otoño y el verano, aunque su aspecto sea diferente. Y ahora puedo decir que ella fue mi primer sueño y también será el último.

Esa noche, el hijo del bibliotecario soñó por última vez con Lapislázuli. Al alba, estaba muerto.

# 35

Con la muerte de Lapislázuli y el hijo del bibliotecario, un viento frío llegó a aquella región, y las nueve hijas, que ya no eran unas adolescentes sino unas mujeres jóvenes, se llenaron de una oscura tristeza.

Aquel viento secó las cosechas de duraznos y manzanas, y se perdieron también la cebada y el trigo, pues los campos fueron azotados, casi cada noche, por diminutos tornados. Fue así como aquella parte del mundo se volvió gris. Para las jóvenes fue evidente que ellas eran las culpables de aquello que ocurría. Su tristeza ensombrecía toda la región. Para suerte de todos, en esa época recibieron la inesperada invitación de un señor de los bosques del norte llamado Tintaraz.

Sucedió de la manera más extraña. Al joven Tintaraz le preocupaba la desaparición de los habitantes del bosque. Primero fueron las aves quienes se marcharon antes de la llegada del invierno, pero no volvieron en la primavera. Para el verano, los zorros y los lobos también habían desaparecido del bosque. Y poco después, los zorros en miniatura, esos que, cuando se paraban a dos patas, no llegaban a la cintura de una persona promedio, también se marcharon, quién sabe hacia dónde. En aquel bosque habitaba desde siglos atrás una comunidad de artesanos del cuero y la madera. Con el otoño, decidieron probar suerte en las montañas, donde decían haber encontrado buenos árboles de una clase desconocida, cuya madera era más maleable. Tintaraz trató de convencerlos de que permanecieran en el bosque, pero los artesanos tenían decidido marcharse. Después de ellos, también se fueron del lugar los criadores de abejas, pues era gente bulliciosa, amantes del barullo y las fiestas, y se sintieron demasiado solos sin sus amigos los artesanos. Así, a lo largo de una primavera, un verano y un otoño, el bosque quedó casi vacío. Ante ese solitario panorama, Tintaraz temía que el bosque se oscureciera. Es sabido que un bosque vacío, aquél donde no habitan ni humanos ni animales, puede tornarse un lugar inhóspito, sombrío, semejante a lo que ocurre con aquellos hombres o mujeres que viven lejos de la gente. Siendo así, el joven Tintaraz visitó a Ramuz Tan, el anciano poeta y vagabundo que vivía entre la ciudad de Porthos Embilea, las colinas de los fabricantes de cerveza, y más allá del muro rojo, en el país de los ralicias. Aquel hombre, un sabio y un pendenciero, poseía una extraña cualidad: no pertenecía a ninguno de los países vecinos, pero, a la vez, ostentaba la nacionalidad de ambos. Su madre era una joven trunaibita nacida en las islas Creontes. Su padre, un ralicia.

El viejo Ramuz Tan vivía en todas partes, pero era habitual que, durante los meses de invierno, se hospedara en una fonda junto al mar. Fue allí donde lo visitó Tintaraz una madrugada, antes de que el débil sol de la estación del frío emergiera. El joven señor de los bosques contó al sabio su problema y éste, que conocía la lengua del viento del norte, el cual le traía noticias de todas las partes del mundo, le dio el mejor de los consejos: le recomendó invitar a vivir en el bosque a las nueve hermanas, nueve jóvenes que vivían cerca de Naan, muy cerca del Árbol de Homa.

—¿Por qué a ellas? —preguntó Tintaraz.

—Porque aman el árbol y todas las cosas que del árbol provienen. Porque aman los bosques y los bosques a ellas. Y porque conocen la lengua del arroyo y saben reconocer en una cesta de manzanas la que está podrida. Y porque estarán felices de vivir allí y el bosque será feliz con ellas. ¿Tienes ya razones suficientes?

—No necesito más —respondió Tintaraz.

Poco después, el Señor del Bosque envió su carta a las nueve hermanas. Y como las nueve hermanas estaban tan tristes y se sentían culpables de lo malo que ocurría con las cosechas en aquella parte del mundo, pensaron que nada tenían que perder si aceptaban tan amable y extraña invitación para vivir en un bosque lejano. Así, empacaron sus pertenencias en nueve carretas y se marcharon hacia el sur, siguiendo la ruta de las abejas Morneas que iban en dirección de aquel país, en cuyas regiones de arbustos sobrevivían los meses de invierno.

No mucho tiempo más tarde, el bosque las recibió con toda su belleza. Y también lo hizo Tintaraz, quien prometió cuidarlas y protegerlas de todo mal, ya fuera con su espada o con su magia. Y las nueve prometieron lo mismo. Pronto, Tintaraz comprendió que sus artes mágicas eran insignificantes en comparación con lo que aquellas nueve mujeres jóvenes podían hacer. Pero se sintió tan complacido como tranquilo. En apenas un invierno y una primavera, el bosque recuperó su brillo. Las nueve hermanas eran bondadosas y su cocina se convirtió en un refugio para Tintaraz. Y se podría decir que, durante muchos años, aquélla fue una región feliz.

# 36

El tiempo pasó otra vez, pero lo hizo lentamente. Las hermanas no envejecieron como sería normal en cualquier señor o señora de los reinos conocidos. Se sabe que adquirieron su longevidad gracias a una bebida otorgada por los nahulín, con quienes convivieron en el bosque durante casi un siglo.

Los nahulín eran seres diminutos, no más grandes que una mano, y vivían en el follaje de los árboles. Eran buenos bebedores de vino tanto como de té, pero se les recordaba por su deliciosa sidra, la cual fermentaban durante años y de la cual bebían una copa cada noche. Se asegura en las viejas crónicas que la preparación de su sidra llevaba mucho más que pulpa de manzana y era sometida a antiguos rituales con cada cambio de estación. Como las nueve señoras eran sus amigas, éstos les convidaban tanto de su té como de su sidra, bajo la indicación de que no debían beber más de una copa cada noche. Cuando los nahulín desaparecieron arrastrados por el viento del norte, que se los llevó todos juntos como si fueran un cargamento de manzanas en una canasta invisible, las señoras dejaron de beber su maravillosa sidra. Y fue entonces cuando empezaron a envejecer, pero muy poco a poco. Y ya sea por la bebida de los nahulín o por otras razones desconocidas, se cree que las nueve señoras poseen la cualidad del bosque, y envejecen de la misma manera que sus árboles.

Incontables generaciones de humanos han transcurrido desde que las nueve señoras atendieron el llamado de Tintaraz. Han visto la guerra y, más tarde la niebla, llegar y establecerse en las regiones aledañas. Han escuchado en más de una ocasión el tañido de la campana de Belar. Sintieron en sus pies el viento del tornado derrotado por la magia del domador. Oyeron en la madrugada el trote de los caballos y el grito del Jamiur en mitad de la noche. Miraron la sombra del dragón crecer sobre las colinas y aplacarse. Presenciaron reinos alzarse, caer, y volver a surgir de sus propias ruinas. Y ellas, impasibles, permanecieron en el interior de su bosque hechizado, lejos de casi todos. Y, durante siglos, el mundo estuvo en calma. Pero el tiempo cambió. El viento nocturno se detuvo para contarles una historia terrible, les anunció una profecía. La profecía de su vuelta a Naan. Por eso supieron qué hacer antes que nadie. Debían volver a la antigua región, debían cantar la canción que hechiza a las abejas, silbar para convertir el aire en música y luego en tormenta, y volver a sentarse alrededor del Árbol de Homa, conocido por ellas como Trianamarit, que significa "el lugar donde se reúnen todas las almas". Y allí, ante su descomunal presencia, debían pronunciar la oración que unos antes que ellas repitieron en los antiguos días de aflicción, cuando la sombra señoreaba los caminos del mundo. La oración del alba. Las palabras que invocan la luz.

# 37

—Lobías Rumin —musitó la señora Elalás.

De algún modo, Lobías reconoció su voz. Pertenecía a su infancia, a un pasado cuando él deambulaba por el bosque con su abuelo. Llegaron a una casa que olía a galletas, a estofado, a fruta, a algo delicioso. Y comieron y durmieron allí, sobre una alfombra mullida, al amparo del fuego. Y esa voz, que era suave y calma, contó esa noche una historia sobre un hada que se enamoraba del hijo de un bibliotecario. Sí, Lobías lo recordó de súbito. No recordaba el cuento, pero sí la sensación de la voz de la mujer pronunciando cada palabra con suavidad, como acariciándolas, lo que lo hizo dormir. A veces, una noche en la fonda, mientras bebía un vaso de vino, o en la madrugada, cuando caminaba por el bosque camino a la casa de su tío Doménico, Lobías recordaba esa casa y esas mujeres. En alguna ocasión, le preguntó a su tío si conocía cómo llegar o quiénes eran esas mujeres, pero éste no sabía de lo que hablaba. Durante años, lo olvidó. Más tarde, pensó que había sido un sueño, aunque lamentaba que su abuelo no estuviera con vida para interrogarle. Le pesaba haber preguntado tan poco. Estaba seguro de que tendría mucho que contar, pero su abuelo murió demasiado pronto, cuando Lobías era apenas un niño.

Lobías Rumin giró el cuello y se encontró con el rostro de la señora Elalás y, tras ella, los del resto de señoras.

—La casa del bosque, ¿cierto? —exclamó Lobías.

—Qué buena memoria tienes, Rumin —dijo la señora Elalás.

—La casa que olía a galletas recién horneadas —siguió Lobías, y miró a By, que miraba a las señoras como si se hubiera enfrentado a una aparición.

—Muy buena memoria, sí —afirmó Lisio—. Mejor aún que la del gruñón de tu abuelo, chico.

—Pero eres su viva imagen —agregó Emia.

—Se parecen mucho, sin duda —dijo Elalás.

—Seguro que no recuerdas nuestros nombres, muchacho. Yo soy Umisia.

La señora Umisia puso su mano sobre el hombre de Lobías. El resto de señoras hizo lo mismo, el mismo gesto de la mano, al decir su nombre.

—Y yo Minarat, Mina.

—Y yo, Lisio.

—Y yo, Lim.

—Y yo, Ena.

—Y yo, Emia.

—Y yo, Milinia.

—Y yo, Nubia.

—Y yo Elalás, pero puedes llamarme Ela. Si quieres. Y ustedes también, buenas gentes. Y sí, venimos de un bosque lejano, más allá de la niebla, pero pertenecemos a esta región, en esta región nacieron nuestra madre y nuestro padre, y acá murieron, y aquí nos enseñaron a amar el árbol, el Árbol de

Homa, al que no abandonamos nunca ni en nuestros pensamientos ni en nuestra alma, y a quien buscamos en cada árbol que crece en nuestro bosque. Y en el viento. Y en el agua del arroyo. Por eso supimos que nos necesitaba. Y por eso hemos venido.

—¿Pueden apagar el fuego?

—Oh, sí podemos, es un hechizo burdo —dijo Minarat.

—Quizá no sea burdo —refutó Emia—. Mejor no confiarnos.

—Es lo mejor, lo sé, pero estoy convencida de que podremos —insistió Minarat.

—No vamos a tener dudas ahora mismo, no hemos venido hasta aquí para dudar —aseveró Umisia.

—Es así, es así —dijo Nubia.

—Y ahora, hermanas —añadió la señora Elalás—, dejemos la charla para después. Que nada nos perturbe, ni la tristeza ni la alegría.

Las nueve señoras caminaron dejando atrás a Lobías y avanzaron hacia el árbol. Se colocaron formando una media luna, muy cerca del árbol. Hablaron entonces en un idioma antiguo, y sus palabras eran música, rimas que repetían semejando la brisa que se levantaba, y arriba de ellos, la nieve que caía retrocedió, se elevó, volvió al cielo, y alrededor, las abejas Morneas brillaron como mínimos soles, y se escucharon, desde los cuatro rincones del mundo, aullidos de lobo, ladridos de perro, y de las montañas del norte llegó el rugido de los osos y de otras bestias salvajes. Las señoras repetían su oración: *Emutihas Omlant Alitabeth Jacif, Olantas mehay. Enathas orbús, Ephlias kothys, Olantas mehay. Torubitas alim, amethis cozim, regrintas mehay,* que en nuestra lengua se puede traducir:

*Que la nieve y el frío,*
*que son formas del viento,*
*prevalezcan al fuego.*

*Que la niebla y el río,*
*que son formas del agua,*
*prevalezcan al fuego.*

*Que la palabra cese*
*y que cese este invierno*
*y retroceda el fuego.*

Las señoras repitieron su oración, casi sin variaciones en lo que cantaban, aunque sí en el tono de su voz, que a veces era bajo, como un susurro, y otras subían la voz, como si aquello que dijeran fuese un mandato. Los que escuchaban aquel canto no supieron cuándo entraron en una especie de trance. Lobías, By, Furth, Lóriga, y todos los que se encontraban cerca, cerraron los ojos, se sintieron livianos, tuvieron la sensación de flotar a unos centímetros del suelo, pero no fue únicamente una sensación, pues se elevaron realmente, como si algo en su interior se hubiera vuelto tan etéreo que los semejara a las aves. Y las aves mismas callaron. Y también callaron los animales salvajes. Y el arroyo. Y el río. Y el mar dejó de batir. Y, por un instante, o quizás un poco más, lo único que se escuchó en toda aquella región fueron las voces de las nueve señoras, quienes cantaban sin cesar su oración, y así lo hicieron hasta que un viento se levantó desde el este y desde el oeste y desde el sur y desde el viejo anciano norte; y los cuatro vientos avanzaron, imitando las voces de las señoras, el coro de voces de las nueve señoras, y pronto, ambos sonidos se volvieron uno, y soplaron con fuerza contra el árbol, lo cubrieron, y el fuego, que hasta entonces permanecía intacto, retrocedió, retrocedió y retrocedió, hasta que de él quedó apenas una especie de humo, hilos de humo, cientos de ellos a través de las ramas y el tronco y las frondas, que el viento mismo se encargó de limpiar cuando se elevó hacia el cielo.

A medida que el viento se elevaba, las voces de las nueve señoras bajaron de intensidad, y aquellos que escuchaban, tocaron otra vez el suelo y, ya pronto, cuando las voces se volvieron susurros, abrieron sus ojos y pudieron descubrir que el fuego no existía y que el antiguo Árbol de Homa estaba intacto. No había sufrido daño alguno. Ni sus hojas ni sus ramas ni sus raíces.

Lobías Rumin corrió hasta el árbol sin disimular su emoción. Palpó su tronco, que estaba frío, gélido, pero también liso, cubierto con un extraño musgo de color dorado. Más allá de eso, estaba intacto. Y también lo estaba el libro. Cuando se asomó por la hendidura, no le sorprendió palpar aquel artefacto de otras épocas del mundo, esa especie de testamento del tiempo y la creación, que tomó con una gratitud infinita. Lo abrió de inmediato.

—Dime —susurró el lector—. Dime, ¿qué mundo es éste?

No había pensado la frase, ésta brotó desde el fondo de sí, como la revelación de su propia alma, y Lobías supo que nada tenía que ver su entendimiento con aquella frase, sino algo más profundo dentro de él. En un atisbo de lucidez, pensó que la pregunta la formulaba la magia dentro de sí, lo inexplicable y, por tanto, no era Lobías quien preguntaba, el sobrino del señor Doménico, ese chico insulso repartidor de leche en las calles de Eldin Menor, sino Lobías Rumin, el domador de tornados.

El libro respondió de la manera más extraña, con una frase que no quería decir nada para Lobías, pues aquellas letras no formaban palabras que pudiera comprender. Supuso que algo en el libro estaba mal, que quizás el fuego había afectado el mecanismo, cualquiera que éste fuese.

—¿Qué sucede? —preguntó la señora Elalás, quien se encontraba unos pasos atrás de Lobías.

—No lo comprendo —dijo Rumin.

—¿Qué es lo que no comprendes, lector del árbol? —quiso saber la señora Lisio.

—El lenguaje, está escrito en un idioma que no comprendo.

—¿Cuál es el color de la frase? —preguntó la señora Umisia.

—Rojo como el fuego —dijo Lobías.

—Deja el libro donde lo encontraste lector —exclamó la señora Nubia—, nada encontrarás en esas páginas que te revele algo en este instante.

—¿Por qué? —preguntó Rumin.

—Cualquiera lo sabe —dijo la señora Elalás—, las letras rojas muestran la profecía del mundo. Y no necesitas entender. Hablan de la guerra.

De pronto, las letras se movieron y mostraron a Lobías algunas frases que hablaban de algo que supo reconocer, incluso sin pensarlo.

*Nieblas rojas como manadas de caballos de guerra. Se ha oscurecido el sol. Lo que avanza es la muerte por las colinas. En la casa de las cuatro estaciones, desolación.*

—Ahora veo —exclamó Lobías Rumin—, veo y comprendo.

Entonces Lobías leyó las frases en voz alta. Las repitió una segunda vez.

—*La casa de las cuatro estaciones* —musitó la señora Lim.

—Habla de Eldin Mayor —dijo la señora Elalás. Y sus hermanas cuchichearon, afligidas.

Lobías entendió la referencia, cualquier hijo de Trunaibat lo hubiera comprendido. La casa de las cuatro estaciones era el sobrenombre con el que se referían al hogar del rey y la reina en Eldin Mayor. El ejército del país de la niebla se dirigía hacia allí y no quedaba duda de ello.

# 38

By y los otros estuvieron cerca del Árbol de Homa desde la llegada de las señoras, quienes fueron celebradas por el pueblo del árbol y los naan. También hablaron mucho con Lobías, no sólo porque era un antiguo conocido, sino también porque era un lector del Árbol de Homa. Aunque la señora Elalás dijo no sentirse para nada sorprendida con aquella revelación.

Las señoras pidieron a Lobías que les contara sobre su vida y cómo había llegado hasta aquel lugar, entonces Rumin les contó sobre sus días en Eldin Menor, en la finca de su tío, una vida sin nada para contar, según él mismo les explicó. Nada, salvo la ocasión en la que se encontró con lo que él creía era un domador de tornados.

—Oh, sí, sí —dijo la señora Lisio—, seguramente era el bueno de Tamuz, que siempre andaba rondando las colinas, o al menos lo hizo hasta antes de envejecer, cuando perdió sus atributos y su talento, nadie sabe por qué.

—Nadie lo sabe —aseguró la señora Nubia—, pero se cree que se debió a una maldición autoinfligida.

—¿Es eso posible? —preguntó Lobías.

—Sí que lo es —le aseguró Lisio.

—Pero lo cierto es que él jamás ha querido contarnos qué sucedió —dijo Lim—, y también es verdad que ya no sabe cómo hacer girar su látigo.

—Es un buen hombre, un hombre extraño, pero bueno —dijo Ena—, y conocía a tu abuelo, sí, lo conoció mucho en alguna época. Nos visitaban juntos.

—Eran otros tiempos —afirmó Umisia.

—Tiempos más amables —agregó Ema.

Mientras se encontraban en aquella conversación, sucedió que Lobías Rumin recibió un obsequio inesperado. Un grupo de mujeres naan se acercó hasta donde se hallaban Lobías y las señoras. Una de ellas, una anciana de largos cabellos grises que le llegaban hasta los muslos, tomó el antebrazo de Lobías, que sintió su mano menuda, delgada, pero fuerte. La anciana sonreía. Lobías aspiró el aroma de su cabello cuando una brisa lo empujó desde atrás de la mujer. Era agradable, olía a flores.

—Soy Marenarit —dijo la mujer—, que en tu lengua significa la de la trenza larga.

—Pero tu cabello no tiene trenza —habló Lobías, sonriendo. Y atrás, las otras mujeres también sonrieron.

—Oh, eso no es por mi pelo —dijo Marenarit—, eso es porque mi talento es trenzar las ramas secas que caen del árbol. ¿Y sabes, muchacho, qué se hace con esas ramas?

—No, no lo sé —respondió Lobías—. Ni siquiera sabía que caían pequeñas ramas del árbol.

—Pues es así —siguió Marenarit—, y algunas son delgadas, tan delgadas como venas, pero tan fuertes como las piedras que detienen el viento en el acantilado. Cuando caen, casi siempre en los primeros días de la primavera, mis hermanas y yo las recogemos, las humedecemos por siete largos días en el arroyo, y cuando ya están dóciles y manejables, trenzamos lentamente estas ramas y, al final, obtenemos esta maravilla…

Marenarit recibió de una de sus hermanas una especie de paquete envuelto en un pañuelo de hilo. Al descubrirlo, mostró a Lobías un hermoso látigo enrollado, cuya empuñadura estaba hecha con el mismo material que el resto.

—Es muy hermoso —musitó Lobías.

—Sí que lo es, sí que lo es —dijo Marenarit—, y ahora es tuyo.

Lobías se encontró tan sorprendido como paralizado.

—Tómalo, Rumin —le animó By.

—Anda, tómalo de una vez —gritó Furth.

Lobías estiró la mano con timidez. Tocó la fibra de la empuñadura, la levantó y dejó caer la trenza sin fisuras que era aquel látigo. Despedía un olor a hierba, a musgo.

—¿Acaso no es lo más bonito que has visto? —musitó Elalás.

—Sí que lo es —reconoció Lobías.

—Lo hemos hecho para ti —dijo Marenarit—, aunque no sabíamos en verdad quién eras. Lo tejimos para el próximo domador, pero ha tardado tanto en llegar que pensábamos que jamás vendría. Por eso es una alegría que estés aquí, buen muchacho.

Lobías Rumin tomó de las manos a Marenarit.

—Gracias —susurró, inclinando la cabeza. Luego, lo repitió más fuerte, para que las otras mujeres lo escucharan—. Gracias, gracias buenas señoras.

Lobías besó las manos de Marenarit e hizo lo mismo con cada una de aquellas mujeres o jóvenes. Poco después, cuando creyó que nadie estaba observando, caminó en dirección al estanque de los vientos.

Lobías Rumin no sabía exactamente qué hacer, pero dejó que su intuición le indicara el camino. Desenrolló el látigo, lo sostuvo del mango y lo dejó caer en el estanque. Lo movió de arriba abajo y a los lados, pero no sucedió nada. No sentía nada. Ni peso ni electricidad. Ni siquiera soplaba el viento en el estanque. Poco después, lanzó un golpe que pegó en el borde. La punta chocó contra una piedra imperceptible y se elevó casi golpeando a Rumin.

—No te olvides de que es un arma, Lobías —dijo By. Rumin ni siquiera se percató de que la chica se acercaba.

—No lo he olvidado, By.

—Vaya día —siguió By—. ¿Recordabas a las nueve señoras?

—Apenas, By —respondió Lobías—. O, más bien, no es que las recordara, pero en cuanto escuché esa voz, supe quién era. Es un alivio que el árbol esté bien.

—Y una pena que la guerra amenace tu país —dijo By.

—Sí que lo es —dijo Lobías—. ¿Has visto? No tengo idea de cómo funciona. Supongo que necesitará un hechizo.

—Es posible —musitó By, que giró el cuello para observar a la señora Elalás, que se acercaba.

—La señora Ela —musitó By—. Mi madre me habló de ellas, Rumin.

—¿Y qué te decía?

—Que son brujas poderosas. Buenas, llenas de bondad, pero implacables, aunque no lo parezcan.

La señora Elalás dejaba huellas en la nieve, que desaparecían en apenas unos segundos, como si alguien que avanzaba detrás se encargara de borrarlas. Tenía el rostro afable, siempre sonriente, y el cabello recogido en una trenza y vuelto a recoger sobre su coronilla formando una corona. Tenía manos suaves, lisas, regordetas. A Lobías le inspiraba confianza. A By, curiosidad.

—¿Eres acaso una visitante de la Casa de Or, muchacha? —preguntó la señora Elalás, poco antes de llegar hasta donde se encontraban Lobías y By.

—Sí que lo soy, señora Ela —respondió By.

—Pero no eres cualquier buena chica, no, ya lo veo yo que me recuerdas demasiado a alguien que conocí dos veces.

—¿Cómo así? —quiso saber Lobías.

—En la vida y en los sueños —respondió la señora Elalás—. ¿Acaso tienes que ver con Syma, la señora de Or?

—Es mi madre —respondió By, orgullosa.

—¿Y sabes *mirar*, como sabía tu madre y tu abuela, querida Ballaby de Or? —preguntó la señora Elalás, solemne.

—Tengo el don —respondió By.

—Nos hemos conocido por ese don —agregó Lobías.

—Ésa es una muy buena noticia —dijo la señora Elalás—. ¿Quieres contarme cómo pasó, cómo fue su encuentro? Nos interesará sobremanera.

—Será un gusto contarle cómo nos encontramos —dijo By, que abandonaba su timidez ante la señora—, y lo sucedido desde entonces. Hay mucho que decir.

—Podemos bajar y tomar una buena sopa junto con mis hermanas —dijo la señora Elalás—, mientras nos cuentan su aventura. Estoy segura de que todas estarán encantadas de escucharlos.

Ballaby y Lobías asintieron. Siguieron a la señora Elalás hasta una cabaña cerca de ahí, donde estaba una mesa larga y en cuyo borde humeaba una olla de barro con sopa caliente.

El aroma de pan recién horneado llegaba desde la casa y Rumin supo que era algo que ya conocía. El hambre despertó en él. Y así pasaron el final de la tarde y buena parte de la noche. By preguntó a las señoras todo lo que quiso y respondió lo que le preguntaron. Contó la historia de cómo, en un sueño, conoció a Lobías Rumin, y junto con Furth, quien también fue invitado a la mesa junto a Lóriga, ambos narraron su encuentro en medio de la niebla. Fue una buena velada. Necesaria. Y, por algunas horas, pudieron olvidar lo que se avecinaba: la guerra. La guerra que llamaba a las puertas como un invitado al que los dueños de la casa temen. La guerra que debían luchar, no importaba si estaban preparados o no para tomar las armas.

# 39

**D**urante todo el día siguiente, Lobías visitó el estanque de los vientos. Se inclinó allí y mojó la punta de su látigo en el espacio vacío. Luego de un rato sacaba su látigo e intentaba hacerlo girar, como había visto hacer a los domadores, pero nada, no conseguía ni que girara ni que creara vientos, acaso sólo desplazaba una brisa torpe que levantaba briznas de nieve. Lo hizo una y otra vez, en ocasiones, ante la mirada atónita de Furth y la enigmática expresión de By. En algún momento, la jovencita se acercó, y casi con timidez, expresó lo que pensaba.

—Soy un inútil, By —exclamó Lobías, mientras intentaba una y otra vez hacer que su látigo girara.

—No tiene nada que ver con tu habilidad —dijo By—. No es natural lo que sucede con esos látigos ni esa gente. Es real, pero su verdad tiene que ver más con la magia que con lo cotidiano. La misma esencia del árbol es la que poseen los látigos de los domadores, es así, Rumin. No es tu culpa.

A Lobías lo atormentaba pensar que era su culpa si el látigo no funcionaba, si no podía dominar el viento. En ocasiones, se sentía un inútil. Otras, pensaba que su suerte era terrible, ya que los domadores, los que debían ser sus maestros, se encontraban perdidos en el sueño. ¿Qué podía hacer? ¿De qué manera giraba su muñeca, movía su brazo? ¿Acaso debía musitar un encantamiento que atrapara el viento en la punta de su látigo? Carecía de respuesta. Los cuidadores del árbol tampoco la tenían. "Encontrarás el camino", fue lo que le dijeron. Y Lobías no hacía más que preguntarse dónde se encontraba el inicio de ese camino. De algún modo, la aseveración de By era para él un consuelo. "No es tu culpa", había dicho la chica. Y Lobías consideró que quizá tenía razón, que él no podía hacer nada ni bien ni mal, si aquello no funcionaba, era porque faltaba algo: conocimiento, destreza, técnica. O las tres cosas.

Lobías lo intentó una y otra vez, de manera obsesiva. Cuando, al final de la tarde, habló con la señora Elalás, ella le aseguró que no conocía la magia de los domadores.

—Ni mis hermanas ni yo conocemos la manera, Lobías —dijo Elalás—. No todo lo sabemos y los domadores no son nuestra potestad.

—Entiendo —fue toda la respuesta de Rumin.

Pese a todo, Lobías no estaba dispuesto a dejarse vencer. Y esa sensación era importante para él, se daba cuenta del cambio más que evidente en su actitud, en su destreza, en su fuerza, y en su manera de enfrentar lo que tenía por delante. Años atrás, hubiera dejado pasar cualquier tarea difícil, lo hubiera olvidado para irse a dormir o a la fonda o a pasear por las viejas colinas de Eldin Menor; o a caminar hasta el Valle de las Nieblas y sentarse en una piedra allí, en la altura, y contemplar la oscuridad, tan pacientemente como los que iban al puerto a esperar que llegara el barco de la mañana proveniente de la isla de Férula o las islas Creontes. Pero esta vez era diferente. Lobías tomó su látigo e intentó una y otra vez dominar el viento, la brisa, el aire frío. Leyó el libro también, buscando una respuesta, pero nada hubo para él entonces, salvo su propio nombre. Lobías no entendía nada. Cuando se lo contó a By, sin embargo, la chica tenía una respuesta.

—Para el libro es como si le preguntaras tu propio nombre —dijo By.

—¿Lo crees así, By, o sólo dices eso para tranquilizarme?

—Lo creo así. Eres lo que eres, Rumin. Y no puedes preguntarle al libro de Homa cómo usar tu látigo o cómo domar al viento, dado que eres un domador de tornados. No tiene caso. No obtendrás respuesta porque la respuesta eres tú.

Lleno de confianza, Lobías siguió en lo suyo. Lo intentaba, pensaba una manera, se sentaba con los ojos cerrados a la orilla del estanque de los vientos y escuchaba la brisa, trataba de entender su lenguaje, la aspiraba profundamente, la exhalaba, sentía correr dentro de sí el aire como una nueva sangre, intentaba volverse parte de su espíritu y que su espíritu colmara su cuerpo.

Esa noche, recostado en su camastro, Lobías Rumin pensó que nunca antes había reflexionado tanto sobre un tema en su vida y supo que le quedaba tanto por aprender. Nada sabía de las cosas antiguas del mundo. Antiguas, que continuaban vigentes. El agua del arroyo, el vértigo del río, el frío que impregnaba el viento del este, la forma de las hojas, la dureza de la piedra y el tronco del árbol, la naturaleza de la niebla, su movimiento lentísimo, la luz de la mañana, el resplandor de la tarde, el color de la nieve, el brillo de una abeja, el filo de la pezuña de un dragón dorado, su hocico que podía expulsar fuego, el fuego mismo, la inmensidad del mar, el cambio de las estaciones... Lobías supo que todo estaba conectado y él debía conectarse también. La magia era parte de la creación. Dominarla, significaba, de algún modo, dominar todas esas cosas que conformaban la vida. Le faltaba tanto conocimiento, tanta experiencia. Pero, al menos, tenía su talento, su fortaleza, su enorme curiosidad y, cómo no, una inocencia un tanto infantil que lo hacía querer aprenderlo todo. Y también tenía su valor. Y eso no era poco. No, no iba a dejarse vencer. A pesar de todo lo que tenía en contra, se levantaría cada mañana y lucharía por encontrar la manera de dominar el viento y convertirse en todo lo que un domador de tornados debe ser. No importaba el esfuerzo que conllevara tal empresa. O el tiempo. Aunque sabía que no tenía mucho. Sabía que debía volver a Trunaibat. Lobías Rumin se durmió con toda esa reflexión en mente. Despertó pocas horas después. Y lo que sucedería, lo cambiaría todo. Otra vez.

Nevó en mitad de la noche. Una tormenta cubrió los campos cercanos a Naan. El frío abrió la boca y llevó maldiciones a los oídos que fueron capaces de escucharlo. El antiguo lenguaje del invierno perpetuo despertó y alertó a todos los que sabían qué alfabeto conformaba la tormenta de nieve. Se encendieron las estufas. Se cubrieron los pies con mantas. En las cabezas se enfundaron sendos gorros de lana o de hilo. Y Lobías Rumin, que a esa hora soñaba plácidamente con un bosque cercano a su querido Eldin Menor, despertó súbitamente, como si alguien le hubiera dado un pellizco en el lóbulo de la oreja izquierda. Con el rabillo del ojo, el muchacho distinguió un brillo moverse con rapidez.

Maevas, musitó en la oscuridad Lobías Rumin. Se encontraba recostado en su camastro y miraba a través de la ventana. El aire estaba frío. La madrugada, sombría. Pero Lobías Rumin dejó atrás la tibieza del edredón que lo cubría y se calzó, tomó su látigo y salió de la cabaña para seguir la luz que creyó ver antes, entre las ramas de los árboles. A lo lejos, escuchó un susurro acompasado, que era la extraña oración que repetían las gentes del pueblo del árbol. Lobías caminó en dirección contraria. Bajo sus pies, el suelo era gélido, pero no quedaban rastros de nieve. Tampoco voces de aves. En la lejanía occidental, un rayo de tímida luz presagiaba el amanecer. Lobías caminó hasta los árboles, palpó el tronco, observó a su alrededor, con el rabillo del ojo creyó ver un resplandor perderse tras los arbustos. Lobías distinguió la forma dentro del brillo. Las maevas se volvieron vértigo y corrieron sobre las copas de los arbustos. Eran tres, cuatro, seis, y saltaban o volaban y caían y volvían a brincar. Lobías corrió tras ellas, como alguna vez lo hiciera de niño. Les llamó: "esperen, esperen", gritó Lobías, pero éstas no hicieron caso. O no todas. Una de ellas se detuvo y hasta pareció girar su cuello, observar a Rumin, para luego emprender otra vez la marcha. Llegaron al arroyo. Lo saltaron. Cruzaron entre dos piedras, y se dirigieron a una colina cercana. Lobías no se detuvo, saltó él mismo sobre el arroyo y las piedras y se acercó. Las maevas bordearon la colina, se internaron en un bosque de pinos, subieron a un tronco y se perdieron entre el follaje. Cuando Lobías Rumin se detuvo junto al pino por donde escaparon, miró hacia arriba y, entre las ramas, vio lo que no supo si eran estrellas lejanas o pequeñas maevas agitadas, cuyo brillo crecía y decrecía a medida que su extraño corazón latía desbocado.

Distraído, Lobías no se percató de lo que al otro lado de la colina avanzaba lentamente. Era gris. Y giraba sin detenerse, en silencio, como un depredador que acecha una presa. Para cuando Rumin notó su presencia, bajaba ya hacia él.

—Vaya —musitó Lobías para sí—, es la segunda vez...

Lobías Rumin recordó la ocasión cuando, siendo un niño, un tornado venía a su encuentro. Esta vez no había nadie que pudiera ayudarlo. Se encontraba solo. Pero ya no era un niño, no, y portaba una tralla en su cintura.

Lobías empuñó su látigo. Lo extendió. Golpeó el suelo dos veces, una tercera. El tornado giró con mayor brío. Creció en tamaño e intensidad. Su color era semejante a la bruma del Valle de las Nieblas. Era puro vértigo y fuerza. Rumin se dio cuenta de que no sentía miedo. Que aquélla era una prueba. La definitiva. Así que no miró atrás, no retrocedió. Giró su látigo con un movimiento de muñeca.

—Estoy aquí —gritó—. Estoy aquí y no puedes tocarme, bestia de viento.

Sintió una fuerza sobrenatural crecer dentro de sí, así que, sin apenas pensarlo, dio un salto hacia delante, antes de correr al encuentro de la bestia, al tiempo que lanzaba su látigo contra aquel cuerpo gris, monumental. Sí, Lobías Rumin atacó al tornado. Dio un latigazo en lo que parecía su pecho. Tuvo la misma sensación como si golpeara un muro. Lobías corrió alrededor del tornado y lanzó latigazos una y otra vez, y fue cuando golpeó su espalda, que la bestia de viento se dobló y Rumin tuvo la sensación de que era semejante al lomo de un animal. La bestia buscó embestirlo, pero Lobías fue más rápido, la evadió, azotándola. Y así, poco a poco, la bestia de viento retrocedió, se hizo más lenta, giró con menos velocidad, y fue amainando a cada golpe de látigo, hasta que se volvió una leve brisa que retrocedió para perderse en medio del bosque de pinos y desaparecer.

# 40

—Ha llegado tu hora, Ehta —musitó Anrú. La bruja limpiaba las manos de su padre con un pañuelo mojado en agua perfumada. Ni siquiera volvió la vista ante el anuncio.

—¿Qué debo hacer, padre? —musitó.

—Es el momento que reúnas a todos los hombres del norte y todos los devoradores de serpientes, y sigas el camino en la niebla. Debes guiarlos a la guerra, hija mía. Es el momento.

—¿Crees que el rey está cerca?

—He soñado con el rey, hija —siguió Anrú—. El rey se ha embarcado hacia la ciudad amurallada de los reyes enemigos. Los atacaremos por todos los flancos. Tú debes ir por el norte, cruzando el paso de las montañas. El rey irá por el mar. Y juntos asediarán la ciudad, destruyendo todo a su paso, hija. Estos pobres campesinos no entenderán desde dónde llega la tormenta. Y la tormenta vendrá de todos los rumbos. Así será.

—Así será, padre —dijo Ehta.

Anrú miró con fijeza las llamas de la chimenea. Los leños se consumían. Las llamas perdían su capacidad de dar calor, pero el mago observó formas que luchaban formándose entre las lenguas de fuego.

—No hemos escuchado desde hace días el grito del Jamiur —dijo Anrú—. Eso significa que un nuevo señor los ha invocado. También ese inútil de Vanat marcha hacia la guerra, lo cual es un obsequio inesperado.

—Padre —musitó Ehta—, padre, necesito vengar a mi Trihsia.

—Está vengada ya —dijo Anrú.

—Necesito asesinar al último domador, padre —insistió Ehta.

—Tu hermana está vengada ya —dijo Anrú—. El Señor del Viento del Este está atrapado en la pesadilla. Morirá muchas veces en el desierto oscuro, antes de su última muerte.

—Padre, necesito venganza —dijo Ehta una vez más.

—Lo que necesitas, lo encontrarás en la batalla, hija —dijo Anrú—. Necesitas acabar a quien se atreva a enfrentarte y liberar tu tristeza en un torbellino de sangre y huesos rotos. Eso lo sé. Y sé por ello que la batalla es tu lugar ahora. Ya se encargará nuestra Lida del último domador. No te preocupes por ello, hija. Hazme caso. Tu misión es otra. Si acaso, una más importante que la de tu hermana.

Ehta no quiso discutir más. Sabía que su padre tenía razón, él la conocía mejor que nadie y, además, adivinaba sus propios pensamientos. Esa misma noche, al llegar la luna a su cenit, bajo una nueva nevada, Ehta llamó con su susurro a los hombres del norte e hizo descender de los árboles a los devoradores de serpientes. No muchas horas después, su extenso ejército de cientos de hombres entró en la niebla, siguiendo a la bruja llamada Ehta. Se dirigían a la ciudad amurallada de Eldin Mayor. Marchaban a la guerra.

# PARTE 6
# EL REY DE LA NIEBLA

# 41

El rey Mahut no nació rey, lo hizo rey una tormenta. Su madre, la señora Houm, hermana del rey Hanarebat, vivía con su hijo en un pueblo sin nombre, en cuya linde existía un extraño bosque con árboles de troncos grises, como si estuvieran petrificados. Pese a su aspecto, no estaban muertos, pues producían hojas y frutos redondos de piel suave, tan dulces como manzanas. El niño tenía dos años cuando su padre, el señor Obín Anret, fue encontrado en el fondo de un acantilado. Nadie supo cómo llegó allí, pero se sospechaba que el viento del este lo asesinó mientras pescaba. El señor Obín solía caminar hasta el acantilado, donde lanzaba su caña de pescar. Muchas veces, se quedaba dormido en la hierba, si era cerca de la hora del mediodía. Le gustaba ese lugar, pues a su altura no escalaba la niebla que llegaba del mar. Aquellas praderas iluminadas, más allá del acantilado, atraían a las liebres y los pescadores. Pese a su buena apariencia, nadie pescaba allí al atardecer o durante los meses de otoño, pues era de todos conocido que el viento soplaba con tal fuerza que era capaz de arrastrar a un hombre adulto. Por esa razón, se sospecha que Obín murió empujado por la borrasca, y desde entonces, incluso sin saberlo, el niño Mahut odió el viento, a todos ellos, tanto a los que llegaban del norte como del este, del oeste o del sur. Cuando, años más tarde, siendo un niño de doce años, el mago Anrú le habló de la antigua guerra y los domadores de tornados, Mahut pensó que el viento seguía siendo su enemigo.

—En algún lugar en el continente, los domadores esperan sentados alrededor de su antiguo Árbol de Homa.

—¿Qué esperan? —preguntó el niño.

—Supongo que nuestra vuelta, el regreso a nuestros antiguos territorios, a aquello que aún nos pertenece por legado.

Anrú, cuyo hogar se hallaba cerca de la casa de la señora Houm, se encargaba de la educación del príncipe. Leían poesía, magia, y eran habituales las antiguas historias que siempre hablaban de la antigua vida y los viejos héroes. Anrú y Mahut daban largos paseos buscando flores, raíces o frutos, o pequeños animales, o recogiendo cangrejos a la orilla de los arroyos. Era una buena vida, plácida, a la sombra, en el borde de una isla de buen tamaño, pero rodeada por la niebla.

—¿Crees que nuestra vuelta será pronto, señor Anrú? —preguntó Mahut—. ¿Crees que mi tío piensa que debemos volver?

—Nadie sabe cuándo será, y nadie sabe qué pensamientos habitan en la cabeza del rey. Aunque creo que no será pronto, joven Mahut.

—Si la corona se posara sobre mi cabeza, sería distinto.

—Es posible, joven príncipe —dijo el mago—, y, aunque sabemos que es improbable, quizás el destino tenga algo preparado para ti.

—He soñado con eso —admitió Mahut.

—Eres un buen chico, Mahut, valiente y respetuoso de las viejas historias, por eso debo decirte que también he soñado con eso. Y pobre de quien no muestre atención a los sueños de un mago.

No mucho tiempo después de esa conversación, aconteció un hecho extraordinario. Al inicio de los meses de frío, el rey habitaba una casa a la orilla del mar, al borde de un acantilado. Era una construcción de madera cuya puerta estaba flanqueada por la figura de piedra de dos dragones de la raza de los oumiries, dorados, de largas colas cuya punta acaba en una doble cuchilla. Cada noche, el rey y sus hijos cenaban en un salón cuyo amplio ventanal daba al mar. Les gustaba sentarse sobre unos cojines amplios y mullidos y cenar al amparo del fuego o, si había un cielo despejado, en la oscuridad, para mirar las estrellas. Una de esas noches, sin previo aviso, aconteció una tormenta de vientos huracanados y relámpagos. Eran tantos, que el rey, en lugar de sentirse temeroso, se sintió fascinado. Observó la tormenta a través de los ventanales. Los relámpagos iluminaron el cielo, formando lo que el rey llamó mapas estelares, por su semejanza a las líneas de las fronteras que se dibujaban en los mapas. En algún momento, la tormenta amainó. Tres rayos impactaron casi al mismo tiempo en el tejado de la casa, incendiándola. El fuego fue fulminante. Se dice que uno de los rayos entró a través de la chimenea, electrizando el interior de la estancia donde se encontraba el rey, la reina y sus hijos. Todos murieron calcinados. Cuando los sirvientes intentaron apagar el fuego, encontraron los cuerpos consumidos. Poco después, se desató una tormenta que inundó de lluvia y de niebla toda aquella región. Para la mañana siguiente, se corrió la noticia de la desgracia, y pronto también se supo que un nuevo monarca reinaría en el país de la niebla, el único hijo de la señora Houm, un chico llamado Mahut. Desde entonces, no hay quien no repita en aquella región que el rey Mahut no nació monarca: pues lo coronó una tormenta.

# 42

Años más tarde de la tormenta que hizo rey a Mahut, otra se cernía en el horizonte. Su majestad se despertó por el griterío de los soldados, reunidos en el puerto y en las almenas de la Fortaleza Embilea. Mahut descansaba en una tienda levantada en la arena, pues se negó a dormir bajo techo enemigo. Durante años de conversaciones con Anrú, sus pensamientos se llenaron de odio y repulsión contra los habitantes de Trunaibat. Su pueblo, sus abuelos y sus tíos, su padre, su madre, y el resto de sus parientes, sus amigos y cualquier desconocido a lo largo de generaciones, tuvieron que vivir en aquella isla rodeada por la niebla, todo ello después de que fueran expulsados de sus tierras en el continente. Se acostumbraron a la oscuridad. Se acostumbraron a la lluvia de cada tarde y cada noche. Era también un país de fango, pues el fango crecía en muchas regiones de la isla. Aprendieron a cazar y pescar en la oscuridad. Olvidaron el sabor de la uva y las manzanas y muchas otras frutas. Pasaron hambre en tantas ocasiones que se decía que hubo generaciones enteras que sufrieron de mala salud o de muertes prematuras. Pese a todo, resistieron. Se desarrollaron como una nación próspera, a pesar de sus circunstancias. Encontraron metales valiosos en el interior de las montañas y colinas que rodeaban la isla. Aprendieron a forjar espadas y escudos como los mejores artesanos. Y estudiaron la historia y la poesía. Y Mahut las estudió más que nadie. De ellas aprendió de la guerra entre su pueblo y Trunaibat, y cómo los domadores llevaron la niebla al valle, expulsándolos para siempre.

Mahut salió de su tienda y se encontró una corona de extrañas aves que volaba en círculos sobre el campamento. Pero no eran aves y Mahut lo sabía. Las había visto en láminas de antiguos libros muchas veces.

—Si mis ojos no me engañan, lo que vemos son Jamiur, mi señor —dijo Hamet At, el mago, que se acercó al rey con su paso parsimonioso.

—Sí que lo son, Hamet —musitó Mahut.

El capitán Bartán Hanit caminó hasta ellos, lleno de entusiasmo. Mahut lo vio avanzar, evadiendo a los hombres, quienes se movían torpemente, mirando el cielo.

—Son Jamiur —dijo, emocionado—. Jamiur, mi señor, el maldito lo consiguió.

—Así parece —le concedió el rey.

Hablaban de Vanat. Cuando, meses antes, Vanat le habló a su hermana sobre su intención de volver al Valle de las Nieblas en busca de los antiguos manuscritos que contenían las oraciones que hechizaban a los Jamiur, Bartán pensó que era una pérdida de tiempo, además de un riesgo innecesario. Su hermano no era un hechicero, lo cual volvía, si acaso, más imposible el cometido, incluso si tenía éxito y encontraba los manuscritos. Al despedirse, Bartán le aseguró que era una tontería, pero que esperaba que sobreviviera y pudieran reunirse en el futuro. Pero Vanat confiaba en sus posibilidades y no miró atrás, a pesar de los discursos de su hermano.

—Cuando lo consiga, verás a mis Jamiur a través de un mensaje —le aseguró Vanat— e iremos a la guerra. Será así, mi hermano.

—Que así sea, entonces —dijo Bartán y salió del salón donde se encontraban.

Por tanto, no podía menos que sentirse emocionado al observar aquel nefasto espectáculo de los Jamiur bajo la luna sombría de aquella hora.

—Señor Bartán —dijo Mahut—, no debemos dejar pasar esta señal. Prepare los barcos. Con la primera hora de la mañana debemos partir hacia las costas de esa maldita ciudad amurallada. Vamos a acabar con esta guerra de una buena vez. Que no quede un solo trunaibita sin conocer la vida terrible que hemos vivido por siglos. La venganza y la muerte serán nuestras.

—Así será, mi señor —dijo Bartán.

Horas más tarde, los barcos se movieron uno a uno en dirección al enemigo. La travesía no sería larga. La batalla por Eldin Mayor estaba cerca.

# 43

La reina Izahar, señora de Eldin Mayor, despertó en la oscuridad. Se incorporó, sentándose en la cama. Escuchó la respiración del rey en la habitación vecina. Puso su pie en la fría losa que era el suelo de su habitación. Caminó descalza hasta la puerta que daba hacia una terraza: cristal revestido de madera cubierto por dos cortinas de seda transparente. Las nubes envolvían el cielo, por lo cual ni una sola estrella quedaba a la vista. La reina salió y sintió el aire frío. No llevaba abrigo, apenas un camisón de lana. Tampoco pantuflas, pero sí unas medias de hilo. Respiró hondamente. Sus pulmones se llenaron de aire gélido. Respiró una vez más. Caminó hasta el borde de la terraza. Palpó la piedra fría. Dirigió la mirada abajo, a las luces de la ciudad. Eldin Mayor dormía. La reina se cubrió el pecho con ambas manos. Un presagio sombrío la embargaba. En su sueño, las doce torres de la Fortaleza Embilea se venían abajo.

No había muertos en su pesadilla. La fortaleza estaba abandonada, como la recordaba de niña. La reina Izahar era hija de pescadores. Su historia era motivo de poemas y canciones que recordaban su origen humilde, su fortaleza, su inteligencia, y cómo, muy pronto, siendo apenas una chica de doce años, pasó una temporada con su tío, un hombre llamado Bram, cuyas dos hijas gemelas, de la misma edad que Izahar, ayudaban a su padre en la elaboración de la cerveza, lo que hizo que la futura reina aprendiera aquel arte. A sus trece, participó en un concurso de fabricantes de cerveza. Un centenar de artesanos de todo Trunaibat se reunieron en las colinas cercanas a Porthos Embilea. La chica, cuya cebada y trigo sembró ella misma, preparó una mezcla que dio como resultado una cerveza negra, espesa, que fue la fascinación de los jueces y los asistentes al evento. Uno de los premios consistía en que el ganador podía obsequiar al rey un barril de su creación y, quizá, si tenía suerte, sería recogido en el castillo del monarca en Eldin Mayor el día del solsticio. Y así fue como Izahar conoció al rey viudo Elivanar y a su hijo Vanio, un chico de quince, y a sus hijas Olaramit, de doce, y Hait, de diez. El rey viudo quedó tan encantado por las habilidades de Izahar, no sólo para preparar cerveza, sino también para la cocina, que la invitó cada año al castillo, en la temporada cercana al solsticio. Desde el primer momento, Olaramit se hizo amiga de Iza, como la llamó desde entonces y, poco a poco, también su hermano, el príncipe Vanio, trabó amistad con la chica de Porthos Embilea. Todo cambió cuando Izahar cumplió los diecinueve. Vanio, Olaramit y Hait quisieron visitar las islas Creontes para adentrarse en las extrañas cuevas donde existían dibujos milenarios en las paredes. Antes, pasaron unos días por Porthos Embilea, donde se reunieron con Iza. De un año a otro, la chica se encontraba distinta, su cuerpo ya no era el de una niña. Como era verano, su piel había adquirido una tonalidad más oscura, parecida a la miel de las abejas Morneas, lo que hacía que sus ojos resaltaran su hermoso color ambarino. Los rizos de su cabello llegaban hasta casi la cintura de la chica, lo cual le brindaba, en conjunto, un aspecto que no pasó desapercibido para nadie, menos para Vanio. El príncipe pidió al padre y la madre de Iza que la dejaran ir con ellos a las Creontes. Éstos accedieron e Iza realizó el viaje con la comitiva real, acompañada de su madre. Cuando, meses más tarde, Izahar volvió al castillo del rey Elivanar, en Eldin Mayor, el príncipe sabía que sería su esposa.

El rey viudo no se opuso al romance. Ni las hermanas, que recibieron como a una familiar conocida a la novia de su hermano. Se casaron el verano siguiente. Casi cuarenta veranos habían transcurrido desde entonces. Y pese a que en todo ese tiempo la reina no volvió a visitar la Fortaleza Embilea, no dudaba de lo visto en sus sueños.

Al amanecer, la reina salió al jardín del palacio. Llevaba un rato allí cuando llegó a verla, como casi cada mañana, la general Ihla Muní.

—¿Has visto, Ihla? —preguntó la reina—. El endrino está seco. Perdió las hojas como si fuera un día de invierno y no de primavera. El frío es un invitado imprudente que no quiere marcharse. El equilibrio del mundo se ha alterado.

—Lo he visto, señora Iza. Hay fogatas por toda la ciudad. Los granjeros están preocupados.

—Lo imagino. Yo misma lo estoy.

—Se dice que hay niebla en las montañas, lo cual es más extraño aún.

—Dime, Ihla, ¿tenemos un visitante inesperado? ¿Quizás alguien proveniente del puerto?

—¿Cómo lo sabe, señora?

—¿Quién llegó?

—Me temo que hay malas noticias. Es un emisario enviado por el general Azet. Un corredor que ha atravesado el Bosque Sombrío.

—Mucha prisa debía tener para atreverse a correr por allí.

—La hay, mi señora, la hay. Al parecer, la Fortaleza Embilea ha sido atacada.

—La niebla emerge desde la oscuridad bajo las raíces, pero en la hora terrible, no se puede temer —musitó la reina—. ¿Lo sabes, general Ihla?

—Lo sé bien, mi señora. Lo sé bien, quizá mejor que nadie.

—Llévame entonces ante ese corredor que ha enviado el buen Azet. Veamos la magnitud del terror que se avecina.

# 44

**M**annol se encontraba en la cocina de la Casa Real, ignorado por las cocineras que a esa hora ya preparaban el pan del desayuno. Estaba cansado, maltrecho, soñoliento, y bebía una taza de té y comía un panecillo para recuperar fuerzas. Hubiera sido habitual que la señora Izahar enviara a buscar al visitante, pero esta vez, simplemente bajó hasta donde éste se encontraba. Al entrar al lugar, las cocineras dejaron de hacer lo suyo para saludar a su señora, que fue amable con ellas, como siempre, pese a encontrarse bastante preocupada por lo que ocurría.

Al verla llegar, Mannol se puso de pie y esperó sin moverse a que la señora saludara a cada una de las cocineras, antes de llegar al extremo donde estaba la mesa del mensajero, junto a una ventana cerrada. La señora se sentó e invitó a sentarse a Mannol con un gesto de su mano.

—¿Qué te trae hasta esta casa a esta hora, señor corredor? —preguntó la reina sin mayor rodeo.

—Señora, me envía el general Azet —comenzó Mannol—. La campana de Belar ha sonado, la fortaleza ha sido atacada por un ejército venido de la niebla. A esta hora, quién sabe la suerte que ha corrido Porthos Embilea.

La reina observó a Mannol y no dijo ni una sola palabra por unos segundos. Asombrada, comprendía que su sueño había sido una revelación y no una pesadilla. De algún modo, sabía lo acontecido. No necesitaba enviar espías a la fortaleza para saber que Porthos Embilea había sido asolada y, a esa hora, los caminos estarían ocupados por un ejército venido desde la oscuridad. Tenía que actuar con rapidez.

La reina se levantó de la mesa y se asomó a la ventana que se encontraba junto a ella. La nieve caía, lentísima.

—Gracias por venir hasta aquí, corredor —musitó la reina—. ¿Cuál es tu nombre?

—Mannol, señora.

—Has sido muy valiente.

—¿Va a enviar su ejército a la fortaleza? —quiso saber Mannol—. Si es así, quisiera una espada y volver con ellos.

—*Mi ejército...* —repitió Izahar.

Su ejército era el único en Trunaibat, pues ni en Eldin Menor ni en Porthos Embilea ni mucho menos en las islas, existía un brazo armado importante. El ejército de la Casa Real de Eldin Mayor estaba compuesto por unos pocos cientos de hombres, que servían más como precaución contra los ralicias que como una fuerza real de ataque. En al menos dos generaciones, su uso se había reducido al patrullaje. Para la reina Izahar, aquello era poco más que un desperdicio de recursos. Se sintió aliviada de que Vanio, su esposo, hubiera desoído sus palabras en las ocasiones que le pidió que no mantuviera un ejército de tantos hombres y mujeres.

—Sí, el ejército de Eldin Mayor —dijo Mannol.

—Nada pueden hacer ya mis hombres en Porthos Embilea, buen Mannol —sentenció la reina.

—Pero, ¿cómo lo sabe? ¿Acaso conocía del ataque?

—No, no podía preverlo, pero nada podemos hacer allá; es así, corredor, y tendrás que confiar en lo que te digo, por muy difícil que te parezca mi decisión. Pero aún hay esperanza. No olvides la puerta hacia el Bosque Sombrío. Seguro que el capitán Azet mandó a alguien para que guiara al pueblo por allí, o quizás incluso pudo hacerlo él mismo. Debemos esperar, Mannol. Quizá pronto estén aquí. Enviaré cuadrillas de vigilancia a la orilla del bosque.

—Está bien, mi señora. Confiaré en su alteza.

—Así es, buen muchacho —confirmó la reina, y llamó con un gesto a Ihla Muní, quien se acercó de inmediato.

—Diga, mi reina —se presentó la general.

—Has sonar las trompetas, Ihla —pidió Izahar—. Convoca a todos nuestros soldados y haz que los agricultores que viven fuera de la ciudadela acampen dentro de las murallas, y que cada uno de los habitantes en condición de pelear traiga sus espadas y sus azadones. Y envía una cuadrilla de soldados a la linde con el Bosque Sombrío, que las torres de vigilancia estén alertas. No hay tiempo que perder, general. La guerra está a un paso de nosotros y debemos resistir a como dé lugar.

# 45

Vanat, autodenominado Señor de Eldin Menor, eligió a la señora Loria, la dueña de La Posada del Norte, para que preparara su desayuno, que consistía en un tazón de alubias aderezadas con carne de puerco, setas y huevos fritos en grasa de marrano, tomates asados, pan fresco y una jarra de té. Él solía desayunar solo, justo al levantarse. Dormía en la fonda de la señora Loria, en una habitación amplia cuya ventana daba al norte. Jozof, su acompañante, también dormía ahí, en una habitación del piso de abajo. En la puerta delantera, se echaba un Jamiur. Otro, en la puerta que daba a la huerta del lugar. La señora Loria dormía en la cocina sobre un camastro. El hijo de la señora Loria, Tronis, se encontraba encerrado en una de las seis casas donde Vanat decidió recluir a los hombres del lugar. No importaba si tenían tres o noventa y nueve años, cada uno de ellos fue obligado a permanecer dentro de una de estas casas, que eran vigiladas todo el tiempo por tres o cuatro Jamiur. Además, las puertas y casi todas sus ventanas fueron selladas, menos una de abajo, que era por donde las mujeres llevaban la comida a los cautivos.

El almuerzo lo preparaba el único hombre que podía salir de casa, el señor Emú, un viejo que cocinaba las mejores gallinas y el mejor cerdo asado de la ciudad, a decir de algunas mujeres a las que Jozof entrevistó. Ya que Vanat debía esperar varios días en la ciudad, hasta que tuviera noticias de Anrú o sus hijas, pensaba vivir lo mejor posible.

La cena era asunto, otra vez, de la señora Loria, a quien se le permitía recibir ayudantes, quienes eran, casi siempre, una mujer llamada Thena, y su hija Li, la mejor amiga de Maara.

Fue la tarde del segundo día cuando Vanat se fijó en Li. La chica entró al salón comedor con una bandeja de cerdo asado y cebollas encurtidas. Puso la bandeja sobre la mesa, en la que se encontraban Jozof y Vanat, pues solían comer juntos al oscurecer. Se decían poco entre ellos, pues ambos escatimaban las palabras si estaban juntos. Vanat observó cómo Li colocó la bandeja, cómo tomó un cuchillo y partió un pedazo de cerdo, mientras su trenza caía a través de su hombro. Observó su perfil, su nariz delgada, su pómulo izquierdo.

—¿Cuál es tu nombre? —preguntó Jozof.

La chica no respondió, siguió con lo suyo como si nada fuera importante. Jozof dio un golpe sobre la mesa, que hizo que un cuenco con el pan saltara.

—No soy un vulgar saqueador —gritó Jozof—, así que no me trates como tal, maldita mujer. Pregunté: ¿cuál es tu nombre?

El cuchillo de Li temblaba en su mano. Asustadas, las señoras Thena y Loria se acercaron corriendo desde la cocina.

—Li —musitó la chica.

—No te escuché —insistió Jozof.

—Su nombre es Li —dijo Vanat—. Y ahora basta, ya basta.

Jozof miró a Vanat, tan sorprendido por su intervención como ofendido. Pese a su rabia, no agregó más, asintió con un movimiento de cabeza.

La señora Thena entró en el salón. Tras ella, lo hizo la señora Loria, quien llevaba una botella de vino.

—Voy a terminar de servir —anunció la señora Thena, mientras se acercaba a Li para quitarle el cuchillo.

—Oh, no, no te atrevas, mujer —dijo Vanat. La señora Thena se detuvo junto a Li, sin saber qué hacer—. Déjanos en paz y te dejaré en paz. Ahora volverás a la cocina y no pienses que la señorita Li no vendrá mañana a servir la mesa. Lo hará durante el desayuno también y en el almuerzo y la cena. Y todas las veces que quiera. ¿Has comprendido?

La señora Thena asintió.

—¿Comprendes, mujer? —insistió Vanat.

—Sí señor —musitó Thena, que pensaba en el terrible error que había cometido al llevar a su hija, una chica joven, a la mesa del energúmeno señor de los Jamiur.

A la mañana siguiente, fue Li quien llevó el desayuno a Vanat. Y ella quien sirvió el almuerzo y la cena, tal como era su deseo. La chica cargaba las bandejas, servía el té o el vino, partía el pan, las manzanas, el queso, y mientras lo hacía, Vanat la observaba sin hablar. Ninguno de los dos decía una sola palabra. Y quizás a ella no le importara, pero sí a Vanat, que se negaba a hablar con una chica nacida en el país de Trunaibat, aunque también le era imposible separarse de ella.

Una noche, después de cenar, Vanat dijo:

—Esta noche tendrás que contarnos la historia de tu pueblo. Quiero saber todo lo que dicen sobre las guerras antiguas.

—Así lo haré, señor —respondió Li. Vanat dijo aquello mientras Li cortaba un muslo de pollo. Lo hizo sin mirarla, sin levantar la cabeza de su plato, pero notó la mirada de Jozof.

Después de cenar, Li contó a Vanat y Jozof lo que sabía de las guerras antiguas, que se reducían a batallas contra los ralicias, antes de la construcción del muro rojo que separaba los dos países. Un sorprendido Vanat comprendió que nada sabía la joven Li de domadores de tornados, del antiguo rey Mahut o de la guerra de su país contra los trunaibitas.

A la mañana siguiente, Jozof se acercó a Vanat.

—Tus manos no pueden tocar la inmundicia, mi señor —dijo Jozof.

—¿Qué quieres decir? —cuestionó un Vanat, molesto.

—Digo lo que digo y quizá no debiera decir nada —siguió Jozof.

—Entonces cierra esa boca de cuervo —exclamó Vanat—. No oiré una palabra más. Largo de aquí.

Esa noche, Vanat dijo a Jozof que cenaría solo, que no tenía ganas de verlo.

—Siéntate —le pidió Vanat a Li cuando servía la cena.

—¿Quiere que me siente, señor? —preguntó Li, y Vanat asintió.

Li entonces tomó la bandeja de pescado y la llevó al otro extremo de la mesa con ella, y se sentó en la silla que solía ocupar Vanat.

—No tengo ganas de cenar solo —siguió Vanat—, así que cenarás conmigo esta noche.

Li, que estaba advertida por su madre sobre las posibles intenciones de Vanat, supuso que la noche podía traer un desenlace terrible para ella. Pensó en sus posibilidades mientras servía el pescado. ¿Se atrevería a defenderse? Tenía que ser fuerte, pero también sabía que esa fortaleza podía adoptar dos formas: atacar o resistir.

Li sirvió dos platos y se sentó a la mesa e intentó comer, sin conseguirlo.

—No es de buena educación dejar que coma solo. ¿Acaso no lo entiendes? —se quejó Vanat.

Li entonces se llevó un bocado a la boca y masticó con lentitud. Observó la cabeza de su madre y la señora Loria asomarse al otro lado de la puerta. Pero eligió no preocuparse por ellas, así que no las volvió a mirar.

Luego de un rato, el nudo que tenía en el estómago se desató y llegó a comer con avidez. En todo ese tiempo, ninguno de los dos emitió una sola palabra, ni Vanat ni Li, pero él la observó cada minuto. Casi al acabar, poco antes de levantar la mesa, la joven se atrevió a hacer una pregunta.

—¿Puede decirme, señor, por qué ha venido hasta aquí?

—No lo entenderías —musitó Vanat.

—Entiendo muchas cosas, señor —insistió Li—. He sido buena con los libros.

—No con los libros adecuados —rebatió Vanat—. Por eso sé que no lo entenderías. Y porque no puedes entender nada de lo que mi pueblo ha sufrido, si has vivido siempre en estos campos y estas colinas llenas de flores y de sol. No tienes ni idea, Li. Ni tienes la más mínima idea de lo que es la oscuridad.

—Nosotros no le hemos hecho nada, señor.

—No tú, pero tus ancestros castigaron a mi pueblo a vivir en la niebla. Y ahora deben pagar.

—¿Van a matarnos, señor?

Vanat miró fijamente a Li, sin responder. Ella también lo miró. De afuera llegó un graznido de Jamiur. Y otro más. Entonces Vanat supo que alguien llegaba. Alguien que esperaba desde hace muchos días.

—Vete de aquí ahora mismo, Li —ordenó Vanat.

—Pero, señor…

—En este instante —insistió Vanat levantándose de la mesa.

Vanat caminó hasta las escaleras, entonces llamó a Jozof, pero éste ya bajaba a su encuentro.

—Ha llegado —anunció Jozof.

—Lo sé —admitió Vanat—, el grito del Jamiur sólo puede anunciar la llegada de la bruja.

# 46

Cuando Ehta entró en Eldin Menor, iba escoltada por un ejército de devoradores de serpientes y hombres de las montañas del norte. No se detuvo hasta llegar a la plaza central, donde se encontró con Vanat y Jozof. La bruja no parecía impresionada por los Jamiur, o si lo estaba, lo disimuló ante la presencia de Vanat.

—Supongo que has librado bien los peligros de la niebla —dijo Ehta—. Pero tampoco es sorprendente.

—No me importa lo que pienses, señora —replicó Vanat—, reina de la arrogancia.

—No he venido aquí a discutir —continuó Ehta—. Pasaremos aquí la noche y partiremos mañana al amanecer. Espero que tu hermano cumpla su cita con el destino o tendremos que enfrentar solos la ciudad amurallada.

—Estoy seguro de que cumplirá. Además, el rey está con él.

—¿Dónde están los hombres de este lugar? —quiso saber Ehta.

—Encerrados —respondió Jozof.

—¿Vivos?

—Sí, están con vida —confirmó Vanat.

—Qué necedad —dijo la bruja—. ¿Comprendes que no podemos irnos dejándolos con vida?

—Ésa es tu opinión —respondió Vanat.

—Sigues siendo un muchacho idiota, señor de los Jamiur —exclamó la bruja—. ¿Acaso no comprendes que esto es una guerra? No podemos dejar con vida a un grupo de hombres y mujeres en edad de pelear. Es seguro que acabarán armándose y se unirán a la batalla. No podemos confiarnos.

—¿Y qué sugieres? —preguntó Jozof.

—El fuego puede ser un buen aliado —dijo Ehta—. O puedes dejarlos al cuidado de tus bestias aladas. Estoy segura de que tienen hambre.

—Será mi decisión —dijo Vanat.

—O la mía, si te tiembla la mano y no te atreves —insistió Ehta, ante la mirada furiosa de Vanat—. Y ahora llévame adonde te quedas, necesito un buen lugar para dormir.

Vanat tomó del brazo a Jozof, deteniéndolo.

—Sígueme —dijo Vanat y caminó en dirección contraria a la casa donde se quedaban. Jozof comprendió que no quería que Ehta lo viera interactuar con Li. De algún modo, estaba protegiéndola.

Poco después, entraron a una casa vacía. Vanat pidió a Jozof que se quedara esa noche con la bruja, pues no confiaba en ella.

—¿Y vas a confiar en mí, señor? —cuestionó Jozof, antes de que Vanat se marchara.

—No entiendo tu pregunta —respondió Vanat, ofendido por la imprudencia de Jozof.

—No es nada, señor. Es sólo que hay cosas que no comprendo.

—Todo está claro, Jozof. Hemos llegado hasta aquí, no voy a fallar ahora —aseguró Vanat.

El otro asintió.

Cuando Vanat se marchó, Ehta llamó a Jozof.

—¿Hubo ejecuciones? —preguntó, en cuanto el guerrero atravesó el marco de la puerta donde Ehta pasaría la noche.

—Todavía no.

—Tu señor es débil —sentenció la bruja—, aunque debo admitir que muy listo. Veo que ha pronunciado las palabras que invocan a las bestias de la niebla.

—Ha sido así —admitió Jozof.

—Me asombra, pero no se lo digas. Y ahora dime, Jozof de las ciénagas, ¿dónde está tu señor?

—Duerme en una casa lejos de aquí —musitó el guerrero.

—¿Sabes por qué no ha querido llevarme hasta allí?

—No me lo ha dicho, señora, pero supongo que debe estar molesto con usted. No se hacen buena compañía, es obvio.

—No me interesa —dijo Ehta—. Ha hecho bien, supongo. Sólo espero que no esté escondiendo algo.

—¿Qué podría esconder? —preguntó Jozof.

—¿Quién sabe? —dijo Ehta—, pero no he confiado nunca en su buen tino. Y tu rostro, Jozof, me dice que tú tampoco.

—Estoy aquí para cuidarlo —dijo Jozof.

—Lo sé, pero, aun así, no confío.

—Señora —continuó Jozof—, ¿ha cumplido con lo suyo el señor Anrú?

—Sí, el árbol ha caído —anunció Ehta—, pero no así el último domador.

—¿Lo ha visto?

—No sólo lo he visto, me enfrenté a él. Y sé que se acerca. Leyó el libro del Árbol de Homa. Se convirtió en alguien poderoso. Debemos enfrentarlo y será pronto.

—Tenemos a los Jamiur.

—Aun así, no será simple.

—¿Sabe su nombre? —preguntó Vanat.

—Lobías Rumin es su nombre —dijo Ehta.

—Rumin —musitó Jozof.

—Así es. Y ahora dime, buen Jozof, ¿crees que tu señor se atreverá a asesinar a los hombres y mujeres de Eldin Menor? ¿En verdad lo crees?

Jozof asintió.

—Así lo hará —musitó, pues era lo que debía decir, pero dudaba de que Vanat tuviera las agallas para acometer una empresa como ésa.

—Veremos qué nos depara el amanecer —sentenció Ehta y, con un gesto de su mano, pidió a Jozof que saliera de su habitación.

Al otro lado de la ciudad, Vanat contemplaba la nieve caer a través de la ventana y consideraba sus opciones. Pensaba que no tenía que importarle la opinión de Ehta, pero tampoco debía importarle la vida de los enemigos. Si bien, la bruja tenía razón, pues era una guerra, a él le molestaba asesinar si no era en batalla. No estaba seguro de nada, salvo de una cosa: Li debía mantenerse a salvo. Si era necesario, la llevaría consigo.

# 47

**M**annol buscó entre las callejuelas de la ciudad amurallada la casa del padre de Lumia, la esposa de Ezrabet Azet. Conocía la zona, al borde del muro, más allá del mercado de especias. Pero Mannol no necesitó llegar hasta la casa, mucho antes, encontró a Lumia y otras personas, hombres y mujeres, cuchicheando en la entrada de un puente. El rostro de Lumia se iluminó al descubrir a Mannol y salió del círculo de personas donde se encontraba, sin disculparse.

—¿Dónde está Ezra? —preguntó Lumia, de inmediato.

—Si mis cálculos son correctos, en algún lugar del Bosque Sombrío —fue la respuesta de Mannol, lo que hizo que el rostro de Lumia se volviera pálido como una hoja seca.

—Entonces, ¿los rumores son ciertos? —exclamó Lumia—, por aquí muchos dicen que han escuchado la campana, que Belar ha sonado, y otros dicen que vieron volar horribles aves de la niebla. Y alguno más cree que algo sucedió en Porthos Embilea, pues ninguna carreta ha llegado desde allí en más de dos días, y que por eso resonó la trompeta llamando a los soldados. Dime Mannol. Dime…

—Hubo un ataque —musitó Mannol.

—¿Un ataque? ¿Los ralicias? —preguntó Lumia.

—No, no fueron los ralicias, fueron otros —continuó Mannol, que notó como los del grupo donde se encontraba Lumia, callaban y se acercaban uno a uno—. Dicen que asolaron las islas Creontes y Férula.

—¿Y qué hicieron, se defendieron en Porthos Embilea? —preguntó uno de la multitud.

—Nos reunimos para resistir el ataque en la fortaleza —confirmó Mannol—, pero no sé más, el general Azet me mandó hasta aquí, a través del bosque, y ya di aviso a la reina de lo sucedido.

—¿La reina enviará al ejército a la fortaleza, Mannol? ¿Te lo ha dicho? —preguntó Lumia.

—No lo hará —musitó Mannol.

—¿No? ¿Cómo es posible? ¿Acaso piensa dejarlos morir? —se quejó Lumia—. Son apenas unos pocos hombres, no un ejército. Y nadie ha entrado en batalla antes. No, la reina no puede dejarlos solos.

—La reina cree que Ezra y el resto huyeron a través del bosque, es lo que cree —aseveró Mannol—, y que debemos prepararnos para la batalla.

—¿Alguien se atreverá a atacarnos aquí? —preguntó una mujer de la multitud.

—Así parece —musitó Mannol—. Es lo que cree la reina.

De pronto, todos callaron. No era una respuesta fácil de digerir ni de comprender. La palabra guerra sólo se usaba cuando se recitaba un poema o se leía un libro que contara antiguas historias, pero su uso cotidiano no existía. Pronunciarla, pensarla, asumirla, era una rareza entre los habitantes de Trunaibat. Apenas se comprendía su significado. Era una especie de mito. Una mentira piadosa que servía para entretener.

Una a una, las personas se marcharon a sus casas o en busca de noticias. Entonces Mannol habló a Lumia en voz baja.

—Ezra me pidió que fueras a la Casa Real y lo esperaras allí.

—Tengo miedo, Mannol. No por mí, por Ezra.

—Te entiendo —dijo Mannol—. Yo mismo temo por mi padre y mi madre y mis amigos. Pero ahora tenemos que confiar en que volveremos a verlos. Tenemos que confiar, Lumia.

No muy lejos de allí, la señora Izahar repetía al rey Vanat casi las mismas palabras que Mannol a Lumia.

—Tenemos que confiar, Vanio. Tenemos que confiar en nuestro ejército y en lo fuerte que podemos ser.

—¿Quiénes fueron, ralicias?

—La niebla —respondió Izahar.

—¡Oh! —exclamó el rey, mostrando su sorpresa—. Las antiguas leyendas se levantan de su lecho de muerte. En eso nos parecemos.

—No digas eso, a ti te sobrará la vida —dijo la reina.

El rey Vanio llevaba enfermo mucho tiempo. Cada día aquejaba un dolor en sus pies, que se habían reducido de tamaño y arrugado semejando a unas uvas pasas. Como nadie tenía una explicación para aquello, el rey estaba convencido de que sufría una vieja maldición familiar. Al parecer, en la historia de los hombres de su familia, muchos padecieron de una enfermedad que hacía que sus pies se transformaran en patas y pezuñas de burro. Su padre y su abuelo evadieron la maldición, pero no su bisabuelo, del que se aseguraba que no existían retratos de su vejez, pues no sólo sus pies cambiaron, también su piel, que se llenó de vello, incluso el rostro. Vanio sabía que el padre de su bisabuelo tampoco fue afectado por semejante enfermedad, pero sí el abuelo de éste, y así, sucesivamente, muchos de ellos murieron sufriendo horribles dolores que les impedían caminar. Una historia contaba de un brujo que, siendo humillado por un rey, decidió vengarse lanzando una maldición, y era esa misma afrenta la que el rey Vanio estaba convencido de que lo afectaba.

Pese al dolor en sus pies, Vanio se levantó y se asomó a una ventana, desde donde presenció una inusual agitación abajo: jinetes que partían y soldados que corrían demasiado apresurados.

—Cuéntamelo todo, Iza —pidió el rey.

—Ha venido un emisario del general Azet desde Porthos Embilea —dijo la reina, quien le contó con detalle lo que sabía sobre la fortaleza y las islas. Y que había llamado al ejército a prepararse, y ordenado recoger granos, animales, y todo lo que pudiera servir para resistir un asedio. Y que había enviado jinetes a Eldin Menor. Y espías a Porthos Embilea.

El rey escuchó sin decir palabra, hasta que la reina acabó de hablar, cuando recordó haber sentido agitación en la habitación vecina en la madrugada.

—Sentí que te despertaste en la madrugada —dijo Vanio—. ¿Has pasado frío, Iza?

—He soñado —respondió la reina.

—¿Qué soñaste? —preguntó el rey.

—Que las doce torres de esta fortaleza se venían abajo. Fue una pesadilla terrible, Vanio.

—¿Tenemos esperanza?

—Siempre tenemos esperanza, pero ambos sabemos que no estamos preparados para la guerra.

—No podemos ahora mirar atrás y lamentarnos por lo que no hicimos —dijo Vanio, que avanzaba con lentitud hasta un baúl junto a una pared lateral.

—¿Qué haces? —dijo la reina, pero ella sabía qué se guardaba en ese viejo baúl de madera.

Vanio lo abrió, no sin dificultad. El brillo de la espada del rey emanó de la oscuridad al fondo. Vanio tomó su espada y la alzó para contemplarla.

—Es una hermosa hoja —dijo el rey.

—Lo es —le concedió la reina.

—Fue forjada hace más de mil años —siguió el rey— y corta como el primer día de su creación.

—Así es —musitó Izahar.

—Pase lo que pase, no pienso morir como un viejo inútil en una cama, mi señora. Aún puedo blandir una espada, si fuera necesario.

Izahar, que siempre tenía una palabra para decir, no supo qué responder a su esposo. Creía en lo que decía. Creía en su valor. No tenía duda de que sería capaz de defenderse y de caer en la lucha, pero temía llegar a ese momento. Un miedo atroz embargó su espíritu como una enfermedad. Y, de pronto, se sintió sin esperanza, desolada como un campo yermo, repleto de árboles petrificados incapaces ya de dar fruto. Cuando el rey volteó hacia ella, Izahar le extendió su mano y Vanio la apretó fuerte.

—Estamos juntos —dijo Vanio.

Ella asintió.

—Hasta el final, estamos juntos, querido mío —susurró la reina.

Afuera sonaron las trompetas, pero no era su sonido el mismo con el que, horas antes, se llamó al ejército. Esta vez sonaban para anunciar una llegada importante. Y ni Vanio ni Izahar supieron de quiénes se trataba, y qué se encontrarían al descubrirlo, si la esperanza o la desesperación.

# 48

Antes de que la luz revelara los edificios, las casas, las plazas y los puentes de Eldin Menor, Vanat escuchó el ruido del ejército que se despertaba, que bostezaba, se levantaba, vociferaba, preparaba té, bebía y emprendía la marcha. Vanat lo escuchó todo acostado en su cama, sin levantarse, sin apenas moverse. No lo hizo hasta que la débil luz del alba entró por la ventana entreabierta. El frío no le molestaba, pues pensaba que lo hacía fuerte. Se lavó la cara y se vistió. Esta vez, bajó al comedor, donde el susurro de las mujeres le advirtió que el desayuno estaba en camino. Se sentó a la mesa. Li llegó con una jarra de té caliente endulzado con miel, que sirvió en un vaso de madera. Vanat bebió sin saludar a Li, mientras observaba su mano temblorosa. Luego, la chica salió, para volver con algo de pan, mantequilla, mermelada y un plato con manzanas y otro con huevos fritos en grasa de cerdo. Apenas empezaba a comer, la bruja entró en el salón.

—Tómate tu tiempo, señor Jamiur —saludó Ehta—. No hay prisa, claro. La guerra puede esperar. Eso sí, ten por seguro que no me iré hasta ver lo que ocurre con esos hombres.

Vanat miró a la bruja mientras masticaba con parsimonia.

—¿Quién te crees para hablarme de esa manera, señora? —se quejó Vanat—. ¿Y quién te ha invitado a esta casa?

—¿Hablas así a una invitada, con esas malas maneras? —dijo la bruja.

En ese momento entró Jozof.

—¿Acaso no sabes que me gusta comer solo por las mañanas? —inquirió Vanat.

Jozof hizo un gesto extendiendo las manos frente a sí. Vanat sabía que no era su culpa, que nadie, salvo Anrú, hubiera podido evitar que Ehta hiciera lo que quería. Pese a eso, siguió con su queja.

—Van a arruinarme el día —dijo Vanat—. Pero ya qué importa.

—¿Y esta buena chica quién es? —preguntó Ehta, viendo a Vanat.

—Soy Li, señora —musitó la chica.

—¿Li? ¿Qué significa ese nombre tan extraño?

—No lo sé, señora.

—¿Estás segura? —preguntó Ehta, con una sonrisa—. ¿Acaso no significa algo así como señora del señor de la niebla?

—No te necesitamos más aquí, señora Li —dijo Vanat—, puedes volver con las otras mujeres.

—Oh, no, no seas egoísta, Vanat —dijo Ehta—. Trae tazas de té para mí y el buen Jozof, y huevos, y pan fresco. No podemos ir a la batalla con el estómago vacío.

Li asintió y se dirigió a la cocina. Vanat, por su parte, se levantó y caminó hacia la puerta de casa. Ehta y Jozof fueron tras él.

En la plaza, aún quedaba un grupo de devoradores de serpientes, los cuales acompañarían a Ehta. Era una veintena, sentados junto a una fuente.

—Diles que sigan mis instrucciones —pidió Vanat a Ehta. La bruja asintió y caminó hasta donde se encontraban los devoradores. Les habló con palabras incomprensibles para Vanat, pero éste, al pedirles lo que necesitaba, lo hizo en su propio idioma, que ellos comprendieron sin problema alguno.

Vanat les pidió que acompañaran a Jozof, que encerraran a las mujeres, y luego, llevaran a los hombres a la plaza. Los devoradores asintieron y siguieron a Jozof, e hicieron lo que éste les indicaba.

—No soy un cobarde —dijo Vanat a Ehta—, pero no me gusta asesinar sin entrar en batalla. Así que no estoy dispuesto a presenciar el espectáculo. ¿Entiendes?

Ehta asintió.

—Dejaré al grupo de devoradores aquí, vigilando a los hombres, y a mis Jamiur apostados en los tejados de las casas. Cuando salgamos de la ciudad, daré la orden. Y los Jamiur se encargarán de todo. Es lo que haré.

—Cabalgaré contigo, entonces —dijo Ehta.

Vanat ni siquiera respondió, dio la vuelta y volvió a la casa. Al entrar, fue directo a la cocina.

—Quédense aquí —ordenó Vanat a Thena, Loria y Li.

—Señor —dijo Li, con aflicción—, qué pasará con mi padre y mis hermanos, señor.

Vanat apretó los labios. Giró el cuello y se encontró con la figura de la bruja que entraba a la casa.

—Quédense aquí —musitó Vanat, antes de salir de la cocina. Las mujeres no se atrevieron a decir una palabra más, pero las escuchó hablar en voz baja, entre sollozos.

Poco después, al volver Jozof, Vanat lo llamó en privado. Subieron a su habitación, ante la mirada de la bruja, que no perdía detalle y se paseaba escaleras abajo.

—Volveré aquí cuando todo acabe —dijo Vanat—. Mis tierras serán éstas, y seré señor aquí, desde las montañas nevadas hasta el Valle de las Nieblas. Y tú estarás conmigo, regentando después de mí.

—Gracias, mi señor —replicó Jozof tomando a Vanat por el hombro.

—Y cuando vuelva, antes de levantar una nueva casa, vendré aquí, y aquí quiero encontrar a las tres que me sirven en esta casa. ¿Me comprendes, Jozof?

—Te comprendo, mi señor —dijo Jozof—. Pero ¿qué hacemos con las otras mujeres?

—Cuando los Jamiur se encarguen de los hombres, lleva a la plaza a las viejas y a las de edad madura. Deja a las niñas y las jóvenes. Si hay hijos en el futuro en estas tierras, sólo podrán ser los nuestros.

—Que sea como dices —exclamó Jozof, y salió de la habitación.

Vanat se sentó en su cama y pensó en lo que acababa de decir a Jozof. Era una orden terrible y lo sabía. Se preguntó si era lo correcto. Supuso que sí. Decisiones que se tomaban en la guerra, aniquilar todo posible insurrecto que pudiera complicarlo todo en el futuro. No podía hacer más. O eso creyó. Si no era suficiente para Li, si no lo aceptaba, él lo lamentaría, pero no podía ser débil, no en ese momento.

Antes del mediodía, Vanat subió a su caballo y avanzó hacia el sur. Lo acompañaron Ehta y Jozof. Atrás quedaron un grupo de devoradores de serpientes con instrucciones precisas y los Jamiur, apostados en los tejados de las casas y edificios alrededor de la plaza. Uno solo acompañaba a Vanat, sobrevolando por encima de sus cabezas.

La pequeña compañía salió de Eldin Menor sin mirar atrás. Vanat miraba fijo el camino, sin hablar. Jozof, tras él, hacía lo mismo. Ehta silbaba o susurraba viejas canciones que daban cuenta de antiguas batallas. Cabalgaron un buen tiempo antes de que Ehta preguntara a Vanat si daría finalmente la orden.

—Déjame un poco más, no quiero escuchar los gritos del sacrificio —respondió Vanat.

—Eres un hombre débil, señor príncipe —dijo la bruja.

Vanat ni siquiera volteó a mirarla. Ehta repitió las frases tres veces más, hasta que, harto de escuchar su voz, Vanat subió la vista al cielo y pronunció unas antiguas palabras. El Jamiur que sobrevolaba sobre sus cabezas emitió un grito agudo antes de salir disparado hacia el norte, hacia Eldin Menor, hacia la plaza.

En la plaza central de Eldin Menor y los alrededores, el grito del Jamiur sonó lejano, pero tan real que erizó la piel de los trunaibitas, y la incertidumbre creció en ellos, sombría como una tormenta.

—Ya viene —gritó una mujer, que se asomaba a la ventana de una de las casas que servía como cárcel.

Los otros Jamiur empezaron a graznar y agitar sus alas. De pronto, se levantaron. El Jamiur que había enviado Vanat se unió a ellos en la altura, entre las nubes grises de nieve. Abajo, los hombres se agitaron. Las mujeres gritaron pidiendo clemencia o que las dejaran salir para luchar junto a sus hombres, padres, hijos y hermanos, desarmados en la plaza.

—Ya viene —dijo Leónidas Blumge.

Casi todos se pusieron de pie. Muchos apretaron los labios y los puños. Estaban asustados, pues sabían lo que les ocurriría a continuación.

—No sin pelear —gritó el señor Leónidas, e insistió—: No sin pelear, no sin pelear, no sin pelear…

Y todos en la plaza central de Eldin Menor siguieron al señor Leónidas gritando "No sin pelear" muchas veces, mientras veían a los Jamiur caer del cielo en dirección a ellos, como flechas terribles de muerte.

# PARTE 7
# LAS TRES MUERTES
# DE BALFALÁS

# 49

**B**alfalás recobró la consciencia, pero se encontró paralizado. Respiró con dificultad. La arena del desierto donde se encontraba empezó a cubrirlo. La brisa arrastró algunos granos a su boca, mínimos, pero suficientes para que le provocaran arcadas, y tosió sin moverse. Intentó mover el antebrazo derecho. El izquierdo. Ambos al mismo tiempo, hasta que consiguió levantarlos unos centímetros. Respiró con ansiedad. Movió una pierna, la atrajo hacia sí y luego se giró para quedar boca abajo. Escupió arena antes de incorporarse, poniéndose de rodillas. Con el rabillo del ojo atisbó una línea roja en la lejanía, giró el cuello entonces y observó que amanecía en alguna parte, pero no donde él se encontraba, pues todo era oscuridad a su alrededor.

Balfalás se puso de pie, tuvo la intención de caminar hacia el alba que se cernía, cuando la brisa trajo a él las voces de sus compañeros. Giró entonces para descubrir que se encontraban muy cerca, al pie de una duna a unos pocos metros. Uno de ellos empujaba a otro y otro se lanzó encima del agresor, mientras los otros intentaban separarlos. Balfalás corrió hacia dónde se encontraban. Cuando los alcanzó, peleaban unos contra otros.

—¿Qué les pasa? —gritaba Balfalás, al tiempo que trataba de separarlos—. ¿Qué les sucede? Basta ya. Basta ya.

Los domadores se empujaban, se pateaban, o se golpeaban con los puños cerrados. Hubo un instante en el que Balfalás pensó que se matarían unos a otros, que no tendría oportunidad de detener la pelea. Desesperado, volvió a empujarlos, apartando a los que podía.

—No más —gritaba el domador, desesperado—, no más, hermanos míos, no más.

Los domadores siguieron en la lucha, hasta que se cansaron, y uno a uno cayeron de rodillas o se desplomaron sobre la arena, exhaustos, lastimados, llenos de cortes y con los huesos rotos. Balfalás se preguntó por qué nadie había luchado contra él. Nadie escuchó sus súplicas ni intentó golpearlo, era como si no hubiera estado entre ellos, como si fueran incapaces de verlo y de escucharlo. Con eso en mente, se acercó a uno de sus hermanos.

—¿Me ves? —preguntó, con ansiedad—. ¿Te das cuenta de que estoy aquí?

El otro miró a Balfalás a través de la inflamación de sus pómulos. Tenía un corte en la frente y la boca destrozada, parecía casi inconsciente, pero aun así asintió, incluso musitó:

—Te veo hermano, te veo.

Balfalás entonces se acercó a otro y preguntó lo mismo. Para su alivio, respondió que sí, que lo veía.

—Déjanos en paz —dijo uno de ellos, que mostraba una herida en la frente, abierta como un tercer ojo.

—No entiendo cómo pudieron luchar entre ustedes —habló Balfalás, subiendo la voz para que todos lo escucharan.

—Ya no importa —replicó otro.

—Estamos muertos —se lamentó uno más.

—No estamos muertos —se quejó Balfalás.

—¿Acaso puedes decir que estamos vivos? ¿Acaso podemos volver a casa? ¿Podemos comer y saciarnos o evitar el frío con un abrigo de lana? Este desierto es la muerte y la recorremos una y otra vez, desvaneciéndonos, sufriendo un dolor que no acabará nunca. ¿No te das cuenta? ¿Acaso tu entendimiento también se ha nublado?

—Mi entendimiento me dice que este desierto puede ser la muerte, sí —admitió Balfalás—, pero no estoy seguro de ello ni ustedes pueden estarlo.

—Calla ya, necio —dijo otro—. No nos interesa escucharte.

Balfalás no supo qué decir, así que no agregó nada más. Se sentó sobre la estribación de la duna. Todos callaron. Se recostó para mirar el cielo, la luna roja en el cenit. Fue entonces cuando ésta, que estaba llena, se ensanchó un poco. Y un poco más.

—¿Qué sucede? —preguntó uno de los domadores.

—La luna está creciendo —señaló Balfalás.

Era un bello espectáculo, de alguna forma lo era, sí, pero no lo fue cuando sintieron que algo, el aire que respiraban, el cielo mismo, alteraba su peso y caía, transparente y sin tregua sobre ellos, aplastándolos.

Todos los domadores alzaron los brazos por instinto, pero no encontraron nada qué sostener, qué empujar; sin embargo, podían percibir con total claridad cómo un peso, cada vez mayor, los aplastaba. La luna crecía más y más. El peso los empujaba, hundiéndolos en la arena, dificultando su respiración. Sus brazos se contrajeron. Giraron el cuello hacia un lado. La presión sobre su pecho se volvió insoportable.

—Ya no —gritaban algunos—, ya no más, no más.

Balfalás sintió que aquello que lo ahogaba era inabarcable, como si una montaña estuviera formándose sobre él, sobre su cuerpo mínimo. Escuchó el sonido de sus huesos quebrándose, pero no sintió dolor. No, al menos, al principio, aunque de pronto una especie de electricidad dolorosa lo recorrió por todo su cuerpo. Como si todo él estuviera estirándose, desparramándose sobre el suelo yermo del desierto. Su piel se estiró. Sus músculos. El dolor fue tan intenso, que apenas podía soportarlo. Balfalás sintió que su cráneo se quebraba, que sus ojos se salían de sus cuencas, que su lengua se partía en dos en medio de sus dientes. Que todo él se volvía un amasijo de carne, huesos y sangre. Una punzada espantosa creció en su cerebro, y pudo percibir, en un último atisbo de claridad, cómo sus sesos estaban siendo penetrados por lo que creyó era un objeto punzante. El dolor era la apoteosis de todos los dolores, pero no consiguió gritar. El domador se apagó como la diminuta llama de una vela, aplastada con inaudita violencia por el pie de un gigante.

# 50

—Te hemos seguido hasta la colina —dijo la señora Lisio.

—No me había dado cuenta —exclamó Lobías Rumin, sorprendido.

—Estabas ocupado peleando contra la bestia de viento —dijo Elalás—, oh, fue hermoso ver de qué manera manejabas el látigo, con tanta habilidad.

—Sí, como si fueras un viejo domador con experiencia —siguió Lisio.

—Ni siquiera yo mismo sé cómo lo hice —admitió Lobías, ruborizado.

—No has dejado de ser el muchacho de Eldin Menor, si dices eso —añadió la señora Elalás.

—Entonces no lo diré más.

—Así me gusta, así me gusta —continuó la señora Lisio.

Ambas señoras observaban a Lobías con una sonrisa, tan sorprendidas como ilusionadas por sus avances.

Los tres se encontraban cerca de la cabaña donde Lobías pasó la noche en compañía de By y Furth. Caminaron en esa dirección, mientras Rumin comentaba lo sucedido con el tornado, y cómo una fuerza y una confianza nunca antes conocida, lo embargaron en el momento preciso. Las señoras lo escucharon con atención, dejando que Lobías se explayara en los detalles. Cuando, poco después, se encontraron con Ballaby, fue la señora Lisio quien contó la pequeña aventura de Lobías.

—Ya es ahora todo un domador —exclamó Lisio, al dar inicio a su relato.

By y Furth celebraron la buena nueva, cubriendo a Lobías de orgullosos abrazos.

No fue hasta que estuvieron en la puerta de la cabaña que la señora Elalás habló, revelando lo que ella creía era el momento de hacer.

—Estás listo —dijo la señora Elalás—, y Furth y Ballaby también lo están. Es el momento de volver, Lobías Rumin. La ciudad amurallada de Eldin Mayor te necesita.

—¿Lo cree así, señora?

—Así lo creo —respondió Elalás.

—¿Vendrán ustedes con nosotros? —preguntó By—. Es seguro que su magia será más que necesaria en la batalla.

—Nosotras debemos permanecer aquí, de este lado de la niebla —respondió Elalás—. Debemos buscar al mago y acabar con él, sólo así podremos liberar a los domadores. Es la única manera. Y es necesario. Hace siglos fueron los domadores quienes se encargaron de acabar con la guerra. Quizás en esta ocasión también deba ser así. Sea como fuere, debemos intentar liberarlos. No podemos irnos sin cumplir nuestro cometido.

—Es un mago poderoso —advirtió By.

—Y también lo son sus hijas, hasta donde sabemos —añadió Furth.

—Lo sabemos, pero es nuestro deber enfrentarlos. Es preciso —sentenció Elalás.

Los tres asintieron.

—Antes deberás ir a la Fortaleza Invisible —dijo la señora Lisio— y pedir ayuda al rey. Necesitan tropas que vayan con ustedes a la guerra.

—Y debes leer el libro una vez más —musitó la señora Elalás—. Quién sabe si la última. Porque no podemos escondernos, no puede ser así. Pero deberás hacerlo, Lobías Rumin. Y sé que el libro tendrá algo para decirte.

—Así lo haré —respondió Lobías.

—Así lo haremos —agregó By.

Lobías, By y Furth se separaron de las señoras y se prepararon para partir. Comunicaron a Lóriga lo que harían, lo cual propició una alegría genuina y un enorme alivio en la señora ralicia. Estaba deseando reunirse con Nu, y finalmente podría hacerlo.

Antes de partir, Lobías Rumin leyó el libro una vez más. No dijo a nadie ni qué preguntó ni la revelación del libro, pero era obvio, al menos para By, que el domador estaba complacido con la respuesta.

—Lo verás a su debido tiempo —dijo Lobías, cuando By le preguntó si todo estaba bien.

Al subir a sus caballos, un viento del este llegó hasta ellos agitando fuerte las ramas del Árbol de Homa. Lobías quiso ver en aquello un buen augurio. Los caballos se encabritaron, pero pronto el viento amainó y las bestias encontraron sosiego. Apenas empezaron a andar, la señora Elalás salió al camino y los jinetes se detuvieron.

—Sé que lo que están por vivir es algo inimaginable —comenzó la señora Elalás—. Cada uno tiene una idea de la guerra, pero créanme, no han presenciado nada parecido. Ni en sus más oscuras pesadillas han visto algo semejante a lo que les espera. Se los advierto, no para infundirles temor, sino para que estén alertas, preparados para lo que viene. Serán testigos de escenas terribles. Se sentirán desfallecer. Los llenará la oscuridad y la desolación. Pero, ante todo esto, ante cualquier tormenta, deberán ser fuertes. Y más fuertes cada vez. Y será así porque no pueden fallar. La vida de su pueblo depende de su valentía. Y nadie hay más valiente a este y al otro lado de la niebla que esta pequeña compañía de rebeldes extraordinarios. Oh, sí, sé que así es, por eso pronto estaremos nuevamente juntos. ¿Me creen?

—Le creo, mi señora —aseguró Lobías.

—Le creo —convino Furth.

—Le creo más que nada y más que todo —exclamó By.

—Le creo desde el fondo de mi corazón —musitó Lóriga.

La señora Elalás asintió.

—Y no olviden, cuando llegue el viento del este, tendrán noticias mías —sentenció la señora Elalás. Y aunque ninguno comprendió a qué se refería con esa extraña frase de despedida, ninguno preguntó. Para cada uno de ellos, semejante aseveración tendría respuesta cuando debiera de tenerla.

Y así, partieron bajo el sol de la mañana, cuatro jinetes rumbo al sur, hacia la guerra. Las trompetas sonaban en el viento, la sombra caía en forma de frío y de nieve en los cuatro puntos cardinales, pero tenían esperanza. Y la esperanza no los olvidaría.

# 51

Lobías, Lóriga, By y Furth, acompañados de un pequeño comité de cuatro hombres de la Casa de Or, tomaron el camino hacia la Fortaleza Invisible, para reunirse con Nu y solicitar que su ejército, o parte del mismo, los acompañe a Trunaibat. Avanzaron sin problemas durante un buen rato, se detuvieron para comer en mitad de la tarde, pero casi de inmediato prosiguieron su marcha. Al acercarse la oscuridad, Furth sugirió que lo mejor sería hacer fuego y detenerse a descansar, pero By se negó.

—Podemos hacer un alto para comer, pero no es buena idea pasar aquí la noche —advirtió By—. No me infunden confianza estos caminos.

La desolación era total en aquella región. Circulaban tantas historias de los ataques de los devoradores de serpientes, que pronto se vaciaron los pueblos, los senderos, las fincas a la orilla de las colinas Etholias, y los que ahí habitaban buscaron refugio dentro de la fortaleza o a la orilla de ella, donde los soldados vigilaban a toda hora. El silencio sólo era interrumpido por el ulular de una lechuza o el graznido de un cuervo.

—Lo que no es buena idea es llegar en medio de la noche a la fortaleza —exclamó Furth.

—Avanzar en la oscuridad o detenerse en medio de esta desolación son dos males —insistió By—, ahora decidamos cuál es el menor de los dos. ¿Tú qué dices, Lobías?

—Quizá sea un mal menor ir a la fortaleza que quedarse en medio de la nada —dijo Lobías.

—Tu respuesta —arremetió Furth— tiene que ver con tu urgencia por llegar a tu país. ¿Acaso no te das cuenta? Y me pregunto qué dirías si esa urgencia no estuviera calentándote la cabeza.

—Es posible que respondiera algo diferente —siguió Lobías—. Lo cierto es que mi urgencia es real.

—¿Señora Lóriga? —preguntó Furth.

Antes de que Lóriga respondiera, se anticipó By.

—Sea lo que sea lo que diga, afirmarás que su respuesta tiene que ver con su urgencia por encontrarse con Nu.

—Es posible que así sea —dijo Furth.

—Y es la verdad —confirmó Lóriga—. Así que ya saben mi respuesta. Lo que no sé es qué mal pueda haber en ello.

—Quizá ninguno —concedió Furth.

—No queda otra que seguir andando —exclamó By.

—Como digan —exclamó Furth, que no insistió más.

La compañía siguió su camino sin detenerse. By pidió a todos estar atentos a lo que se moviera en las colinas o en la pradera que cruzaban.

Alternativamente, hacían que los caballos corrieran o trotaran. Luego de un rato, observaron antorchas en la lejanía, a ras de suelo o en la altura. Lóriga apresuró su caballo, pero pronto By y Furth la alcanzaron y avanzaron junto a ella. La nieve cayó otra vez, no blanca, gris, y de no haber sentido su frío, hubieran pensado que más bien era ceniza de un incendio lejano. La compañía continuó más o menos compacta, pues el primer grupo siguió a cierta distancia, nada significativa. Faltaba muy poco para llegar a la fortaleza, cuando la flecha atravesó el aire sin previo aviso. Pasó rozando el caballo de By, que se encabritó.

—¡Atrás de mí, atrás de mí! —gritó el guerrero, al tiempo que intentaba situarse al frente de By, pues no comprendió, en un primer momento, que el ataque no provenía de la fortaleza, sino de los árboles que flanquean el camino.

Una segunda flecha golpeó el hombro de Furth. Una tercera, le atravesó la pierna izquierda. Y una cuarta, se clavó en su espalda, lanzándolo hacia delante.

Lobías se movió con rapidez. Tomó su látigo y lo hizo girar, al tiempo que cabalgaba hasta alcanzar a By. Rumin provocó un tornado de viento y nieve, que giró alrededor de By, Lóriga y Furth. Varias flechas más se enredaron en el tornado y fueron destrozadas. Cuando Lobías llegó a la escena hizo girar su látigo, y otro tornado, más pequeño, se creó en su punta. Las flechas cesaron. El domador supo que los arqueros estaban apostados en los árboles, pero no podía saber si eran enemigos o soldados de la fortaleza. Y fue así, hasta que empezaron a saltar de las ramas que los escondían para caer sobre la nieve. Al hacerlo, Lobías pudo identificar que no eran ni hombres de las montañas ni devoradores de serpientes. Entonces, hizo que el primer tornado dejara de girar.

Los hombres se acercaron con las manos alzadas.

—Nos indicaron que disparáramos a quien se acercara —dijo uno de los hombres.

—No sabíamos que un domador llegaba a la fortaleza —añadió otro más.

—Tendrán que disculparnos, forasteros, pues ningún amigo del rey recorre los caminos en la oscuridad —dijo alguien más.

Lobías ni siquiera les respondió, corrió hasta donde se encontraba Furth. Un mapa de sangre crecía a través de la nieve. Ballaby ya se encontraba junto a él. Apretaba los labios. Había recostado al guerrero de lado e intentaba extraer el proyectil más peligroso, la flecha de la espalda.

—Voy a hacerlo —advirtió By. Furth asintió.

Ballaby retiró el abrigo de su amigo, también su camisa. Su carne parecía pálida y se erizó al contacto con el aire frío. By extrajo la flecha lentamente, pero sin detenerse. La herida no parecía mortal, pero era profunda. Un hilo de sangre salió del guerrero, que en ningún momento se quejó.

By tomó uno de sus pañuelos y cubrió la herida de Furth, pero no era suficiente.

—¡Debemos llevarlo a la fortaleza! —gritó By.

—¡Quien ha hablado es Ballaby de Or! —gritó Lobías a los soldados—. Debemos llevar a este hombre a resguardo de la fortaleza, ¡de inmediato!

Los soldados se acercaron y, entre varios, Lobías incluido, levantaron a Furth y corrieron hacia la fortaleza.

La voz de que los arqueros habían abatido a un guerrero de la Casa de Or se corrió por todo el lugar como el aliento del otoño en los árboles de un bosque, transmitiendo a cada uno que escuchó la historia a veces pena y otras rabia. La Casa de Or era respetada en toda la región, más aún dados los últimos acontecimientos, pues no había nadie que desconociera el resultado de la batalla contra los hombres de las montañas del norte. Que sus propios arqueros atacaran por error a un guerrero de Or era algo que lamentaban. Pronto, las voces llegaron a los oídos de Nu y Ben Ta, que corrieron a investigar sobre lo ocurrido. La sorpresa fue mayúscula cuando se encontraron con sus viejos conocidos, aunque la alegría que debía provocar la tan esperada reunión no fue tal, dadas las malas nuevas.

Al descubrir a Nu, Lóriga corrió hacia él. Lo abrazó con todas sus fuerzas, mientras le decía:

—Han malherido a Furth, han malherido a Furth.

Un mal presentimiento invadió la cabeza de Nu, que apenas alcanzó a preguntar a su querida Lóriga si se encontraba bien.

—¿Estás bien? ¿Te has lastimado?

—No, a mí no, pero a Furth sí —exclamó Lóriga.

Ben Ta caminó directamente hasta donde se encontraban By y Lobías.

—¿Qué ha sucedido? —preguntó Ben Ta, al tiempo que abrazaba a Lobías.

—Ha sido mi culpa, Ben —exclamó By.

—Ha sido culpa del pánico, no tuya —dijo Lobías.

—¿Por qué dices eso? Se dice que fueron atacados por error.

—Furth había pedido esperar para seguir hasta el amanecer y me empeñé en no detenernos. Fue mi culpa —dijo By.

—Decidimos entre todos si seguir o no, deja eso, By —insistió Lobías.

—No sé qué haré si Furth...

—Ni lo menciones —exclamó Lobías.

—Pero... ¿está muy mal? —preguntó Ben.

—Es un hombre fuerte —aseguró Lobías.

—Tiene tres heridas de flecha —musitó By y agachó la cabeza para que sus amigos no la vieran llorar.

Lobías Rumin puso su mano sobre el hombro de la desconsolada Ballaby de Or. Sabía que no existirían palabras que fueran un consuelo para ella en ese instante, que nada podía decir que pudiera darle el alivio que necesitaba. Sólo les quedaba esperar. Y él esperaría con ella en todo momento, no se separaría de la pequeña By, sin importar lo que pasara.

# 52

Balfalás abrió sus ojos y comprendió que avanzaba a través de desierto. Siguió así durante un buen trecho, hasta que se detuvo. Miró hacia atrás y descubrió sus propias huellas, las que se alargaban más allá de lo que su vista podía soportar. Imaginó que llevaba andando mucho tiempo, quizás años enteros, siglos, y que era como un fantasma del desierto. De súbito, levantó sus manos y las observó detenidamente. Sus palmas no estaban marcadas por líneas. Era como si su destino ya no le perteneciera, como si fuera el juguete de otra persona. Pese a ello, no se encontraban mal, aunque sintió dolor en sus pies y descubrió que eran un amasijo de sangre.

Si tuviera mi látigo, pensó Balfalás. Si tan sólo tuviera mi látigo.

—Si tuviera mi látigo —musitó para sí, y luego gritó—: ¡Si tuviera mi látigo! *¡Mi látigo!*

Y se arrodilló y golpeó la arena con sus puños, una y otra vez, con todas sus fuerzas. Entonces, la arena empezó a temblar, antes de abrirse como una compuerta dejando caer a Balfalás, que se deslizó por el borde de la arena. El domador trató de asirse a las paredes, pero no encontró la manera, pues cuando intentaba sostenerse, la arena se escurría entre sus dedos. Desesperado, no dejó de gritar, hasta que ya no hubo paredes y cayó sobre un piso de piedra.

Había caído en una especie de recámara subterránea. Arriba y a su alrededor, todo era arena, pero el suelo estaba formado por piedras cuadradas o rectangulares, ceñidas las unas a las otras, sin salientes.

Balfalás palpó con una mano la arena, la revolvió, pero ésta no se desprendió del techo de la recámara. Era un lugar amplio, rectangular, sin puertas ni ventanas, iluminado a través de un orificio en el centro, por donde caía un chorro de luz lunar. Balfalás intentó mirar a través de la luz, pero no pudo, pues era de una intensidad que le cegó su ojo derecho.

Balfalás frotaba su ojo cuando en la pared se dibujó una silueta, la silueta de un hombre. De pronto, al rostro y al resto del cuerpo le crecieron rasgos, formas, y una persona emergió de la arena. Y otra más, a los lados, atrás, y dos más al frente. Eran seis. Vestían túnicas de color gris y portaban al cuello atavíos de metal y calzaban sandalias de cuero en los pies. Eran hombres jóvenes, pero llevaban una barba larga, canosa, lisa, que les cubría el cuello.

Balfalás quiso hablar, preguntó "quién eres" a una figura que lo miraba a escasos centímetros, pero su voz no se hizo audible. "Quién eres", insistió en preguntar el domador, sin lograr emitir sonido alguno. El hombre que lo observaba tenía ojos negros, donde no se distinguía ningún iris. Se acercó. Todos se acercaron a la vez. Balfalás apretó los puños. El hombre frente a sí puso su mano sobre el pecho del guerrero y éste sintió el peso de su mano, al tiempo que su aflicción cesaba. Una sensación de tranquilidad recorrió todo su cuerpo. Los otros se acercaron a él, tomándolo por los brazos y las piernas. Cuando el domador intentó moverse, no pudo.

—¡¿Qué ocurre?! —gritó Balfalás, pero seguía mudo, incapaz de proyectar su voz.

El hombre frente a él sonrió levemente, entonces lanzó su puño contra el pecho de Balfalás, que sintió un dolor atroz. Gritó con todo el aire que tenía en los pulmones, pero la vibración de su grito bajó por su garganta, lo que añadió un nuevo dolor, más agudo aún.

El domador sintió como la mano del hombre se hundía en su piel, atravesaba su tórax y llegaba hasta su corazón, lo apretaba y, en un solo brusco movimiento, lo arrancaba. El hombre mostró a Balfalás el corazón, que se fue apagando hasta que dejó de latir y se convirtió en una piedra oscura. El domador se preguntó cómo era posible que siguiera con vida, si estaba viendo su propio corazón en la mano de aquel hombre, de aquella especie de espectro terrible de ojos semejantes a piedras volcánicas.

Las figuras soltaron a Balfalás y éste cayó al suelo. La luz de luna se extinguió y el domador quedó tendido en la oscuridad. Pronto tuvo sueño y se quedó dormido sin darse cuenta, mientras suplicaba en su mente no despertar más, porque esta vez sí, había alcanzado la muerte.

# 53

Anrú abrió el angosto baúl rectangular colocado en una mesa junto a la chimenea. Palpó con su mano un dispositivo situado en el centro del mismo, el cual hizo que una tapa se levantara y descubriera un báculo envuelto en tela, que el mago desenrolló con sumo cuidado. El báculo no le pertenecía a él, pero era su guardián. Según se contaba, aquel artefacto, que debía medir dos metros de largo, y sin embargo era liviano como la pluma de un ganso, perteneció a un mago cuyo nombre desapareció en el tiempo, pero que las antiguas crónicas llamaban el Señor de la Firmeza, o bien, el Señor de la Piedra, o también el Señor del Hueso Errante. Según daban cuenta las crónicas, el báculo fue esculpido en el fémur de un gigante encontrado en una ciénaga. El origen de sus dotes mágicas era un misterio, pero se creía que su dueño original lo descubrió en el sótano del mítico pueblo de Haalanabar, un sitio de hadas cuyas casas flotaban sobre las copas de los árboles en la isla de Bruma, en el mar al este de Naan. De la isla sólo quedaban los mitos y, de sus habitantes, aquel báculo, que pasó de un mago a otro a través de incontables generaciones hasta llegar a las manos de Anrú. Cuando Anrú muriera pasaría a ser propiedad de Lida. Y así sucesivamente.

El mago tomó el báculo y lo acarició con sus manos. Más tarde, lo apoyó sobre la tierra y sintió su energía al conectarse con todo aquello que lo rodeaba. Entonces empezó a andar, en dirección al norte. Siempre al norte.

Anrú avanzaba por un camino que bordeaba los territorios de la Casa de Or cuando se encontró a Lida. No fue una sorpresa, pues la reunión estaba prevista. Ambos debían volver ante el Árbol de Homa para completar el trabajo.

La nieve caía otra vez, pero no era una tormenta. Lida apareció desde el oeste, cuando se acercaba la mitad del día. Traía noticias.

—Hay un nuevo domador —anunció Lida—. He visto a Lobías Rumin de Eldin Menor dominar el viento con su látigo.

—Es uno solo, no debemos preocuparnos por ello —dijo Anrú.

—Es un lector del árbol —siguió Lida.

—Sigue siendo uno solo, hija —respondió Anrú—. Y lo importante ahora es que así continúe, por eso debemos hacer frente a las brujas que han apagado el fuego del árbol. No podemos permitir que sigan aquí haciendo lo suyo. Es gente peligrosa.

—¿No es demasiado riesgo que nos enfrentemos a ellas, padre?

—Lo es, pero debemos hacerlo —respondió Anrú—. No temas por mí, hija. Soy muy fuerte. Más fuerte de lo que incluso supones. Y nada podrán esas mujeres contra la sombra que soy ahora mismo. Además, ten por seguro que, si no vamos nosotros por ellas, ellas vendrán por nosotros. Saben que mi muerte significa la liberación de sus domadores, por eso buscarán enfrentarse a mí. Pero no les valdrá de nada.

—Sé que eres fuerte, padre, pero temo…

—No temas nada, ten confianza, y sé fuerte —dijo Anrú, mientras levantaba su báculo, apuñado con una sola mano—. Necesitamos ser más fuertes que nunca y sé que lo eres, hija, pero temo que aquello que te provoca temer por mí, te haga flaquear. Y no debe ser así. Te equivocas al pensar que puedo correr algún peligro. Es un juego para mí enfrentarme a esas insignificantes personas.

Anrú creía en sus palabras. Se sentía fuerte, quizá más que nunca, y antes que temer el encuentro, lo deseaba. Deseaba medir su poder contra aquéllas de las que tanto escuchó en alguna época, con las Señoras del Bosque, de las que en algunos relatos se decía eran hijas de un hada, y en otros, de una bruja nacida en el fango. Lida, sin embargo, creía que había demasiado en juego como para provocar ese enfrentamiento, y lo mejor hubiera sido huir hacia el sur, encontrarse con su hermana Ehta y el ejército del rey Mahut, frente a la ciudad amurallada de Eldin Mayor. Ése era su lugar. Se encontraban en un territorio desprovisto de aliados, pues los devoradores de serpientes y los hombres de las montañas del norte iban ya camino a la batalla y ellos se quedaron atrás, solos. La confianza de Anrú la inquietaba, pese a estar convencida de que su viejo padre era el mago más poderoso del mundo conocido.

Anrú y Lida caminaron hasta entrada la noche, cuando se internaron en una región boscosa. Encendieron una fogata y se sentaron al amparo del fuego. Anrú contó una historia antigua sobre un rey fantasma atrapado en la habitación de un castillo, el cual convenció a su bisnieto, un niño de nueve años, a que lo dejara guiarlo para volverse el mejor rey posible. El niño aceptó, y desde entonces llegó cada noche a esa habitación a ser instruido. Décadas después, cuando se hizo rey, y convencido por el fantasma, fue a la guerra contra los hijos de Trunaibat, donde cayó derrotado.

—Este rey, cuyo nombre era Mahut —reveló Anrú a Lida—, es el antepasado de nuestro rey. El destino ha querido proveerlos del mismo nombre, pero no de circunstancias semejantes. Esta vez camina a una victoria segura.

—¿Eres tú el fantasma del actual rey, padre?

—Un fantasma es sólo el mal reflejo de un hombre —respondió el mago—. No hay sabiduría en ellos, sino experiencia, una experiencia incompleta. Y yo, querida hija, soy un mago. Y eso conlleva una ventaja ineludible. La mía no es experiencia, es sabiduría. Puedo ver la verdad de todas las cosas y anticiparlas. Es así.

—Es así —dijo Lida—. Es así.

Esa noche, durmieron abrigados por el fuego. A la mañana siguiente, reanudaron su viaje antes del alba. No era el mediodía cuando encontraron el camino que llevaba al Árbol de Homa.

Anrú y Lida caminaron sin ansiedad, como una familia de dos que da un paseo. Avanzaron al borde de las colinas y en medio de los árboles. Y la brisa era buena y fría. Y al mago le embargaba la confianza. Cuando observó el árbol, se estremeció. El viento sopló con fuerza.

—Hay temor aquí—musitó Anrú—. Nos conocen y por eso nos temen.

—Es así, es así —repitió Lida.

El último trecho lo anduvieron con rapidez, sin darse cuenta. Cuando llegaron frente al árbol, Anrú sabía ya que no estaban solos. Sabía que eran observados. Las nueve señoras salieron de entre los arbustos detrás del árbol que, a esa hora, estaban llenos de abejas Morneas.

—Por fin nos encontramos —saludó Anrú, con una sonrisa mordaz.

La señora Elalás asintió.

—El destino ha juntado a la flor con la abeja —dijo la señora Elalás—. En mitad del día, ha llegado tu hora, mago de la niebla.

# 54

Un hombre llamado Bulgor Ena, se encargó de limpiar las heridas de Furth con aguardiente y de cubrirlas con un ungüento de su propia factura, que era una mezcla de grasa y plantas medicinales. Luego, las vendó. El señor Bulgor Ena pidió a By que dejaran descansar a su amigo y les advirtió que nada podían hacer, salvo esperar.

—Lo que le di a beber lo hará dormir —dijo Bulgor Ena— y eso servirá para aplacar el dolor. Sobre si se pondrá bien, no lo sé. Apenas puedo creer que esté vivo con tres heridas de flecha, sobre todo la de la espalda. Si no se desangra por la noche, tendrá posibilidades de sobrevivir.

Se encontraban en un salón alumbrado por antorchas colgadas de las paredes. El lugar estaba repleto de camastros que esperaban a los heridos de una guerra que no llegaba nunca a la fortaleza. Además de Bulgor Ena, había otros hombres y mujeres que preparaban menjurjes similares al que se utilizó con Furth. By lamentó estar tan lejos de su casa y de su madre. Seguro que ella sabría qué hacer, pero no By que apenas gozaba de conocimiento sobre plantas y raíces para tratar heridas o enfermedades. Lamentó mucho su poco interés en el tema.

Bulgor Ena parecía un buen hombre, pero no era un mago ni un brujo, sino alguien cuya curiosidad lo había llevado a leer algún tratado sobre plantas.

—Un herbolario —musitó Ballaby.

—¿No conozco la palabra? —preguntó Lobías.

—Alguien que sabe de plantas, pero no es un mago —dijo By—. Necesito a mi madre más que nunca.

Hablaban en voz baja, junto adonde descansaba Furth, que parecía demasiado ancho y pesado para un camastro como en el que estaba recostado.

By y Lobías se quedaron con Furth el resto de la noche. El guerrero de la Casa de Or despertó a mitad de la mañana. Era un hombre fuerte, pero resultaba evidente que no se encontraba bien.

—Tengo mucha sed —fueron las primeras palabras del guardia.

Ballaby acercó a su boca un cuenco con agua y Furth bebió de buena gana. Luego, intentó levantarse, pero se lo impidió un dolor agudo en la herida del hombro.

—¿Duele mucho? —preguntó Lobías.

Furth asintió, sin decir palabra.

—Tenemos una carreta a nuestra disposición y varios jinetes, puedo llevarte con mi madre —dijo By.

—¿Crees que es lo mejor? —preguntó Furth.

—Ya no sé nada ahora mismo —exclamó By—. Siento que cada opinión mía es un riesgo, Furth. Lo siento tanto. No sé por qué no quise escuchar lo que decías.

—Basta ya, By —respondió Furth—. No es momento para eso. Estoy bien, no hay nada de qué culparse.

—Me siento terrible —continuó By—. Todo esto es mi culpa.

—Que lo dejes —le pidió Furth—. Hiciste lo que creías correcto, no voy a culparte por eso, nadie lo hará. Deben ustedes llegar a Trunaibat.

—No voy a dejarte aquí —reviró By.

—Es preciso —siguió Furth, y luego, se dirigió a Lobías—: No hay tiempo que perder. Debes salir ya mismo.

—Lo sé —convino Lobías—. Pero puedo ir solo o con los amigos ralicias y Ben Ta.

—No podemos cambiar el plan ahora —dijo Furth, con decisión, pero, de inmediato, se dirigió a By—: ¿Estás bien, pequeña?

—No estoy bien —insistió By—. Todo ha sido mi culpa.

—Quizá no es buena idea que vayas más allá de la niebla ahora —advirtió Furth—. No estaría bien que fueras sola.

—No iría sola —se quejó Lobías—. También puedo protegerla.

—¿Por qué todos creen que deben protegerme? —exclamó By—. ¿Acaso hablan de una muñeca? No tengo miedo de lo que hay ni en la niebla ni más allá. Tampoco tengo miedo de la guerra. Y sé bien lo que debo hacer, es más, sé muy bien lo que quiero hacer. Mi visión y mi misión son la misma. No sé qué me depara el futuro para más tarde, pero sé qué debo hacer en lo inmediato, por eso fui a la niebla a buscar a Lobías, y desde que lo encontré, no me he separado de él.

—No te pongas así —exclamó Furth.

—Me apena mucho ser la causa de tu dolor, porque es mi culpa, aunque digas que no —continuó By—, pero no puedo hacer otra cosa en este momento que aquello para lo que estoy convencida es mi labor. No para ser una carga, sino todo lo contrario, en su momento preciso. Y no, no sé cuál será ese momento, pero sé que llegará antes de que todo acabe.

Así que dejen de tratarme como una pobre niña indefensa, porque es lo menos que soy. ¿Entendido?

Tras el exabrupto de By, acordaron que Furth volvería a la Casa de Or, y el resto, incluidos Nu y Ben Ta, y aquellos del ejército de la fortaleza que quisieran unírseles, cabalgarían hacia Trunaibat, al despuntar el sol al día siguiente.

Esa noche cenaron todos juntos, menos Ben Ta. Ballaby les dio la noticia de que nadie del ejército de la fortaleza los acompañaría. El general a cargo ni siquiera quiso recibirla, y alguien de menor rango, que habló con ella, le comunicó que era imposible, que disponían de muy pocos hombres como para perder algunos en una campaña que creían imposible: atravesar la niebla.

Antes de la cena, Lóriga y Nu hablaron mucho tiempo y ella narró los terribles, pero fascinantes acontecimientos vividos en los últimos días. Cuando preguntó a Nu si quería volver a su país o regresar al árbol, éste fue enfático:

—No quiero quedarme en tierra extranjera en un momento como éste, ni quiero dejarte sola y pedirte que vayas a través de la niebla con la compañía, mientras me encuentro al otro lado. Jamás haría eso. Regresaré contigo y Lobías. Ya habrá tiempo de volver al árbol cuando la guerra sea sólo un mal sueño.

Lóriga aceptó las razones de Nu y no discutieron más al respecto. Durante la cena, Rumin preguntó a Ben y Nu si los acompañarían, y ambos aceptaron. Tomarían el camino que cruza cerca de la región de los devoradores de serpientes, atravesarían por las colinas de los dragones dorados, y avanzarían, a través de la niebla, hasta Trunaibat. Y allí, a la ciudad amurallada de Eldin Mayor.

Cenaron frugalmente algo de queso, avena, pan, manzanas y té. Durmieron en una misma habitación, y quizá porque sabían lo que les esperaba al día siguiente, ninguno contó ninguna historia o anécdota. Ni siquiera le preguntaron a Lobías Rumin por su látigo o la batalla de Or. Se despertaron en la oscuridad. By la primera, pues visitaría a Furth antes de partir. Lo encontró despierto y de mejor ánimo. Al parecer, el ungüento del herbolario funcionaba mejor que bien y sus múltiples heridas no despedían pus ni dolían tanto como la víspera.

—¿Te recuperarás? —preguntó Ballaby a Furth.

—Me recuperaré —dijo Furth—. No temas, Lobías estará contigo.

—Lo sé —dijo ella—. Lo sé, pero te echaré de menos, querido amigo.

—Y yo a ti, pequeña —dijo el Furth más paternal. La había cuidado desde que era una niña y, quizás, había sido así todos los días desde la primera ocasión, cuando fueron por el bosque a cortar moras frescas. Separarse de By era una prueba terrible para Furth, pero tal vez más para ella.

Antes de despedirse, Lobías entró en la habitación y abrazó a Furth.

—Nos veremos pronto —dijo Lobías.

—Lo sé, señor Rumin, domador de tornados —dijo Furth, con una sonrisa. Entonces volvieron a abrazarse para despedirse.

By salió de la habitación sin mirar atrás. Caminaron hasta las caballerizas, donde ya los esperaban Ben Ta, Nu y Lóriga. Subieron a sus caballos y se dirigieron hasta la puerta de la fortaleza. La atravesaron con la primera luz del día. Ben Ta se adelantó un poco, seguido de Nu y Lóriga. Lobías y By se quedaron en la retaguardia.

—Ahora estamos juntos —dijo Lobías a By, lo que sorprendió a la chica.

Ballaby asintió.

—No me sueltes la mano —dijo Rumin.

—No la soltaré —afirmó la chica, y tomó la palma abierta que Lobías le ofrecía. Entonces Ballaby recordó su sueño, el último con Lobías, juntos y viejos en una terraza un día de sol. Deseó con todas sus fuerzas que fuera parte de una realidad futura. Si era una visión de los días por llegar, entonces sobrevivirían a la guerra.

La compañía cabalgó sin percance alguno durante muchas horas, al cabo de las cuales llegaron a la región de los dragones dorados. Los que observaron a Lobías Rumin entonces pueden decir que ése fue el momento definitivo. Lo que inclinó la balanza hacia un lado, alejándolo del chico que había sido. By supo que, de alguna forma, se transformaba. También para Lóriga fue evidente. Rumin les pidió seguir sin él, avanzar sin mirar atrás. Por alguna razón, nadie en la compañía se negó o protestó por semejante petición. Lo normal hubiera sido que By preguntara: "¿Qué razón hay para eso?" O que Lóriga dijera: "No puedes quedarte solo si estamos tan cerca de la región de los devoradores de serpientes". O que Ben Ta sugiriera que podían esperarlo. O que Nu insistiera en quedarse con él. Pero nada de esto pasó. La compañía siguió su marcha a buen paso, mientras que Lobías hizo que su caballo fuera más lento cada vez, hasta detenerse.

Cuando se quedó solo, se hallaba en medio de dos colinas. Muchos dragones dorados dormían a su alrededor o se movían con extrema lentitud, masticando hierba o frutas caídas de los árboles, o arrastrándose a través de una llanura cercana. Sus escamas brillaban al sol del ocaso. Sus ojos, casi cerrados, parecían enceguecidos. Bufaban semejantes a las vacas. Despedían un aroma apenas perceptible, que a Lobías le recordó a las abejas Morneas.

El muchacho bajó de su caballo. Recordó las palabras encontradas en el libro. Las repitió en un susurro que se llevó la brisa. El aire ahora cargado de magia recorrió los lomos de los animales, las colinas, la punta de la hierba, los troncos de los árboles cercanos o el borde de los arbustos. Lobías continuó recitando aquel encantamiento. Y lo hizo hasta que algo ocurrió y aquellos animales, formidables y hermosos, estiraron sus cartilaginosas alas, abrieron sus párpados y mostraron al lector del Árbol de Homa sus ojos de un amarillo encendido. Lobías Rumin supo entonces que habían despertado.

# 55

La señora Elalás se arrodilló junto al Árbol de Homa y entonó una oración que era en igual medida un ruego y una disculpa:

*Necesito la fuerza de tu corazón,*
*la dureza de tu existencia,*
*la magia del principio de los días.*

*Antes de la piedra y la condenación.*

*Antes del color del haya en el bosque*
*y del ruido del arroyo.*

*Antes de la pezuña del corzo*
*y el ala del colibrí.*

*Antes del brillo de la abeja*
*y la sombra de la niebla en el día de frío.*

*Perdónanos por lo que vamos a recibir de ti,*
*que lo tomamos como si fuera de la luz misma*
*y de la oscuridad primigenia.*

*Perdónanos por lo que vamos a recibir de ti,*
*que lo tomamos como si fuera de nuestros propios brazos*
*y nuestra propia piel.*

*Alma de los días sin nombre.*
*Alma de los días sin fin.*
*Homa de todos los tiempos.*
*Padre de lo conocido y desconocido*

*Así sea...*

Al concluir su plegaria, la señora Elalás se levantó, estiró la mano y aferró una rama. Cerró sus ojos, respiró, repitió la frase "Así sea", y tiró para romper la madera con todas sus fuerzas. Ésta se secó de inmediato, estirándose. Forjando una especie de báculo. La señora Elalás lo asió con ambas manos y lo levantó. Y sus hermanas y ella dijeron gracias, y repitieron gracias muchas veces, en susurros, mientras se alejaban del Árbol de Homa, caminando hacia atrás.

Las nueve señoras se sentaron alrededor del fuego. Permanecieron mucho tiempo así. La nieve cubrió sus cabezas y sus hombros. Pero ellas no se movieron, cantaron a veces, estuvieron en silencio, decían rimas, recordaban a su padre y a su madre, mencionaron el nombre de Lapislázuli para pedir su bendición, y alabaron al Árbol de Homa, el primero de todos los árboles de la creación, e invocaron al viento del norte y del sur, al viento del este y el oeste, y se encomendaron a la magia de la tierra. Cuando, mucho después, sintieron que había llegado el momento, se levantaron y caminaron de vuelta al árbol. Avanzaron con lentitud, llenas de confianza, y pronto, al salir de la sombra más allá de los arbustos que rodeaban al árbol, vieron a Anrú y a su hija, Lida.

—Por fin nos encontramos —saludó Anrú, con una sonrisa mordaz.

La señora Elalás asintió.

—El destino ha juntado a la flor con la abeja —dijo la señora Elalás—. En mitad del día, ha llegado tu hora, mago de la niebla.

Anrú golpeó el suelo con su báculo, haciendo caer la nieve a su alrededor sobre las señoras, que se sintieron abrasadas como si el frío hubiera mutado en chispas de fuego blanco. Anrú, que se encontraba un paso adelante de Lida, entonó una frase en una lengua cuyo sonido era parecido al balido de una oveja. Un remolino de lluvia se formó ante sí, y a un gesto del mago, éste avanzó hacia las señoras, atrapando a Lisio y a Mina. La señora Elalás golpeó con su báculo la trampa de lluvia, y las señoras Umisia y Ena levantaron sus manos y entonaron un conjuro. Mientras Milinia, Nubia, Lim y Emia caminaron hacia donde se encontraban sus enemigos, recitando una especie de oración, que hizo que Lida se petrificara y se elevara del suelo.

—Déjenla en paz —gritó Anrú, y embistió a las hechiceras, golpeándolas con su báculo.

Las señoras salieron despedidas hacia atrás. Lida cayó al suelo, casi al mismo tiempo que Lisio y Mina se derrumbaban de la bolsa de lluvia. Mareadas, desorientadas, se quedaron tendidas en la hierba, junto a las raíces del Árbol de Homa.

Un temblor hizo que las abejas, que se encontraban prendidas a los arbustos cercanos, acudieran a las ramas del Árbol de Homa. La señora Elalás se situó delante de sus hermanas.

—Las palabras del fuego traerán la oscuridad al mundo —exclamó Anrú.

—Nada puedes hacer contra la magia del árbol, mago de la niebla —gritó Ela.

La señora Elalás hizo un gesto con su báculo, como si lo lanzara, y de las ramas del árbol salieron disparadas cientos de abejas Morneas, que se pegaron a la barba, la cintura, las piernas, los brazos y el rostro del mago. Anrú sintió el peso de las abejas en todo su cuerpo. Le fue difícil sostener el báculo. De pronto, el cielo se oscureció. Una nube enorme cubrió el sol. La sombra del árbol se proyectó sobre Anrú y las abejas brillaron más que nunca, más incluso que cuando se encontraban en la región de la niebla, cegando con su brillo al mago. Anrú sintió que aquella luz lo quemaba. Sus ojos ardían, pero también su piel. Cayó de rodillas, apenas sosteniéndose con su báculo. La señora Elalás corrió hasta donde se encontraba su enemigo y golpeó con su propio báculo el de éste, quebrándolo en dos. Anrú cayó de bruces, aplastando a las abejas que lo envolvían. Otros cientos de abejas abandonaron los arbustos y cubrieron al mago en su espalda, su cabeza, sus muslos, sus antebrazos.

—Hija, hija, ayúdame —suplicó Anrú.

Lida se levantó, dolorida como estaba, e intentó apartar a las abejas, pero las señoras repitieron su conjuro y amarraron a la bruja, sosteniéndola en el aire, dejando que flotara como una aparición. La señora Elalás dijo, entonces:

*Perdónanos por lo que vamos a recibir de ti,*
*que lo tomamos como si fuera de la luz misma*
*y de la oscuridad primigenia.*

Y su báculo bajó sobre la cabeza de Anrú, golpeándolo con una fuerza descomunal, que hizo que sus hermanas cayeran hacia atrás. La cabeza de Anrú se abrió, pero no brotó sangre de ella, sino una niebla espesa, fría y oscura, que se elevó igual que una columna de humo. Las abejas Morneas se fueron secando una a una sobre el cuerpo del mago, aferrándose a él, adquiriendo la semejanza de escamas. Cuando la última se secó, parecía que el mago se encontraba atrapado por una armadura, que lo cubrió por completo, menos la herida que le propinó la señora Elalás en la coronilla.

Cuando la niebla amainó, una diminuta nube flotaba baja en el cielo. Lida contemplaba aquel horrendo espectáculo sin decir palabra, atrapada en el conjuro de las hechiceras hermanas. Lágrimas sombrías brotaban de sus ojos.

—Lo siento, pequeña hija de la niebla —dijo la señora Elalás. Y Lida no supo si hablaba a su dolor o si aquellas palabras significarían su propia muerte.

Lida se resignó, pues sabía que nada podía hacer. Su magia no era lo suficientemente poderosa para enfrentarse a una sola de las Señoras del Bosque.

Al soltarla, Lida cayó al suelo. Se sentía dolorida, pero poco le importaba el dolor de sus articulaciones o sus músculos, pues su alma se oscurecía de desesperación por la muerte de su padre. Apenas podía comprenderlo.

—Si me dejan con vida, lucharé hasta asesinar a cada una de ustedes —proclamó Lida, fuera de sí.

Lisio y Mina tomaron a la joven y le ataron las manos. Luego, la subieron a una carreta. En el último instante, Lida pudo ver a la señora Elalás montar a la grupa de un caballo de patas gruesas y peludas, y dirigirse hacia el oeste. Entonces lo recordó todo. Al rey Mahut, la guerra, el ataque y los domadores. Y supo hacia dónde se dirigía la señora Elalás: cabalgaba hacia la Casa de Or.

# 56

**B**alfalás sintió que alguien limpiaba su pecho. Abrió los ojos y se encontró a uno de sus hermanos domadores, pero no recordó su nombre. Se encontraba sentado sobre una duna y el otro trataba de limpiarlo con un pañuelo.

—No acaba —dijo el domador.

—¿Qué es lo que no acaba? —preguntó Balfalás.

—La sangre —respondió el domador—. No acaba y mira, mira…

El domador señaló a Balfalás adónde mirar y éste observó cómo un hilo de sangre subía a través de la duna y se perdía más allá, igual que un rastro de monedas bajo la luna enorme.

—¿Qué ocurrió? —preguntó Balfalás.

—No lo sé —dijo el otro—. Nadie lo sabe, pero estabas sangrando mientras caminábamos y decidí intentar cerrar la herida antes de que perdieras toda la sangre.

Balfalás se observó el pecho: un minúsculo orificio se abría a la altura del corazón.

—¿Puedes oír el ruido que emite? —quiso saber Balfalás.

El otro puso su oído en el pecho del guerrero.

—No hay ruido —respondió el domador—. Es como si dentro estuvieras vacío. Pero no importa, seguimos aquí.

Balfalás asintió. El otro también lo hizo, mientras ofrecía su pañuelo al herido, que lo tomó y se lo puso sobre su pecho.

Balfalás se incorporó y miró hacia arriba. Contempló la luna, el cielo sin estrellas. Luego bajó la vista y divisó, muy lejos de allí, una luz que le recordó la de un faro. Sin saber por qué pensó en Édasen. El Faro de Édasen, en Porthos Embilea. Hacía tanto que no volvía por esas tierras, más allá de la niebla. Recordó las lanchas de los pescadores repletas de peces y las tabernas con sus mesas de madera y sus cervezas. Fue un buen recuerdo. Un recuerdo dulce. Deseó volver a ese lugar. Deseó ir hacia la luz, comprobar si era el faro de su recuerdo. Sería una larga caminata, pero supuso que valdría la pena.

—¡Ya vienen! ¡Ya vienen! —gritó otro de los domadores. Balfalás entonces dejó atrás su recuerdo para dirigir su mirada a la llanura desierta, donde unos jinetes se acercaban.

—¿Quiénes son? —preguntó Balfalás a un domador junto a él.

—Hay que ser fuertes —respondió el otro—. Debemos pelear con valor.

—Así lo haremos —dijo Balfalás—. Así lo haremos, hermano.

El otro tomó del hombro a Balfalás y esbozó una sonrisa.

Los jinetes avanzaron formando una línea en el horizonte, pues cabalgaron uno junto al otro. Los domadores se reunieron en la cima de una duna y ninguno de ellos pidió a los otros escapar, se mantuvieron firmes y pidieron valor, y pidieron luchar con todo lo que tenían, y no temer a la muerte. Y mientras pedían no temer, Balfalás comprendía que ya no temía morir, que ya nada podía destruirlo, y que no estaba dispuesto a sucumbir ante el dolor.

Cuando los jinetes alcanzaron el pie de la duna, la rodearon. Los caballos sin ojos bufaban y bufaban. Sin previo aviso, uno de ellos avanzó saltando sobre la duna y pronto los otros lo siguieron. Las espadas brillaron en la oscuridad. Los domadores no pudieron defenderse. Sus puños no lograban competir contra las espadas de sus agresores. Y cada uno de ellos murió al tiempo que intentaba mantener su valor. Al final, Balfalás se quedó solo. Herido. Le faltaban tres dedos de su mano izquierda y el anular de su derecha. Tenía un corte sobre el hombro y otro en el muslo.

Uno de los guerreros bajó de su caballo y enfrentó al domador. Habló con una voz gutural, sombría, que erizó la piel de Balfalás.

—La muerte es mía y la maldición de su alma —dijo el guerrero.

Balfalás, casi exhausto, no respondió. Corrió en dirección a su atacante y lo golpeó con todas sus fuerzas. Su lance lo alcanzó sobre el yelmo, destrozándose sus puños, hasta que cayó de rodillas, sin fuerzas. Entonces el guerrero levantó su espada.

—La muerte es mía —repitió.

Balfalás se puso de pie e intentó golpear a su agresor, pero éste evadió su puño y con un movimiento atravesó el pecho del domador con su espada.

—Jamás —musitó el domador—. Jamás.

Entonces cayó sobre la arena y rodó duna abajo hasta desvanecerse. Una luz débil cubrió su rostro y Balfalás pudo sentirla con claridad. Sintió el aire frío soplar una y otra vez sobre él. Y, en el mismo instante, llegó hasta sus fosas nasales un aroma dulce, como de fogata y flores y nieve. Su cuerpo, antes dolorido, le pareció liviano. Sin saber cómo, sintió una confianza luminosa dentro de sí. Entonces abrió los ojos.

—Bienvenido, Balfalás, Señor del Viento del Este, querido amigo —dijo la señora Elalás.

# PARTE 8
# MÁQUINAS DE GUERRA

# 57

Los que lo vieron llegar no lo reconocieron. Una silueta que apareció por una calle lateral a la plaza, un jinete que no parecía inquietarse por el espectáculo espantoso que acontecía.

Lobías Rumin escuchó los gritos aún lejanos: "No sin pelear", gritaban los trunaibitas. "No sin pelear", un coro desesperado que apremió al domador a hacer galopar su caballo en dirección de la plaza.

Los Jamiur caían en picada y atacaban sin piedad. Las mujeres, que se encontraban presas en varias casas muy cercanas, no veían la escena, pero sí escuchaban los gritos de quienes se encontraban en el patíbulo: sus esposos, sus hermanos, sus hijos. Los hombres no tenían nada con qué defenderse, salvo sus propios puños. La desesperación los hizo juntarse, al centro. Pero los Jamiur eran implacables, bajaban, apresaban a uno u otro por la cabeza, lo levantaban y luego lo dejaban caer, una y otra vez. Los hombres de Eldin Menor soltaban manotazos al aire, y si alguno daba en el pico o las alas o las patas de una de las bestias, no causaba daño, o, al menos, no el suficiente. La sangre salpicaba el lugar. Los hombres seguían gritando "No sin pelear" pero su voz era cada vez más débil. Entonces apareció el jinete. Alguno se preguntó "Y ese quién es". Otro se dijo "Uno que llega para morir". Leónidas Blumge, que tenía ambas manos lastimadas y una mordedura en el hombro, contempló al jinete, que bajó del caballo y empezó a hacer girar su látigo. "No puede ser", exclamó Blumge. "Oh, no puede ser." El bullicio impidió que escucharan las palabras terribles del jinete, que invocó a los suyos. Y los suyos aparecieron en el cielo remontando el viento nevado, brillando bajo el sol frío de esa hora. Hasta aquel instante, nadie en todo el país de Trunaibat en los últimos tres siglos había sido testigo de la presencia de un dragón dorado en su región. A veces, se les mencionaba en las viejas historias que se contaban a los niños, aventuras donde antiguos guerreros volaban sobre sus lomos o combatían contra aquellos animales formidables. Pero en aquel momento, que más tarde sería recordado hasta volverse una de esas antiguas historias, el mito abandonó su lugar en la oscuridad y se hizo presente.

Lobías Rumin y sus dragones dorados se lanzaron al ataque. El domador lanzó sus bestias de viento desde el suelo contra los Jamiur que atacaban a los malheridos hombres de Eldin Menor; y éstos, cuya envergadura era mayor que la de los Jamiur, embistieron a las bestias de la niebla o los abrasaron con su aliento de fuego.

Al contemplar la pelea, los devoradores de serpientes dejaron sus puestos para enfrentar a los trunaibitas, quienes abandonaron la plaza para buscar refugio en las casas aledañas.

En ese momento aparecieron By, Ben Ta, Nu, quienes entraron en combate contra los devoradores de serpientes. Lóriga, que no estaba armada, se quedó atrás, pero al escuchar el grito de las mujeres cabalgó en esa dirección y las liberó en cuanto dio con ellas.

Lobías corrió hacia Ballaby. Soltó su bestia de viento contra dos devoradores que la rodeaban, haciéndoles girar antes de caer el piso. Luego, Ben apareció y dio cuenta de ellos con su espada. Algunos hombres trunaibitas, que antes habían huido, volvieron con espadas o garrotes y enfrentaron a los devoradores. Y más de uno fue testigo con verdadero asombro de la figura del domador, o frotaron sus ojos, pues no daban crédito a lo que veían. Es *"Malavista"*, susurró alguno. "Es el sobrino de Doménico", dijo un conocido. "El repartidor de leche", musitó otro.

Y mientras todo esto sucedía, un Jamiur bajó a la plaza. Aterrizó y se dirigió hacia Lobías. La bestia bufaba y sacaba la lengua, al tiempo que agitaba sus alas cartilaginosas golpeando el suelo. Rumin volvió la vista. El Jamiur lo desafiaba con ojos encendidos, el pico lleno de una baba verde apestosa, la piel hirsuta, las uñas afiladas que rasgaban el suelo. El domador hizo girar su látigo, enfrentando a la bestia de la niebla. El Jamiur gritó una y otra vez, antes de embestir a Lobías. Rumin lanzó su bestia de viento contra el Jamiur, pero éste pudo esquivarla, cambiando de dirección en el último instante y golpeó con una de sus alas a Lobías, que sintió un dolor agudo en su costado. El chico cayó unos metros a su izquierda, pero se levantó de inmediato, haciendo girar su látigo otra vez. Amagó un golpe y corrió hacia el Jamiur, que volvió a agitar sus alas como aspas filosas, pero Rumin las evadió con facilidad, y fue entonces cuando lanzó su bestia de viento contra el animal, que quedó atrapado en el vértigo. Lobías golpeó una vez más el tornado con su látigo, y éste giró más fuerte, haciendo que el Jamiur chillara mientras se elevaba hacia el cielo. Rumin volvió a capturar a la bestia de viento, haciéndola girar a su alrededor, al tiempo que rotaba sobre sí misma, y luego la hizo caer con estrépito, con lo que destripó al Jamiur. En la altura, los otros Jamiur chillaron al percibir la muerte del primero, y en una exhalación, se alejaron de la lucha con los dragones hacia el sur, en dirección al camino que llevaba a Eldin Mayor, en busca de su señor, el príncipe Vanat.

Lobías y los otros dieron cuenta de los devoradores de serpientes con facilidad. Y cuando la batalla acabó, cuando todos los heridos y los no heridos, mujeres, hombres, niñas y niños y ancianos y chicas se reunieron en la plaza, sobre los restos de nieve y de sangre, alterados aún, pero aliviados por la victoria en una batalla que siempre creyeron que estaba perdida para ellos, fue Leónidas Blumge quien se acercó a aquel muchacho tan delgado llamado Lobías Rumin, el sobrino del señor Doménico. Y el propio señor Doménico, sin hablar apenas, también se acercó. Y sus hijos Doménico y Ratú; y su esposa, la señora Mirta; y la señora Loria y Tronis; y todos en el pueblo, y también Li y Maara.

—Dijeron que te habían perdido en la niebla —exclamó el señor Blumge.

—He cruzado a través de la niebla —respondió Lobías—, pero no me perdí, señor Leónidas. He ido y he regresado, como era preciso.

—Las patrañas de tu abuelo eran ciertas —dijo el señor Doménico.

—Nunca fueron patrañas, tío, y yo jamás fui un *Malavista*.

—Ya lo hemos visto —confirmó la señora Loria.

—Oh, yo siempre te lo dije —exclamó Li—. Siempre te lo dije, aunque en broma, lo sé, pero...

—Hola, Li —la saludó Lobías—. Hola, Maara.

—Hola, Lobías Rumin —dijo Maara, en un hilo de voz.

—¿Esos dragones son tuyos? —preguntó el señor Blumge—. Parece que te hacen caso en todo.

—Los dragones a nadie pertenecen —aclaró Lobías—, pero parece que están de nuestro lado, y pelearán con nosotros.

—¿Acaso hay una guerra? —quiso saber Emú, un anciano que solía contar historias sobre la guerra contra los ralicias.

—Estamos en ella ahora mismo —respondió Lobías—, aunque no contra los ralicias, sino contra un ejército venido de la niebla. Pero ahora estamos juntos y juntos haremos frente a lo que está por venir desde la oscuridad.

Cuando Lobías dijo aquello, para casi todos fue evidente que el muchacho era ya otra persona. No era más el chico que repartía leche por las mañanas o el ingenuo que contaba historias sobre domadores de tornados, mientras el resto se burlaba de él. Su rostro era el mismo, pero no su alma ni sus brazos ni su manera de hablar. Y era cierto que parecía un guerrero y que jamás en Eldin Menor habían conocido a alguien igual.

—Pelearemos contigo, Rumin —sentenció el señor Leónidas.

—Sí, pelearemos contigo por nuestra libertad—se oyó decir entre la multitud.

Y las voces se fueron sumando, y pronto, todas las voces se unieron y proclamaron el pacto entre Lobías Rumin, domador de tornados y Señor de los Dragones, con los habitantes de la pequeña ciudad conocida como Eldin Menor.

# 58

Lobías Rumin no dijo mucho sobre su aventura para llegar al Árbol de Homa, pero sí habló de la guerra en los territorios de la Casa de Or. Los que lo escucharon tuvieron muchas veces la impresión de que les contaba una antigua historia sacada de la inspiración de un poeta, o de un demente. Si no hubieran visto con sus propios ojos a los hombres de las montañas del norte y a los devoradores de serpientes, quizá no hubieran creído sus palabras. Los trunaibitas de Eldin Menor tenían miedo, pero no estaban dispuestos a que el temor los venciera. Así que, cuando Rumin pidió a todos que trajeran lo que tuvieran: espadas, azadones, garrotes, escudos; no tardaron mucho en ir a buscarlo.

—Debemos prepararnos para la guerra —anunció Lobías al señor Leónidas.

—¿Recuerdas lo que te dije, muchacho? ¿Lo recuerdas? El viento lo anunciaba ya.

—Lo recuerdo perfectamente, señor Leónidas —concedió Lobías.

—¿De qué hablan, abuelo? —quiso saber Maara.

—Tu abuelo me lo anunció mucho antes de que todo esto sucedería —respondió Lobías.

—Ah, ¿sí? —exclamó Maara.

—No con palabras precisas, pero me dijo que había que prepararse para la guerra, lo recuerdo perfectamente.

—Fue así —exclamó Leónidas, orgulloso—. Sí que fue así.

—¿Sabes, Lobías? —dijo Li—, tengo miedo de que Vanat regrese. Me obligó a atenderlo cada día que permaneció aquí y se comportaba de manera muy extraña. Era como si a la vez quisiera asesinarme y abrazarme, o abrazarme mientras me asesinaba.

—¿Estás segura, Li? —quiso saber Rumin.

—El monstruo se enamoró de la princesa sin herencia —dijo el señor Leónidas—. Ha sucedido muchas veces.

—Ni diga eso, abuelo —se quejó Maara.

—No puedo prometerte nada, Li —confesó Lobías—, salvo que seremos valientes en la lucha. Cuando todo suceda, quédate al resguardo de tu familia. ¿Sabes si tus hermanos vendrán a Eldin Mayor?

—Ambos —respondió Li— y mi padre también. Y yo misma.

—¿Estás segura, Li?

—Muchas de nosotras iremos a la batalla, eso es seguro —dijo Maara.

—No puedo impedir que vengan, pero creo que no es conveniente —dijo Lobías—, pero ¿qué se yo de la fuerza de su corazón? Si quieren venir, es sólo decisión suya.

—Yo iré —dijo el señor Leónidas.

—No debería, señor. ¿Quién cuidará a sus hijas y a sus nietos, entonces?

—No voy a caer en esa patraña, Rumin —se quejó el señor Leónidas—. Nadie me impedirá proteger mi nación, por mi padre y el padre de mi padre, que lucharé con toda la fuerza que me queda.

Siguieron hablando un poco más, junto a la plaza, mientras poco a poco fueron sumándose hombres, hermanos con hermanos, tíos con sobrinos, hijos y padres, madres e hijas, mujeres y hombres, quienes llegaron cargando desde espadas mohosas hasta garrotes con clavos o flechas con sus arcos tensados o azadones con los que antes trabajaron sus parcelas de tierra. Y Lobías habló con todos ellos y los animó lo mejor que pudo.

Fue extraño para By ver a Lobías en aquel contexto, rodeado de personas que lo conocían, con Li emocionada de volver a verlo convertido en una especie de héroe venido de la muerte, envuelto en un halo que pertenecía a los antiguos cuentos, a las leyendas o la mitología. Notó lo que provocaba su vuelta. Observó a Maara abrazarlo como ella jamás lo había hecho y la naturalidad con la que aquellas personas le hablaban de asuntos que ella ignoraba. Era como asomarse a un pasado que no le interesaba. Para By, siempre había sido alguien distinto. Un chico visto en sueños, dueño del destino más extraordinario que pudiera imaginar.

Por un instante, By sintió que lo perdía de vista, pero Lobías se apareció de pronto junto a ella.

—Estoy contigo —dijo Lobías a Ballaby.

Ella giró el cuello y lo examinó, sin perder la seriedad de su rostro.

—¿Qué quiere decir eso, Rumin?

—Quiere decir lo que dije, que estoy aquí, contigo. Es lo que quiere decir.

Lobías tomó a By por el hombro. La acercó a él y ella se volvió dócil como las hojas nuevas con la brisa de verano. Apretó los labios.

—Lo sé, Rumin. Lo sé —dijo la chica—. Y yo contigo.

—También lo sé —musitó Lobías.

Y no necesitaron decir más. Al menos no ese día.

A media tarde se hicieron fogatas y se prepararon enormes ollas de caldo con vegetales y se asaron cerdos y gallinas. Y se horneó pan. Y también corrió el vino, dulce y caliente, y se prepararon enormes mesas para tener una especie de cena temprana de despedida. Era mala idea partir con el estómago vacío, según pensaron muchos, y más lo era cuando no se sabía cuándo sería la próxima comida en buenas condiciones. No se habló demasiado, pues no era aquélla una celebración. El señor Emú cantó una canción que contaba una triste historia, la de un grupo de marinos que partió en busca de fortuna desde el puerto de la isla de Férula y se perdió en la niebla. Los marinos no volvieron más; pese a ello, las esposas fueron a esperarlos cada tarde durante años que se convirtieron en décadas, hasta que la última de ellas murió, siendo una anciana. Nunca perdieron la esperanza de verlos volver. La canción terminaba con una revelación terrible: un siglo más tarde, el barco arribó, pero ya no lo navegaban hombres; de hecho, no lo conducía nadie, pero al atardecer y al amanecer podían verse sombras ir y venir por su cubierta. Y se dice que una noche, bajo la luna llena, atracaron en el puerto, y las esposas subieron al barco, y se marcharon a vivir el revés de la vida, en la plenitud de la muerte sin tiempo, en la tierra donde los guerreros nos esperan.

Algunos, cerca de donde se encontraba Lobías, pidieron detalles de su viaje a través de la niebla, y Rumin contó algunas cosas, lo que consideró que debía. También preguntaron a By y a los ralicias sobre su vida, y sobre los territorios de más allá del Valle de las Nieblas. Alguno preguntó a Ben Ta sobre su propia travesía y éste les relató sobre el barquero de Alción. Y así pasaron los minutos, las horas. Y ya saciados, Lobías Rumin anunció a todos que había llegado el tiempo de marchar. Y así, las madres se despidieron de los hijos, las esposas de los esposos, los nietos y las nietas de los abuelos. Se besaron las cabezas y se repartieron abrazos y bienaventuranzas.

Para cuando cada uno de ellos montó su caballo, anochecía ya. Los hombres y las mujeres de Eldin Menor partieron a la guerra bajo el fulgor de las primeras estrellas. El testarudo de Leónidas Blumge era el último de aquella larga columna, Lobías Rumin, el primero.

## 59

Bajo tierra, en el paso que lleva desde la linde del muro rojo hacia el noreste, donde la llanura de Eldin Mayor se convierte en la cordillera nevada, el general Azet, Tintaraz y el señor Tamuz avanzaban en compañía de un hombre llamado Hamo, Abelit Ben Hamonarat, capitán del ejército ralicia.

—Si ustedes caen —dijo el capitán Hamo a Ezrabet Azet en algún momento de la travesía— nada impedirá a este enemigo atacar nuestra nación. Es mejor luchar juntos contra la amenaza que hacerlo por separado. Juntos seremos fuertes.

—Ésas son palabras llenas de sabiduría—aplaudió Azet.

—Lo son —terció Tintaraz—, pero necesitaremos mucho más que un ejército convencional para repeler el ataque que se avecina.

—Debemos tener confianza —pidió Azet—. Antes nos tomaron desprevenidos, pero será distinto en Eldin Mayor.

—Para el ejército de la niebla conquistar la Fortaleza Embilea fue un juego de niños —continuó Tintaraz—, no hemos visto la verdadera fuerza de su hueste.

—¿Qué sucede contigo, Señor del Bosque? —preguntó Azet—. No nos sirve de mucho ese derrotismo.

—No tengo miedo de enfrentarme a la verdad —siguió Tintaraz—, pero tampoco temo tener esperanza, por ello miraré hacia el norte en la batalla, para esperar a unos que vinieron antes, pero que ya nadie por aquí los recuerda.

—Domadores de tornados —el señor Tamuz puso nombre al pensamiento.

—¿De qué hablan? —inquirió el capitán Hamo.

—Viejas historias de niños —repuso Azet—, cuentos que se repiten a la orilla del fuego o se contaban, porque ya ni eso, ahora están casi olvidados.

—Hablas por ti, general de Trunaibat.

—Cuánto quisiera que hablaras con verdad, señor Tintaraz —dijo Ezrabet Azet—, pero mucho me temo que la realidad nos golpeará en el rostro otra vez, muy pronto. Tenemos nuestras espadas y debemos confiar en ellas, más que nunca. Y ser fuertes. Es en lo que podemos confiar. ¿No lo cree así, señor Tamuz?

—Lo que creo, general, es lo que sé, y lo que sé le sorprendería.

Ezra asintió, pero no dijo más pues no tenía ánimo para seguir aquella conversación que consideraba inútil. Se encontraba cansado, hambriento. Sus pies le dolían como nunca antes. El túnel por donde avanzaban era húmedo, frío y parecía no tener fin. Así que siguió su camino, hacia el noreste, siempre en silencio.

Lobías Rumin y By, por su parte, avanzaban junto a su pequeño ejército camino del sur. El señor Leónidas les indicó un buen lugar por donde seguir, un paso entre dos montañas sin nombre que los llevaría a poca distancia de la ciudad amurallada de Eldin Mayor. Lobías y el resto caminaba en silencio, pues temían alertar a Vanat y los suyos y enfrentarse en una lucha improvisada, en medio de aquellas estribaciones nevadas, lo que asumían concedería una ventaja a los hombres de las montañas del norte.

—No puedo dejar de pensar en Furth —musitó By. Estaba envuelta en una capa larga, que amarraba a la grupa del caballo. De su rostro sobresalía su perfil, su mentón, sus labios, la punta de su nariz enrojecida.

Lobías estiró su mano para tocar el brazo de Ballaby. Ella le sonrió tímidamente. Rumin la observó con detenimiento, pues By miraba al frente, como atrapada en sus pensamientos. Lobías hubiera querido preguntarle "Quién eres, By"; incluso imaginó la frase en su mente, pues en aquel instante, más que nunca, supuso que no la conocía, que ni siquiera había visto en detalle sus rasgos, que asumió demasiadas cosas sobre Ballaby: su fuerza, su vitalidad, su extrañeza como vidente, pero olvidó mirar *más allá*, las otras dimensiones de la chica que cabalgaba junto a él, sus más hondas convicciones. Y se preguntó ¿por qué tiene que venir a una guerra que no es la suya? ¿Por qué no permaneció en casa de su madre y su padre, protegida de todo este mal? Le pareció la persona más valiente que conocía. Y se lo dijo.

—Para mí, Furth es la persona más valiente —replicó Ballaby tras escucharlo. Luego, hizo una mueca con la boca y se encogió de hombros—. O tal vez no, es decir, no quiero decir que no lo sea, pero quizá lo que quiero decir es que es de las personas más fuertes que conozco, el mejor guerrero de la Casa de Or.

—Estará bien —agregó Lobías—. No se notaba ya tan mal.

—Puede fingir muy bien —dijo By—. Lo conozco. No aceptará su dolor fácilmente y me preocupan esas heridas.

—Ya de nada sirve preocuparse, By, y lo sabes.

—De nada, bien dices, Rumin, pero es inevitable, y lo sabes.

Lobías asintió.

Avanzaron a través del paso entre las montañas que les indicó el señor Leónidas. A veces, atisbaron a los Jamiur en la lejanía. Otras, oyeron lejanas trompetas. Y pronto, luego de una larga travesía en la que apenas descansaron, el fuego en las almenas les mostró el camino a la ciudad amurallada de Eldin Mayor. Y aun en aquellas circunstancias, era una visión hermosa.

—No hay tiempo que perder —anunció Ballaby, temerosa de que el ejército invasor estuviera a las puertas de la ciudad—. Si nos quedamos afuera, seremos presa fácil —agregó.

De inmediato, Lobías y el resto cabalgaron hacia la ciudad, apurando la marcha todo lo que podían.

Bajo tierra, el capitán Azet también hizo lo suyo. Pronto, encontraron la salida que buscaban. No podían saberlo, pero Lobías y los suyos estaban muy cerca, y avanzaron, sin verse, en caminos paralelos. El amanecer frío iluminaba el mundo.

# 60

Al oeste de Eldin Mayor se encuentran algunos pequeños pueblos que lindan con el Bosque Sombrío. Son lugares que, en ocasiones, se les identifica por lo que producen, como Murán, donde se confeccionan tanto calzado como abrigos de piel. O Luminat del Sur, que es famoso por sus artesanos del barro, que elaboran desde ollas hasta platos o tazas que decoran afanosamente con una incontable cantidad de diminutas figuras. Al norte, junto a la cordillera nevada, se ubican pueblos agrícolas, fincas donde se produce la uva y la manzana o las hortalizas, y donde la cría de abejas, vacas, ovejas y aves de corral alimenta a la población en la ciudad amurallada. El pueblo más al norte se encuentra enclavado entre dos montañas, y su nombre es Otha, que significa en lengua vernácula "Gota de nieve". A todos estos pueblos llegaron las noticias del rey Vanio y la reina Izahar, a cada uno de sus habitantes se les pidió recogerse dentro de la ciudad amurallada, al centro de Eldin Mayor. Se les informó que Porthos Embilea había sido arrasada por un ejército venido de la niebla. Se les pidió que trajeran sus armas y algunas pocas provisiones, y hacerlo de inmediato.

Las trompetas sonaron. Las antorchas se encendieron. Los jinetes cabalgaron dando la alarma. No tenían tiempo que perder. Muchos dijeron haber escuchado la campana de Belar. Otros, aseguraron haber avistado bestias malditas sobrevolando sus campos o cazando sus animales, a plena luz del día o en la noche.

Pronto, las carretas cargadas de gente y de víveres llenaron los caminos. Pero no todos lo hicieron. En Otha, casi nadie quiso abandonar sus hogares o sus tierras. Se organizaron para resistir. Tuvieron suerte, Vanat, Ehta y su ejército de devoradores de serpientes y hombres del norte, atravesaron la cordillera en un punto distante, pues se dirigían el sureste, hacia la costa. Por la noche, se encerraron todos juntos en una cueva cercana, armados con todo lo que tenían, y pusieron centinelas para vigilar cualquier movimiento inesperado. A lo lejos, desfiló una larga fila de antorchas. Desde donde se encontraban, les pareció que una interminable serpiente de fuego bajaba por la ladera de una montaña hacia Eldin Mayor.

En el palacio del rey también observaron la serpiente.

—Ya vienen —anunció la reina Izahar a su esposo. Su majestad se encontraba sentado en la cama, sin poder conciliar el sueño—. Todos están alarmados. Una serpiente de fuego avanza por la cordillera.

—Ayer se escucharon los gritos de una bestia alada —dijo Vanio.

—Todos los escuchamos —concedió la reina, que se sentó junto a su esposo—. Los vigías han visto los barcos que llegan por la costa. Son demasiados.

—¿La gente de los pueblos de las afueras ha llegado ya? —quiso saber el rey. De pronto examinó sus pies deformes.

Era como si no se atreviera a levantar la vista, como si tuviera vergüenza de no enfrentar la amenaza que se acercaba, dejando sola a su esposa.

—Faltan algunos. Dicen que la gente de Otha ha decidido quedarse para cuidar lo que les pertenece.

—Qué necios. Ojalá no lo lamenten más tarde.

Los centinelas de Otha entraron a la cueva y hablaron en voz baja. Pidieron a todos silencio, pues asumían que su principal ventaja era que nadie sabía que se ocultaban en aquel lugar. Lo cierto es que no suponían que se enfrentaban a un peligro terrible. Cuando, poco después, escucharon el grito del Jamiur, la mayoría se arrepintió de haber ignorado la petición de los reyes, que los convocaron a la ciudad amurallada. Sabían que era demasiado tarde para emprender el camino a través de las laderas. Su única esperanza era pasar desapercibidos. Escogieron a dos de ellos, dos chicos veloces, escurridizos, cazadores de zorros, para que fueran por los caminos y trajeran noticias. Deberían esconderse lo mejor que pudieran. Partieron al amanecer.

# 61

—Amanece —anunció la señora Izahar.

—Y no has dormido ni un poco —exclamó el rey.

—Es imposible.

—Pero era necesario, te ves tan cansada.

—Tú también lo estás —dijo la consorte.

—Estoy bien —dijo el rey Vanio—. Ayer mis pensamientos eran oscuros, pero con la primera luz he recordado la fiesta de las manzanas.

—Nuestra fiesta de las manzanas —exclamó la señora.

—No hay otra para mí —dijo el rey—. Pero yo lo supe desde antes, cuando salimos de las islas Creontes estaba seguro de lo que quería hacer.

—El presumido de siempre —musitó la señora Iza.

—Seguimos aquí, así que puedo decir que acerté —dijo el rey Vanio.

La fiesta de las manzanas se celebraba en un pueblo llamado Lilalumbre del Norte, junto a la cordillera nevada. Aquel lugar es famoso por su sidra, y cada año, poco antes de que finalice el otoño, se celebra una fiesta de tres días donde se comen tartas de manzana, cerdo asado relleno de fruta, y se bebe sidra a raudales. Gente de todo Trunaibat visita la pequeña localidad entonces, y es común observar tiendas de campaña y fogatas en las colinas y los campos cercanos. Fue durante una de esas fiestas que Vanio, entonces un príncipe, besó por primera vez a Iza, la chica de Porthos Embilea. Durante el verano, compartieron un viaje a las islas Creontes y, llegado el otoño, cuando coincidieron en la fiesta de las manzanas, Vanio no quiso volver a separarse de ella. En ocasiones, el enfermo rey podía recordar, lleno de una dulce nostalgia, el sabor de los labios de Iza, matizados por el delicioso regusto de la sidra de Lilalumbre del Norte. Pasearon aquel día por las colinas hasta la primera luz del alba y antes de que la noche volviera a caer, Vanio le pidió a Iza que fuera su esposa.

—No quiero que éste sea nuestro final —dijo Izahar tomando la mano de su esposo. Su mirada reflejaba un temor que Vanio no reconocía en ella.

—No lo será —confirmó el rey, lleno de convicción y repentina furia, como si el miedo de su esposa lo hubiera despertado de un largo sueño y ahora recuperara su valor—. Por el cielo, te prometo que no lo será.

A lo lejos sonó una trompeta. El rey abrazó a la señora Izahar. Ella recostó su cabeza en el pecho de Vanio, por eso no escuchó, pero él sí. Por eso se levantó con dificultad.

—¿Qué ocurre? —preguntó la señora Iza.

—¿Escuchas? —preguntó el rey. Y la trompeta sonó, más cerca. Y otra más, le respondió.

—Trompetas —musitó la reina—, pero no anuncian nada terrible.

—Así parece —reconoció el rey.

Ambos caminaron hasta la puerta de la cámara. Salieron al salón y luego a una terraza que daba al oeste. Poco después, un grupo de soldados estaba por entrar a la ciudad amurallada. Jinetes que llegaban al palacio. Cuando Ihla Muní salió a la terraza para encontrarse con ellos, llevaba consigo las más inesperadas noticias.

—Su alteza, majestad —saludó la general Muní.

—¿Qué sucede, Ihla? —preguntó la reina, ansiosa.

—El general Azet, no sé cómo, pero es el general Azet, y ha llegado acompañado de un ejército de Ralicia. No nos dejarán solos en la batalla. Han venido hasta aquí para pelear junto a nosotros.

El rey no pudo expresar la conmoción que sentía, pero sí la reina, que abrazó primero al general y luego a su marido.

—Debo encontrarme con Ezra de inmediato —musitó la reina en el oído de Vanio.

—Es preciso —respondió el rey.

# 62

No lejos de donde avanzaban los dos ejércitos, Vanat y los suyos caminaron sobre la arena de la playa, frente a las murallas de la ciudad. El capitán Hanit fue avisado de la llegada de su hermano y éste, a su vez, avisó al rey Mahut. Hubo trompetas de fiesta y gritos de alabanzas para Vanat, que hizo que sus Jamiur volaran en círculos sobre la playa.

—Hermano —exclamó Bartán Hanit abrazando a Vanat—. No creí que tu disparate funcionara.

—Nadie lo creyó, a decir verdad —confesó Vanat, en una especie de reclamo asolapado.

—Pero teníamos esperanza —dijo el rey, que se unía a la reunión de encuentro entre los hermanos.

Vanat se separó de Hanit y abrazó al rey, como si fueran dueños de toda la confianza. Mahut, emocionado, hizo lo suyo con Vanat. Para los tres era una victoria que aquellas bestias de la oscuridad obedecieran su mandato, pero más importante aún era que Vanat hubiera encontrado las ruinas de la antigua ciudad, un lugar que tenían previsto fuera de veneración para ellos al término de la guerra.

—Nos mostrarás el camino a la antigua ciudad cuando todo esto acabe —dijo Mahut.

—Así lo haré, mi rey —prometió Vanat.

Ehta no quiso acercarse a la pequeña reunión improvisada, más bien se quedó lejos de todo el grupo, observando el mar que se extendía a sus pies. El desembarco se había producido ya y los hombres y las máquinas de guerra avanzaban tomando sus posiciones, pero poco importaba todo esto a Ehta, pues un sombrío presentimiento se había apoderado de ella. Pensaba en su padre, Anrú, y en sus hermanas. Y se sentía sola, como si, en el mundo, no quedara nadie para ella.

—¿Qué buscas con tus ojos en el horizonte del mar? —preguntó Hamet At, el mago de larga barba.

—Hamet —susurró Ehta, que no pudo hablar más y, sin preverlo, se echó a llorar como una pequeña niña.

El mago abrazó a Ehta y susurró:

—Lo siento, hija, también yo lo he sentido.

A Ehta, entonces, ese comentario le disipó sus dudas. Era su padre el que le provocaba ese silencio y ese vacío.

—Hay una guerra —musitó Ehta—, qué buen lugar para estar en estos momentos, cuando morir es una obligación.

—Pero no vas a morir, Ehta —dijo Hamet—. Morirán quienes te han infligido este dolor. Éste es el día de la venganza, querida hija.

El capitán Bartán Hanit indicó a los capitanes menores cómo proceder. Y también lo hizo con su hermano Vanat.

—Es preciso cubrir la mayoría de los flancos —dijo Bartán—. Las máquinas y los tres ejércitos, los hombres del norte, los devoradores de serpientes y buena parte de nosotros atacarán desde el flanco oeste, donde se encuentran las puertas de la ciudad. Los arqueros acometerán desde el norte y el sur. Lo mismo que los lanzadores de llamas. Si algunos de la ciudad buscan escapar al sur, serán recibidos por nuestros barcos. Los Jamiur deberán arremeter desde donde mejor les parezca. Lo importante es ahora el asedio. El asedio y el fuego. Vamos a provocar algo que los hará salir como conejos de una madriguera. La fuerza está de nuestro lado. Y el miedo.

Los capitanes lo escucharon con atención, ansiosos, contenidos, en silencio. Cuando Bartán acabó su discurso, cada uno de ellos sabía qué hacer. Lentamente, pero sin pausa, las divisiones del ejército del país de la niebla se desplazaron hacia sus posiciones. Al frente caminaron Mahut y Bartán, y también Vanat, quien, en algún momento, mandó a sus Jamiur a que sobrevolaran la ciudad. No pretendía que atacaran, su intención era que las sombras de las bestias de la niebla infundieran temor en todos aquellos que esperaban el ataque. Y así fue.

# 63

Lumia escuchó las trompetas de bienvenida, pero no supo distinguirlas. Cuando Mannol llegó a buscarla y le dijo que se hablaba en las almenas sobre la llegada de un capitán de Porthos Embilea, corrió más que nadie en dirección a la puerta de la ciudad. Mannol la acompañó a través de las calles empedradas, donde a esa hora se vivía una inusual agitación, pues muchos trunaibitas se dirigían a lugares distintos: a las almenas y la plaza donde se reunían los soldados, a las casas de sus parientes, a los refugios en el extremo norte o sur de la ciudad, o al palacio, donde se repartían a la vez armas y víveres. Todos estaban pendientes de los anuncios. Se decía que el puerto estaba lleno de barcos enemigos y que horribles máquinas de guerra desembarcaron a primera hora de la mañana, además de muchos soldados. También se comentaba acerca de la serpiente de fuego en el borde de la montaña.

Lumia tuvo que esquivar a una cuantiosa cantidad de personas para llegar a la puerta, pero los que buscaba se marchaban para reunirse con los reyes. Así que Lumia siguió su camino. Poco después, localizó a los soldados de la retaguardia, a quienes alcanzó, y pronto se encontró con gente que conocía.

—Ebomer Rim —saludó Lumia—. Milarta —agregó.

Ebomer apenas tuvo tiempo para girar el cuello, cuando Lumia ya lo abrazaba. Un abrazo breve, y luego se le echó encima a Milarta. Lumia notó que su rostro mostraba los pómulos hundidos, como si hubiera llorado mucho.

—¿Ha pasado algo, querida amiga?

—Luca —susurró Milarta.

—¿Qué ha pasado con Luca?

—Ha caído en la batalla —confesó Ebomer Rim.

Lumia se quedó fría, pero reaccionó y abrazó a Milarta, y mientras lo hacía un miedo atroz cubrió su corazón. Fue en ese momento que escuchó el grito de los Jamiur. Las bestias sobrevolaban la ciudad en círculos. Y, casi en el mismo instante, las trompetas volvieron a sonar. Una y otra vez. Trompetas de bienvenida.

—¿Dónde está Ezra? —preguntó Lumia.

—Va al frente —repuso Mazte Rim, quien se había acercado—. Hola, Lumia.

—Hola, Mazte. ¿Estás bien?

—Todo lo bien que puede estar cualquiera en un momento como éste —respondió Mazte Rim.

—El general —susurró Mannol.

—¿Qué dices? —preguntó Lumia, que no escuchó a Mannol, pues habló justo cuando sonaba una trompeta.

Pero no tuvo necesidad de recibir respuesta. Ezrabet Azet se acercó desde atrás y abrazó a Lumia, levantándola. Ella reconoció sus brazos, su olor. Giró para verlo de frente. Tomó su rostro con ambas manos. Ezra inclinó su frente en el pecho de su esposa. Lumia comprendió que lloraba. Abrazó su cabeza con todas sus fuerzas.

—Estoy aquí —musitó Lumia—. Estoy aquí, Ezra.

—Pensé que no volvería a verte —dijo el general, en voz muy baja—. Pensé muchas veces que no volvería a verte, era una sensación insoportable.

—También sentí miedo, Ezra. No sabes cuánto miedo tuve de que no volvieras.

—Aquí estoy, he vuelto, aunque sólo sea para estar juntos en el momento final.

—No digas eso, Ezra. No digas eso, estamos juntos, resistiremos.

Ezrabet Azet, general del ejército de Trunaibat, asintió, aunque sin convicción. Los Jamiur volvieron a gritar, y cuando Ezra levantó la vista, por alguna razón que no pudo explicar, no sintió miedo.

—General —dijo una voz, atrás.

Ezra tardó en identificar quién lo llamaba. Ante el bullicio, no reconoció la voz de Tintaraz.

—General —repitió Tintaraz—. El rey Vanio nos espera.

Ezra miró al guardián del bosque.

—Ahora vamos —dijo Azet, pero Tintaraz ignoró a su amigo, pues su vista estaba detenida en un punto más allá de las murallas.

Un ruido de asombro y horror se elevó por las plazas, las ventanas abiertas, las almenas y las terrazas de la ciudad amurallada. Lumia se llevó la mano a la boca. También Milarta.

—Hay algo que desprende un aroma que no conozco, pero que me recuerda una fogata —dijo Mazte Rim.

Entonces apareció un hermoso dragón dorado volando a baja altura, el cual aterrizó a poca distancia de allí, en la plaza frente a la puerta de entrada de la ciudad amurallada.

Ezra, Mazte, Tintaraz y los otros corrieron en dirección a la plaza. Desenvainaron sus espadas, prepararon sus arcos y flechas, incluso Tintaraz lo hizo. Mientras corrían, se posaron más dragones, pero los gritos fueron acallándose, lo cual era incluso más extraño. Al llegar a la plaza, se enfrentaron a la más inesperada de las escenas: una docena de dragones dorados, muy juntos unos sobre otros, y un muchacho en medio de ellos, hablándoles como si fueran sus mascotas. Junto a él, se encontraba una chica muy joven, tan bella que los soldados no podían decidir qué les provocaba más asombro, si los dragones dorados o la chica.

En aquel lugar se congregaban también muchos trunaibitas, mal armados, sentados en el piso alrededor de una fuente.

Ezrabet Azet y Tintaraz y Mazte se acercaron al chico que susurraba a los dragones. Vestía de manera extraña y llevaba un látigo enrollado al cinto.

—¿Quién eres, señor? —preguntó el general Azet—. ¿Y a qué has venido?

—Sé quién es usted, es el general Azet de Porthos Embilea.

—Ciertamente, lo soy.

—Mi nombre es Lobías Rumin, general, domador de tornados, lector del libro de Homa, y éstos son mis dragones dorados.

—Y yo soy Ballaby de Or, señor. De la Casa de Or.

Los que escucharon aquello, Ezrabet el primero, no comprendieron de qué se trataba o qué significaba todo lo dicho por aquel chico, salvo Tintaraz.

Tintaraz caminó hasta Lobías Rumin y lo tomó del hombro.

—Sé quién eres —dijo él—. ¿Has visto acaso a las nueve señoras?

—Las he visto —asintió Lobías—. La señora Elalás y sus hermanas libraron del fuego al Árbol de Homa. Sé que pronto estarán aquí, con otros como yo.

—¿Qué ocurre? —preguntó By, al observar la expresión en el rostro de Azet y los otros.

—¿De dónde vienen? —preguntó Azet, con timidez.

—Del otro lado de la niebla, señor —dijo Lobías.

—Pero ¿cómo es posible?

—Hace un tiempo acompañé a unas buenas gentes a través de la niebla, siguiendo la ruta de las abejas Morneas —agregó Lobías—. Y así llegué hasta el Árbol de Homa. Pero mucho antes de eso, conocí a By, Ballaby de Or, señor, quien me había conocido en sueños. Es una larga historia para la que ahora no hay tiempo. Venimos desde Eldin Menor y estamos aquí para luchar junto a ustedes.

—Hueles de una manera muy extraña —dijo Mazte Rim a Ballaby—. Ni siquiera sé por dónde empezar…

—No hace falta decir nada —dijo Ballaby, sorprendida por la afirmación de Mazte—. ¿Por qué tendría que importar a qué huele una persona?

—Porque dice de dónde viene y tú vienes de muy lejos —insistió Mazte, pero la conversación se interrumpió por la intervención de Tintaraz.

—Señor Rumin —dijo Tintaraz—. El rey nos manda llamar, ¿vendrás con nosotros?

—Me quedaré aquí con mis dragones —respondió Lobías.

—Y yo también —añadió By.

—Entonces, me quedaré con ustedes. Soy Tintaraz, cuidador de los bosques, amigo de las nueve señoras.

—He escuchado tanto de ti —dijo By—. Mi madre, la señora Syma, me habló del hombre del bosque. Me dijo que naciste bajo un enebro triste durante una nevada.

—No sé cuándo nací ni cómo, señora, —confesó Tintaraz—, sólo estaba allí, un día, hablando con la brisa de la tarde. No recuerdo más.

Al escuchar tales afirmaciones, Azet y los otros se sintieron perdidos, pues lo que decían pertenecía más a la fantasía
que a la realidad, pero lo cierto era que aquellas gentes eran
de carne, hueso y vísceras; podían verlos, escucharlos, oler-
los, sentirlos y, mejor aún, luchar junto a ellos. Y ésa fue la
primera ocasión en muchos días que el general Azet sintió
esperanza, y pese a lo ocurrido, creyó que podían tener una
oportunidad.

—Iré a ver a los reyes, pero volveré pronto—informó
Azet—. Y lucharemos juntos, Señor de los Dragones, señora
de la Casa de Or.

—Que así sea, entonces —dijo Lobías Rumin.

—Así será —sentenció Ezrabet Azet y luego partió hacia
el lugar donde los reyes lo esperaban.

# 64

El rey Vanio salió solo a la terraza a la que se llegaba únicamente a través de su cámara. Caminó con dificultad arrastrando sus piernas hasta llegar al borde. Desde allí contempló la ciudad sitiada por el ejército del país de la niebla. Las docenas de barcos en el puerto, los arqueros, los estandartes, las bestias espantosas sobrevolaban la ciudad formando círculos en el cielo, el ruido de las trompetas, las antorchas que brillaban bajo el cielo gris o las máquinas de guerra dispuestas para el ataque.

Estas máquinas eran de madera con ruedas de hierro, cuadradas algunas, rectangulares otras, del tamaño de una casa; y eran arrastradas por docenas de caballos o por perros o por hombres. Vanio no podía saber cuál era su funcionamiento, pero comprendía que su utilidad era apreciada por el ejército enemigo, dado que las transportaron desde quién sabe dónde.

Al observar todo aquello, Vanio recordó las historias que, en la soledad del estudio de su padre, leyó en volúmenes tan antiguos que ni siquiera se conservaban completos.

"Hubo una guerra", decía su padre Elivanar en muchas ocasiones. "Ha pasado mucho tiempo, y quienes la sufrieron, murieron hace tanto que no recordamos ni sus nombres ni su aspecto, pero lo que dicen los manuscritos es la historia de nuestro pueblo. Donde ahora hay un valle de nieblas, antes existía una ciudad, un país próspero, pero hubo una guerra y, al final de la misma, la niebla cubrió todo el valle.

"¿Cómo fue posible, padre?", preguntó el hijo.

"Hay poderes en este mundo que ni siquiera podemos entender", respondió Elivanar.

Al rey Vanio le pareció curioso que aún hubiera gaviotas. Volaban entre los mástiles de los barcos enemigos, sobre los soldados del país de la niebla, en el puerto o al posarse en las espantosas máquinas que amenazaban la ciudad amurallada. Fue una de esas gaviotas la que voló hasta posarse en el borde de la terraza donde se encontraba el rey. Vanio llevaba puesto un peto de cuero; al cinto, una espada. No podía dejar de preguntarse cuál era su obligación en aquel día, si permanecer a buen resguardo en la Casa Real o acompañar a sus hombres en la batalla, incluso si apenas podía mover sus deformadas piernas. Se sentía tan frustrado por ello. Tan inútil. La sensación de dejar sola a Izahar en ese momento de angustia, lo torturaba sin misericordia. Escuchó un ruido de cornos, abajo. En el oeste, una de las máquinas pareció activarse. Alguien hacía gestos en el campo de batalla, fuera de la ciudad. Vanio estaba tan lejos que era imposible para él distinguirlo con claridad. Pero puedo distinguir, horrorizado, cómo desde la máquina que se encontraba al frente salieron disparadas a la vez docenas de flechas encendidas. Y, un poco después, otras tantas flechas desde las máquinas dispuestas junto a la primera. La agitación subió hasta sus oídos, los gritos, las trompetas desesperadas. El rey Vanio apretó la empuñadura de su espada. "Malditos sean", musitó el rey.

Una sombra creció detrás de Vanio y lo sobrepasó. La brisa se hizo viento de tormenta. Un Jamiur llevaba en su hocico una gaviota. La bestia destripó al ave, llenando de sangre sus comisuras.

—¡Maldita bestia! —gritó ahora el rey, quien sacó su espada y avanzó hacia el Jamiur.

Vanio no estaba preparado para el combate. Luego de avanzar tres pasos, su pie-pezuña se deslizó, haciéndolo caer de bruces. El Jamiur saltó sobre el rey y le clavó los colmillos en la espalda. El rey lanzó un golpe con su espada que logró impactar en la pata del Jamiur, el cual agitó las alas para levantarse. En un instante, el rey Vanio se giró e intentó levantarse, pero el Jamiur, que era veloz como un ave de presa, se lanzó otra vez sobre el rey. Sus patas de uñas afiladas se clavaron en los hombros de Vanio. El pico de la bestia se abrió sobre la cabeza del rey, sometiéndolo sin piedad. El monarca acusó la presión del pico de sierra del Jamiur, su saliva mezclada con su propia sangre, y pronto se sintió desfallecer. Pese a ello, aún tuvo la fortaleza de levantar su espada para clavarla en el pecho del animal. Hasta el fondo. El Jamiur chilló. Se separó un instante, levantando su cuello, dejando libre la cabeza del rey, pero lo hizo para caer otra vez sobre ella, moviendo su propia cabeza a derecha e izquierda. El cuello del rey Vanio se rompió al mismo tiempo que su espada partía en dos el corazón de la bestia. Ambos cayeron al suelo de la terraza.

Y así los encontraron poco después dos soldados que llevaban noticias sobre los visitantes que llegaban desde Eldin Menor. Noticias que no pudieron entregarse. Así también los encontró Izahar, la reina ahora viuda, que se arrodilló en medio del mapa de sangre que rodeaba la escena para abrazar a su marido por última vez.

# PARTE 9
# EL ASEDIO
# DE LA CIUDAD
# AMURALLADA

# 65

Las máquinas de guerra concentraron su ataque en la puerta y en el primer muro. Lanzas, flechas y piedras encendidas se estrellaron contra la enorme puerta, incendiándola. Desde las torres que la flanqueaban, dejaron caer cuencos de agua fría, y se hizo lo mismo desde abajo, lanzando el agua para que chocara contra el borde superior, provocando una leve cascada al otro lado.

La muralla estaba cercada por seis torres al frente, las cuales se unían a través de un amplio pasillo que las conectaba a las almenas. Las dos primeras torres flanqueaban la entrada.

Lobías Rumin se encontraba cerca de la segunda torre cuando empezó el ataque. Pronto comprendió que la desorganización primaba en aquel ejército sin experiencia. Las máquinas no tenían respuesta, se ubicaban a tanta distancia, que las flechas de los arqueros de Trunaibat ni siquiera llegaban a tocarlas. Tras las máquinas, se guarecía el resto del ejército de la niebla. Su momento debía esperar a que las máquinas hicieran su trabajo.

No pasó mucho para que las máquinas cumplieran su primer cometido: la puerta de la ciudad amurallada ardía. Docenas de diminutas flechas cubrían buena parte de ella. Y otras docenas más caían sobre las almenas, diezmando a los arqueros trunaibitas.

—Esa puerta no resistirá mucho tiempo —se lamentó Lobías Rumin.

—Es una buena puerta —dijo Tintaraz—, hecha de madera moir, árboles antiguos, nacidos casi en la misma época que el Árbol de Homa, pero desaparecidos hace tiempo. No se ha conocido madera tan dura como ésa. Ni siquiera el fuego puede doblegarla fácilmente.

Una historia cuenta que los árboles moir eran gigantescos y que la madera con la que se construyó la puerta de la ciudad amurallada se obtuvo de unos moir que crecían en una isla que se desplazó hasta las costas de Trunaibat. Desde mitad del verano la isla comenzó a moverse como un organismo viviente, pero tan lento que apenas era perceptible. Cuando estuvo frente a las costas de Eldin Mayor, algunos leñadores la visitaron, con la intención de aserrar uno de aquellos árboles, los cuales veían claramente desde la distancia. Los leñadores trabajaron durante días. Cuando el árbol cayó, era tan largo que su borde pudo alcanzar la arena de la costa. Se dice que los leñadores volvieron a Eldin Mayor caminando a través del árbol. Poco después, la isla desapareció y la abundante madera del moir fue utilizada para muchas cosas: desde la construcción de casas, hasta empalizadas y, cómo no, la puerta monumental de la muralla, que entonces únicamente tenía construida su parte frontal. Siglos más tarde, la puerta seguía intacta y los protegía de los invasores.

—¿Qué estamos haciendo? —se quejó Ballaby—. Parece que tenemos las manos atadas.

—No podemos hacer mucho más —dijo Tintaraz—. Al menos, no de momento. El rey de la niebla nos ataca igual que si fuéramos una madriguera de conejo. Nos envía fuego y caos, y así pretende que salgamos a campo abierto, donde no tendríamos oportunidad. Si resistimos aquí, incluso si atraviesan esa puerta, recibirán una lluvia de flechas, y ésa es nuestra mejor oportunidad. Así que, de momento, sólo podemos esperar.

La ciudad amurallada presentaba un problema de difícil solución en una batalla como la que enfrentaba el ejército de Trunaibat: su extensión. El muro que la rodeaba era alto, con numerosas almenas y terrazas donde los soldados podrían situarse y tener ventaja, pero su extensión significaba que dejaba a la vista muchos puntos débiles, pues era difícil de cubrir. Debido a ello, se enviaron vigías, quienes se colocaron a cierta distancia el uno del otro. Se designó a ancianos o niños para esto. No se pretendía que entraran en batalla, su labor sería avisar si el enemigo escalaba por allí.

Bartán Hanit tenía una estrategia con respecto a la escalada del muro. Desde la distancia, observó el tamaño de la ciudad, y supo que para los soldados trunaibitas sería difícil defenderla. Si bien, las máquinas atacarían al frente, sería de vital importancia para él que sus hombres intentaran flanquear el muro desde varios puntos a la vez, todos ellos situados en zonas laterales, donde suponía que estaba menos protegida. Cuando en la playa se encontró con su hermano y sus bestias de la niebla, Bartán le pidió que no atacaran por su cuenta, más bien, que dieran apoyo a los escaladores. Vanat le aseguró que los devoradores de serpientes eran hábiles a la hora de escalar lo que fuera, desde árboles a paredes de piedra o empalizadas, pero que los hombres del norte eran lentos y torpes en ese menester. Por tanto, se decidió que los devoradores serían los primeros en subir. Sus escaleras eran anchas y altas. Podían subir tres o cuatro a la vez, lo que ayudaría a conquistar pequeñas secciones del muro. Con la ayuda de los Jamiur, Bartán sabía que tendrían una oportunidad real. En el último momento, sin embargo, el capitán del ejército de la niebla tomó una decisión terrible: un grupo de hombres de las montañas del norte escalaría a ambos lados del flanco oeste.

—Irán a una muerte segura —dijo Mahut, cuando éste se lo comunicó.

—Es posible —concedió el capitán—, pero si concentramos esa fuerza allí, muchas otras partes del muro quedarán desprotegidas. Y ésa será nuestra ventaja.

El rey aceptó las razones de Bartán y así se hizo. A la vez que los hombres del norte escalaban el flanco oeste, mientras una lluvia de flechas se lanzaba desde las máquinas, los devoradores de serpientes ascendían por el flanco norte, y varios grupos de soldados lo hacían desde el sur. Bartán quería llevar la guerra a toda la ciudad. Y no tardaría en conseguirlo.

# 66

Entre los que cuidaban la muralla en el flanco norte se encontraban Mazte Rim, Mannol, y Emanol Brazo de piedra. A poca distancia, Ramal y su hijo mayor, Lar, también vigilaban el sur. Desde donde estaban, llegaba el sonido de la batalla en la puerta. Cada vez que las catapultas lanzaban sus piedras encendidas contra alguna pared o el suelo del primer patio, el sonido resultaba estremecedor. Con la ciudad en silencio era fácil que el ruido llegara hasta donde se apostaban. Algunos soldados del ejército de Eldin Mayor iban de un lado a otro a través de los corredores del muro. Nada parecía suceder en aquel lugar, hasta que se escuchó el primer corno, que sonaba desesperadamente. Ramal y Lar estaban muy cerca. Ambos tenían espadas, pero su principal labor era dar la alarma, y así lo hicieron. Pronto, un grupo de soldados apareció en escena e intentaron repeler a los escaladores. Los devoradores de serpientes eran ágiles y trepaban con facilidad. Una pareja de Jamiur atacó a los soldados, que se defendieron con valor, pero aquel doble ataque permitió que los devoradores llegaran hasta un lado distinto del muro. Y entonces empezó otra batalla. Se parapetaron. Protegieron la posición alcanzada. Y muchos devoradores subieron con toda rapidez.

Ramal comprendió que debía ayudar a los pocos soldados que luchaban, pero fue en ese momento cuando comprendió que tanto él como su hijo estaban en un peligro real. Tomó a su hijo Lar por el hombro y lo obligó a huir.

—¿Qué sucede, padre? —preguntó éste.

—Debemos replegarnos —gritó Ramal.

Lar hizo caso a su padre y ambos corrieron a través de los pasillos del muro hasta llegar a la terraza donde montaba guardia un viejo conocido: Mazte Rim.

—¿Qué hueles, Mazte? —saludó Ramal.

—Las bestias de la niebla —respondió Mazte, que en ese momento se encontraba al borde del muro, donde un grupo de devoradores amagaba con apoyar una escalera.

—Si se atreven, los recibiré con mi brazo de piedra —amenazaba Emanol.

Entonces, el grito del Jamiur los sacó de su estado de alerta. No lo vieron llegar, pues salió de una nube gris con la velocidad de una flecha.

Emanol Brazo de piedra se protegió con su brazo, ante la mordida del Jamiur, pero el animal lo embistió con tal fuerza que cayeron al suelo. El Jamiur movió la cabeza de derecha a izquierda, con violencia. Mannol y Mazte sacaron sus espadas y atacaron al animal.

—Se acerca otro —gritó Lar.

Ramal se preparó para el ataque, aunque la bestia se dirigió a Mazte Rim. Mazte, que se encargaba del primer Jamiur, no se percató de la llegada del segundo, pero Ramal se interpuso ante él para detenerlo. El Jamiur, suspendido en el aire, atacaba con sus pezuñas.

—Corre por ayuda —gritó Ramal a su hijo—. Corre, Lar.

Éste se sentía paralizado, así que tardó un poco en reaccionar. Reconoció, junto al muro, un pequeño corno, se lanzó por él, lo tomó y sopló con todas sus fuerzas. Mientras lo hacía escuchó un golpe en la pared. Al girar el cuello descubrió la escalera apoyada ahí. Se asomaban las cabezas de los devoradores de serpientes.

—Ya vienen —musitó Lar.

Nadie lo escuchó.

—Ya vienen —volvió a decir, y luego, algo más fuerte: vienen, *ya vienen*.

Tres devoradores saltaron de la escalera a la terraza. Emanol fue el primero en descubrirlos.

—Malditos —gritó Emanol—. Malditos.

Un grupo de soldados corría a asistirlos. Se encontraban a sólo unos metros, pero no llegarían a tiempo para detener al devorador que tomó la cabeza de Lar con sus manos. Lo olió como si fuera a realizar un ritual. Se inclinó y mordió su cuello, en tanto Lar ni siquiera intentaba defenderse. Desde muy cerca, Ramal vio al devorador sobre su hijo. Esa distracción hizo que el Jamiur se acercara a él lo suficiente para clavar sus pezuñas en su espalda. Ramal sintió la brisa provocada por las alas del Jamiur, justo antes de que el dolor lo inundara por completo.

—Hijo mío —dijo Ramal, pero ya no había nada qué hacer—. Hijo mío —fueron sus últimas palabras.

# 67

Cuando el general Azet llegó a la Casa Real, se enteró de la desgracia del rey Vanio. La noticia de su muerte no era fácil de asimilar.

—He venido porque me ha mandado llamar —dijo Azet, incrédulo.

—Sucedió hace apenas un momento —le contó la general Muní—. Y aún parece una extraña broma para todos.

—¿La reina?

—La reina está bien —dijo Muní, pero de inmediato cambió su afirmación, que le pareció absurda, dadas las circunstancias—. Es decir, no está herida, pero se ha vuelto una sombra ahora mismo. No quiere ver a nadie. Ha enviado buscar a los parientes del rey Vanio, pero ha prohibido siquiera que se doblen las campanas en honor al rey. Cree que no es el momento.

—Comprendo —musitó Azet—. El ataque ha empezado ya.

—Lo sé —dijo la general Muní—, por eso debo ir al frente y tú debes ocuparte de la reina Izahar.

—¿Ocuparme de la reina? —se quejó Azet—. ¿Qué estás diciendo, Ihla? Vine hasta aquí a pelear, la reina tiene quien la proteja.

—Eso pensamos con el rey Vanio y ahora mismo debe estar sobre una pira, subiendo a las estrellas en una columna de humo. Ezra, no puedes dejarla sola. No puedes dejarla ni un instante, ¿comprendes?

—Debo estar en el frente de batalla, Ihla. Lo sabes bien.

—Lo único que sé en este momento —dijo Ihla Muní— es que no necesitas volver a la muralla, tu ejército son un puñado de granjeros, pescadores y fabricantes de cerveza, traídos hasta aquí quién sabe cómo, y yo encabezo a los soldados de Eldin Mayor. ¿Acaso no puedes entenderlo? Tengo un ejército que dirigir, Ezra. Eres más importante aquí, donde la reina puede necesitarte. Conoces cómo es. Y sabes que, en estos momentos de desolación, podría hacer cualquier cosa. Así que quédate con la reina y no digas más. Su alteza te necesita.

El general Azet se quedó frío. Se habían reunido en un salón a la entrada de la Casa Real. Desde los ventanales, se colaba el brillo del fuego lejano en el este, a la entrada de la ciudad.

—Así lo haré —accedió finalmente el general Azet.

La general Muní asintió y caminó dejando atrás a Ezra, que la observó subir a un caballo, espolearlo y cabalgar hacia el este.


Ihla Muní reunió a parte de su ejército para preparar la contraofensiva. Como todos, se enfrentaba ante una situación jamás antes vivida, pero era una mujer astuta y los soldados confiaban en ella.

—Si no detenemos a esas malditas máquinas, van a incendiar la ciudad —gritó Ihla Muní—. Hay que llevar la guerra afuera. Y esos malditos armatostes también pueden incendiarse.

—Están demasiado lejos para nuestros arqueros —advirtió un soldado.

—Lo sé, así que tendremos que salir de la muralla e ir hasta ellas —replicó Muní—. Atacaremos en dos frentes: saldremos por las puertas laterales, veloces como gatos de montaña. Debemos ser lo suficientemente rápidos para efectuar un ataque y volver. Sólo debemos acercarnos lo suficiente para lanzar nuestras flechas.

—Las puertas laterales están vigiladas por el enemigo, general. Y son tan angostas, que sólo podemos salir uno a la vez.

—Creo que el chico de los dragones puede ayudar —siguió la general—. Puede limpiarnos el camino.

—Es arriesgado —dijo otro de sus soldados.

—No es momento para ser cobardes, es momento para luchar, y eso haremos. No vamos a quedarnos aquí de brazos cruzados. Nos entrenamos para esto. Somos sangre y fuego también. Quien quiera quedarse, lo entiendo. Pero yo marcharé al frente de guerra, con o sin ustedes, no voy a esperar que esas malditas máquinas nos barran con lanzas y piedras ardiendo —sentenció Ihla Muní.

Las entradas laterales estaban protegidas por una doble reja de metal y no eran más amplias que el ancho de una carreta. Estaban situadas al final de un pasillo entre dos paredes, bajo las almenas. Para un observador de fuera, serían sólo unas rejas delgadas, y las tomarían o por ventilación o por alguna clase de salida para el agua acumulada en las plazas interiores. Lo que no podían descubrir era que estas rejas podían deslizarse. Una tercera puerta daba entrada al pasillo, lo que impedía que cualquier curioso supiera lo que sucedía dentro.

Regularmente, esta tercera puerta permanecía abierta, pero no durante el día del ataque.

Ihla Muní envió a dos parejas de soldados a cada extremo de las puertas que se encargarían de apartar la pesada reja de metal, a una indicación de la general. Pero antes de hacerlo, necesitaba encontrar al Señor de los Dragones.

Lobías Rumin sabía que sus criaturas poco podrían hacer contra aquellas máquinas, así que se concentró en los Jamiur. Debía llevar la guerra al cielo. Si las aves de la niebla bajaban, sus dragones debían acudir a la lucha. Lobías se encontraba en algún lugar de la muralla, muy cerca de la puerta del primer patio, que parecía ya el vestigio que queda luego de la erupción de un volcán, colmado por enormes piedras encendidas. Sus paredes mostraban las grietas de la batalla. En ese momento cerraron la puerta que llevaba del primero al segundo patio. Si los soldados de la niebla penetraban más allá de la segunda puerta, la ciudad no tendría ninguna protección.

—Esta ciudad me parece más una trampa —musitó Lobías a By.

—Lo he pensado, Rumin —dijo By—. Y esas máquinas tienen tal alcance, que nuestros arqueros no pueden hacer nada contra ellas, salvo esperar.

—¿Esperar qué?, es lo que me pregunto.

—A que el ejército de la niebla traiga la guerra dentro de las murallas —respondió By—. Sólo entonces podrán actuar. Y quizá sea demasiado tarde.

—Debo hacer algo —dijo Lobías, desesperado, aunque sabía de antemano la respuesta de Ballaby.

—Eres uno solo, domador. Sería un suicidio.

Lobías consideró un contraataque. Él y sus dragones podían hacer mucho daño si se lanzaban contra el ejército enemigo, lo sabía, pero era obvio que By podía tener razón en cuanto a las consecuencias.

Un grupo de jinetes se dirigió a una entrada lateral. Al mando iba una mujer que cargaba un estandarte. Rumin observó a uno que se acercó a ella y le habló, señalando hacia donde se encontraba con By. La mujer bajó del caballo y empezó a subir las gradas. Cuando llegó hasta ellos, se presentó como general del ejército de Eldin Mayor: Ihla Muní. Explicó su plan a Lobías y éste se mostró ansioso por participar. Poco después, Rumin soltaría a media docena de sus dragones, que atacaron a los hombres del norte que esperaban a poca distancia de cada una de las puertas. Mientras tenía lugar el ataque, las puertas se abrieron, y los jinetes salieron de la muralla. El último en marchar fue Lobías Rumin.

# 68

Los jinetes de Ihla Muní se lanzaron contra las máquinas de guerra, también los dragones dorados, acompañando a Lobías. Por ello, cuando los Jamiur atacaron a los centinelas del flanco sur, lo hicieron sin oposición. Pero ninguno podía preverlo. Además, sus fuerzas se concentraron en lo que creían era lo mejor, una misión por demás peligrosa. O, tal vez, imposible.

Los hombres del norte y los devoradores de serpientes asaltaron la puerta lateral, pero los dragones y los arqueros dispuestos arriba, los mantuvieron a raya. Por su parte, el ejército de Mahut no tardó en reaccionar cuando se acercaron. Muchos corrieron a enfrentar a Ihla Muní y los suyos. By lo presenciaba todo desde la sexta torre. Musitó para sí: "es un error. Es un error".

Una enorme flecha entró a la torre y se estrelló contra la pared del fondo. En un instante, casi una docena más se estrelló en las paredes de fuera o de dentro. Unas pocas dieron en el blanco, asesinando a tres soldados. Casi todas ellas estaban encendidas. Ballaby de Or se arrastró en medio del fuego hacia una escalinata. Los soldados se arremolinaban allí.

—Nos están masacrando —gritó uno.

—Vamos a morir —gritó alguno más.

Muchos se lanzaron por la escalinata igual que si se zambulleran en un estanque.

Lobías Rumin hizo girar su látigo y la bestia de viento no tardó en aparecer. Cabalgó frente a la muralla, atravesándola de norte a sur, frente a las máquinas de guerra. Los soldados enemigos cabalgaban hacia ellos y los arqueros se preparaban. Pero no le importó nada de lo que veía. Cabalgó hacia una de las máquinas, que lanzaba docenas de flechas a la vez. Esperó el momento justo. Entonces, Lobías lanzó la bestia de viento, no contra la máquina, sino atrapando sus flechas encendidas. Quien hubiera visto esta hazaña desde lejos, tal vez desde una de las torres de la muralla, quizá le habría recordado a un arbusto repleto de luciérnagas o abejas Morneas encendidas.

En ese momento, Lobías proyectó su bestia de viento y ahora de fuego, contra una máquina que se disponía a lanzar una roca. El impacto provocó que se produjera una explosión que incendió la máquina. Cuando Rumin ya se alejaba, escuchó el grito de sus ocupantes, atrapados entre las llamas.

Ihla Maní y sus hombres alcanzaron las máquinas de guerra y dispararon sus flechas encendidas. No fue fácil que se clavaran a la dura madera de aquellos artefactos, pero su insistencia les dio resultados. Cabalgaron alrededor de ellas lanzando su ataque. Como las máquinas no podían defenderse de jinetes a un metro de distancia, eran presa fácil, pero sus operarios intentaron contraatacar. Saltaron de los armatostes y blandieron sus espadas contra los soldados de Trunaibat. La general ordenó la retirada cuando la caballería del país de la niebla estaba ya demasiado cerca.

—¡A la fortaleza, volvamos a la fortaleza! —gritó, pero no todos sus hombres obedecieron.

Un trío de soldados trunaibitas atacaba con sus flechas una máquina situada bastante más al sur, así que, cuando se dieron cuenta de que la general cabalgaba de regreso a la fortaleza, era tarde para ellos. Hicieron cuanto pudieron, pero pronto se vieron inmiscuidos en una batalla cuerpo a cuerpo de la que no saldrían con vida.

Los hombres del norte y los devoradores de serpientes avanzaron al encuentro de Ihla Muní. Un pequeño grupo de Jamiur se unió al ataque. Los dragones dorados se defendieron en la altura. Desde abajo, los hombres del norte, que eran buenos con los arcos y flechas, atacaron a los dragones dorados. Lobías Rumin cargó contra los arqueros del norte, lanzándoles una bestia de viento, que los arrojó sobre unas piedras. Los devoradores de serpientes enfrentaron al domador. Lobías se movió con rapidez. Su látigo no cesaba de agitarse y lanzaba bestias de viento contra sus agresores que, pronto, lo rodearon. Lobías blandió su espada con una mano, y el látigo con la otra. Un devorador se acercó desde la izquierda, el domador se defendió con su espada, sin embargo, mientras combatía, el adversario se lanzó contra él haciéndolo caer del caballo. Lobías se levantó de inmediato y asestó un golpe de espada a su contrario. Otros devoradores corrieron en busca del domador, pero éste, al sentirse rodeado, giró su látigo golpeándolo varias veces contra el suelo. Lobías hizo crecer una bestia de viento circular, que mantuvo en la punta de su látigo, al tiempo que golpeaba a sus agresores girando a su alrededor. Dos dragones que escupían fuego por sus fauces se unieron a la lucha. Muy cerca de Rumin, cayó el cuerpo de un Jamiur. Fue un estruendo pesado el que se produjo, justo en la cabeza de un hombre del norte, que quedó desparramado sobre el cadáver de la bestia.

La general Muní llegó hasta donde se encontraba Rumin.

—Ya no tenemos tiempo —gritó.

Lobías asintió. Lanzó la bestia de viento a un grupo de devoradores que se encontraba frente a sí, subió a su caballo y siguió a la general. Ambos cabalgaron hacia la puerta, mientras Lobías llamaba a sus dragones.

Con el rabillo del ojo, Lobías comprobó que soldados del país de la niebla atacaban a algunos jinetes. Se detuvo. Ihla Muní también paró.

—Ya no hay tiempo, domador —gritó la miliciana—. Ya no hay tiempo —insistió.

Lobías supo que debía moverse. No podía enfrentar a todo un ejército él solo. Así que siguió a la general y a unos cuántos soldados más. Desde las almenas descendió una lluvia de flechas contra los devoradores de serpientes y los hombres del norte. Justo en el momento preciso, la puerta se abrió para dejar pasar a la general, Lobías y los tres soldados. Cuando el último cruzó, la plancha se cerró de inmediato.

Muchos murieron en la batalla, incluso un dragón fue asesinado en su lucha contra los Jamiur, pero más de la mitad de las máquinas estaban en llamas. Para la general Muní fue una pequeña victoria.

# 69

El viento llegó del este y del norte. Traía un aroma de flores frescas que pasó inadvertido en la ciudad amurallada, menos para Ballaby. Ella respiró la brisa producida por la unión de los dos vientos y pensó en las colinas de su país natal, en otros años, cuando acompañaba a su madre por el campo para recoger ciertas clases de flores y raíces. Todo lo que sabía By sobre plantas lo aprendió de su madre, la señora Syma. La nieve de las montañas brillaba bajo la luna. Le parecieron tan bellas y se preguntó por qué la belleza prevalecía incluso en una noche como aquélla. Por qué la belleza podía sobrevivir al espanto. Una tristeza que no conocía la embargó. Escuchó los gritos de la ciudad sitiada. El sonido de las flechas cayendo sobre la piedra y la madera. Oyó el aleteo del Jamiur y del dragón dorado. A su izquierda, la enorme puerta de entrada de la fortaleza estaba siendo devorada por un fuego dorado. Líneas de humo subían al cielo. Ballaby susurró una antigua canción de cuna que le cantaba su madre. Era una hermosa tonada que hablaba de la llegada de la primavera, de los colores que brotaban de las colinas, de los jóvenes ciervos cuyos rostros se reflejaban en el agua de los arroyos. De las noches cálidas, buenas para dormir, y mejores para soñar con barcos que navegaban entre las estrellas. Recordó que su madre solía decirle siempre lo mismo: "Los he visto, hija".

"¿Cómo eran esos barcos?", preguntaba la niña.

"Tenían velas que los hacían flotar y enormes remos que giraban gracias a un mecanismo mágico."

"¿Volverán esos barcos, madre?"

"Algún día, algún día, pequeña By. Todo lo bueno siempre encuentra el camino a casa."

Ballaby susurró la canción el tiempo suficiente, hasta que apareció en el patio de la fortaleza Lobías Rumin y ella salió de su escondite en la oscuridad.

# 70

Lejos del frente de la muralla, la reina viuda Izahar pidió a los soldados llevar el cuerpo de su marido hasta la sala de los reyes, donde lo prepararían para su último viaje. Ordenó que lo vendaran, pues no quería que nadie viera sus terribles heridas. No hay plañideras ese día, tampoco suenan las campanas indicando el deceso del rey Vanio. No se cantan canciones en su honor. No se recitan poemas. No hay silencio, no puede haber silencio en la ciudad sitiada. La reina pide que no se hable de su muerte, considera que puede mermar la poca confianza que existe en sus solados y en la ciudad en general. Les prohíbe pensar en Vanio. Ella misma se lo prohíbe, sin conseguirlo. Tantos años juntos no se olvidan fácilmente. Además, nunca fueron una pareja conflictiva. Ella no permanecía con él por obligación, todos esos años que vivieron juntos ella lo amó como a nadie. Y disfrutó de su buen humor, de su habilidad para el baile, de su paciencia cuando iban de caza y de su disposición para los banquetes que ella disfrutaba o las historias que pedía escuchar a los bardos casi cada noche. Era su rey, pero también su compañero.

La reina Izahar mandó llamar a las hermanas del rey, las señoras Olaramit y Hait, tres y cinco años menores que su hermano. Serían los hijos de Olaramit quienes heredarían el reino cuando ella muriera, dado que los reyes de Eldin Mayor no habían engendrado hijos. No hubo mago o herbolario o hechicera que la ayudara a superar su esterilidad. Tampoco hubo quien insinuara que el culpable fuera el rey. En Trunaibat se asumía que era la mujer la culpable de no tener descendencia. Y también la reina Izahar hizo suya esa culpa. Pasaron años para que se convenciera de que al rey Vanio no le importaba tanto como ella creía. "Tengo sobrinos fuertes", solía decirle. "Y listos", agregaba; para sentenciar: "Ellos se harán cargo después de mí".

Cuando Vanio enfermó, quien se hizo cargo de todo fue Izahar. Pese a la deformación en sus piernas estaba segura de que el rey viviría muchos años. Lo estaba aquella tarde mientras bebían el té y disfrutaban de un delicioso pan de manzana y conversaban sobre la longevidad de la viuda Zore, la mujer que preparaba el pan y los pasteles para ellos, y que era una vieja ya cuando Vanio era un niño. Zore decía tener ciento trece años. Izahar le creía; Vanio, no. El rey aseguraba que algún hechizo había dado a Zore la inmortalidad. Aseguró que su padre contó de un hombre que conoció un pueblo situado más al norte de cualquier norte conocido, donde sus gentes eran capaces de vivir diez vidas humanas. Mil años o más. Esa tarde, la reina Izahar dijo a Vanio que estaba segura de que él la sobreviviría.

—Quizás por un día —respondió el rey—. O un minuto. No creo soportar mucho más.

—Ni yo si algo te ocurriera —musitó ella.

La reina Izahar recordó con incredulidad la conversación. Se preguntó cómo era posible que hubieran transcurrido apenas unas horas. Pese a lo dicho, sabía que ella no podía morir, la muerte era un lujo que no podía darse en esas circunstancias.

Cuando el rey estuvo listo para la incineración, no se necesitaron plañideras. Las hermanas, las sobrinas y los sobrinos, los cuñados, todos lloraban al amado rey Vanio. Pero no Izahar. "Ya habrá tiempo", decía para sí. El humo subió hasta el cielo. La reina observó aquella leve columna, invisible para sus compatriotas, que trataban de salvar sus propias vidas. Le pareció que todo era efímero. Pensó si ese humo se convertiría en niebla o en lluvia, si, de algún modo, el rey, su rey, su esposo Vanio, caería sobre el bosque o la ciudad, o subiría sin detenerse hasta alcanzar las monumentales estrellas. Deseó subir con él. "Ya nos encontraremos, mi amado", musitó la reina muchas veces, para sí.

Más tarde, se encerró en sus habitaciones. Escuchó los ecos lejanos de la batalla y los sollozos de su parentela. Deseó salir de aquel lugar. Necesitaba algo, pero no sabía qué. Antes de que la primera luz del día se alzara en el horizonte, la reina decidió bajar hasta donde se encontraba Ihla Muní. Se vistió con ropas antiguas: una malla de cuero sobre el pecho, pantalones y botas bajo el vestido. Amarró su cabello en una trenza y tomó la espada que su esposo le obsequiara en su cumpleaños treinta y uno: una hoja preciosa, filosa como ninguna otra, pero liviana. El metal brilló en la oscuridad.

Al salir de su habitación, la reina Izahar pidió a su escolta que la acompañara a las caballerizas. Ni siquiera volvió a mirarlos, caminaba con los ojos clavados en el piso, como si se avergonzara de su propio dolor.

—¿Adónde vamos, mi señora? —preguntó Ezrabet Azet. La reina reconoció su voz.

—Ezra —mustió la reina.

—Estoy aquí con usted, mi señora —agregó Azet—. ¿Se encuentra bien?

—Lo estoy —dijo Izahar—. Todo lo bien que se puede estar con un esposo muerto y una ciudad sitiada. Pero soy fuerte aún, Ezra, y no quiero quedarme aquí para esperar la muerte. No lo soportaría.

—¿Adónde vamos exactamente? —insistió Azet que, sin embargo, sabía de antemano la respuesta.

—A la batalla —respondió la reina Izahar—. Y no aceptaré ni tu consejo ni tu negativa. ¿Estás conmigo, general Azet?

—Lo estoy —aceptó Ezrabet, y tanto él como los otros tres soldados que completaban la escolta pensaron que la reina, y ellos mismos, se entregaban a una muerte segura.

Antes de montar, Ezrabet Azet mandó un mensaje que debía ser entregado a la general Ihla Muní o al capitán Huar, en el cual informaba las intenciones de la reina. El mensajero cabalgó a través de la ciudad hasta llegar al frente. No encontró a Muní, pero sí a Huar.

El capitán se encontraba cerca de una de las torres que flanqueaban la entrada de la ciudad, con Tintaraz y un grupo de arqueros. Sabía que aquel extraño personaje había aparecido a un lado de Azet cuando atravesaron las murallas de la ciudad, pero no conocía más de él, salvo que era el único en todo el lugar cuyas flechas recorrían una distancia suficiente para alcanzar, tanto a las máquinas como a los soldados guarecidos detrás. Fascinado por la precisión de aquel hombre, lo observaba lanzar sus flechas contra el ejército. Antes, le había preguntado si no era un desperdicio hacer lo que hacía, pues un solo hombre no podía contra todo un ejército.

—Si puedo permanecer el tiempo suficiente, podría matar miles —fue la respuesta de Tintaraz. Pero era inútil, las máquinas lanzaban su ataque a un lado y otro, y tenían que moverse constantemente.

Cuando el mensajero enviado por Azet entregó su mensaje, Huar no comprendió qué era lo que ocurría.

—¿Dónde está el rey? —preguntó.

—El rey ha muerto, señor capitán —fue la respuesta del mensajero.

—¿Muerto?

—Sí, señor, ha muerto, pero no sé más. No se me dijo más.

El capitán Huar se preguntó si el rey Vanio había acabado con su propia vida. Esperaba que no, pues era un gran hombre, valiente, que solía estar de buen ánimo. No fueron amigos, pero se encontró con él muchas veces y guardaba de él sólo gratos recuerdos.

—Gracias por el mensaje —dijo Huar. El otro asintió. El capitán se mordió levemente los labios, sabía que no podía hacer otra cosa que dejar su posición y salir en busca de la reina.

El capitán caminó hasta donde se encontraba Tintaraz.

—Tenemos trabajo que hacer, Señor del Bosque —dijo Huar.

—¿Qué trabajo puede ser más importante que éste, capitán?

—Proteger a una reina —respondió el capitán Huar.

—Quizá no esté de acuerdo, pero si necesitas que te acompañe, así lo haré —aceptó Tintaraz.

El capitán Huar asintió. Ambos hombres bajaron hasta el patio y allí buscaron sus caballos, y pidieron a otros soldados que los acompañaran, entre los cuales se encontraba Tamuz. Cabalgaron a través de una avenida central que conducía hasta el palacio. En algún momento se escuchó un fuerte sonido y una luz iluminó la oscuridad nocturna. Los hombres se detuvieron y volvieron la vista: una hoguera enorme se cernía por encima de los muros.

# 71

A ambos extremos de la fortaleza se encuentran dos casas diminutas que, sin embargo, cuentan con un sótano enorme. En tal sótano existen puertas. La del flanco sur conduce hacia el Bosque Sombrío; la del norte, a la cordillera nevada. Se construyeron así siglos antes, pero jamás fueron utilizadas. Cada cierto tiempo, una patrulla de soldados estaba encargado de visitar ambas casas, bajar al sótano y caminar por los pasillos hasta encontrar una salida. De manera habitual, la casa del flanco sur era ocupada por las mujeres de la Orden de Haruk, a las que se les consideraba brujas, adoradoras de la naturaleza. La del flanco norte era ocupada como sede de Los cazadores, un grupo de hombres y de mujeres que, en los meses de otoño y primavera, salían a cazar a la cordillera nevada para más tarde reunirse en la casa a compartir presas y beber cerveza. Las ancianas, algunas mujeres y los niños muy pequeños se refugiaron en ambas casas. Lumia y Milarta y otras tantas llegadas desde Porthos Embilea se quedaron en el flanco norte. Bajaron al sótano, que se preparó con edredones y sábanas. Arriba, se encendieron fogatas y se guisó en enormes ollas de barro. Lo cual se replicó también en numerosas casas específicas, en casi cada barrio de la ciudad, por orden de la reina. El asedio, pensaban, podía durar días, o semanas, y los soldados necesitaban estar bien alimentados.

Al amanecer, una docena de devoradores de serpientes, y otro tanto de hombres de las montañas del norte, llevaron la batalla a las calles de la ciudad, acompañados por unos cuantos Jamiur. Deambularon por una larga avenida solitaria, encontrando casi todas las casas cerradas, sin una lámpara que alumbrara en su interior. Entraron en algunas, pero no encontraron a nadie. Poco después, el olor escandaloso del guiso los llevó hasta la casa refugio del flanco norte.

—Ya vienen —anunció—. Vienen hacia aquí, son muchos.

Lumia fue una de las mujeres que escuchó la advertencia, además de dos soldados, los encargados de dar protección a la casa.

—¿Cuántos son muchos para ti? —preguntó uno de los soldados al chico.

—Mucho más que dos simples soldados —respondió el chico.

—Dime un número —gritó el soldado.

—Treinta —afirmó el chico—, no, quizá cincuenta. No lo sé...

Eran nueve devoradores de serpientes y seis hombres del norte. Quince en total los que bajaban por aquella avenida.

Ambos soldados corrieron hasta la puerta.

—Tienes que ir en busca de ayuda ahora mismo —dijo Lumia. El chico asintió—. ¡Hazlo! —gritó la mujer.

El chico volvió a asentir, salió a la calle, miró hacia su izquierda y luego corrió en dirección contraria. Tras él, los soldados cerraron la puerta.

—Todas abajo —gritó Lumia—. Milarta, hay que apagar el fuego.

Milarta usó unas ollas con agua fría y otras mujeres la ayudaron, y también Lumia. Poco después bajaron al sótano y pidieron a todos que no hicieran ruido. Una mujer abrió una de las puertas del pasillo que daba hacia la cordillera y pidió a las madres que cargaran con bebés que entraran. Si empezaban a llorar, debían estar lo más lejos posible. Lumia tenía una espada y otras mujeres también estaban armadas, pero sabían que su mejor opción era pasar desapercibidas. No pasó mucho tiempo para que sonaran golpes en la puerta, arriba. Luego, un grito, como de guerra, y un golpe seco, y otro más fuerte, el de la puerta al derrumbarse.

—Están adentro —musitó Lumia.

# 72

El capitán Huar, Tintaraz, Tamuz y otros tantos soldados cabalgaron por toda la avenida principal de la ciudad, pero no hallaron ni a la reina ni a su comitiva. Lo que se encontraron, merodeando cerca del palacio, fue a uno de los hombres del norte. Era más alto y fornido que todos ellos, vestía unos atuendos de cuero: un chaleco robusto, unas botas, un pantalón, además de guantes. Su cabello era blanco y sus ojos de dos colores distintos: azul, el derecho; blanco, el izquierdo. Llevaba una barba dorada amarrada en una trenza. Cuando Tintaraz notó la presencia del hombre, que se escurría en una calle lateral, señaló a Huar.

—Hay un gigante ahí —susurró Tintaraz.

—¿Un gigante, dices? —preguntó Huar.

—Como lo oyes y estoy seguro de que cargaba un hacha.

—También lo vi —aseguró uno de los soldados.

Huar asintió. Se movieron con rapidez. Algunos fueron al frente; otros, cabalgarían calle abajo para sorprenderlo en una posible huida. El capitán Huar fue por la calle del frente, acompañado de Tintaraz y otros dos soldados. Trotaron hasta la bocacalle, pero un poco antes de llegar, el hombre del norte saltó sobre los soldados, que se encontraban un paso atrás. Al caer, enterró su cuchillo en la cabeza de uno y, con un movimiento veloz y certero, golpeó con su hacha el antebrazo del segundo, el cual fue cortado de un tajo. Tintaraz saltó entonces de su caballo, tomó una flecha de su carcaj y disparó. Antes de que el hombre del norte supiera qué ocurría, ya dos flechas le perforaban ambos lados del pecho. Una tercera se le clavó en el ojo blanco. Fue ésa la que lo hizo caer. El ataque de Tintaraz había sido vertiginoso. Ni el general Azet habría reaccionado tan rápido.

—Nunca vi a nadie moverse así —musitó Huar.

Tintaraz asintió, en un gesto que mostraba su complacencia.

—Han entrado en la ciudad —sentenció Tintaraz—. No debe ser uno solo quien anda por estas calles.

—Rápido —advirtió el capitán Huar—, debemos mandar soldados a las casas del flanco norte y el flanco sur. Si hay otros gigantes merodeando por aquí, no podemos permitir que las encuentren.

Tintaraz asintió. Ambos tomaron la calle donde antes se encontraba el guerrero del norte, y cuando se reunieron con el grupo del señor Tamuz, les pidieron correr hacia la casa del flanco norte. Ellos harían lo suyo con la del flanco sur.

# 73

Dentro de la casa del flanco sur, los dos soldados a cargo permanecieron en una habitación lateral, escondidos, sin hacer ruido. Cuando la puerta cayó, gracias a un fuerte empujón de un hombre del norte, uno de ellos, presa del nerviosismo, abandonó su escondite y atacó. Un devorador de serpientes lo atravesó con su espada luego de evadir un golpe lanzado por el soldado con la suya.

El segundo soldado fue sorprendido por uno de los hombres del norte en la oscuridad.

—¿Dónde están los otros? —preguntó el hombre del norte. El segundo soldado, que era un chico de quince años, se echó a llorar. Abajo se ocultaban su madre y su hermana.

—Ruido. Abajo —musitó un devorador de serpientes.

Un grupo de soldados bajó las escaleras que llevaban al sótano, el cual era protegido por una gruesa puerta de madera, que parecía estar atrancada por dentro. La golpearon con insistencia, pero sin suerte, pues aquel armatoste era de gruesa madera, dura como la piedra. Al hombre del norte se le ocurrió una idea: arrastró al segundo soldado hasta aquel lugar.

—Si no abren, alguien morirá —anunció, entonces tomándolo del codo, dobló el brazo del segundo soldado, hacia atrás. Lentamente. Entonces tiró de él con fuerza, quebrándolo. El chico chilló con estrépito. Un murmullo de voces infantiles llegó desde detrás de la puerta.

—Nombre —pidió el soldado del norte.

El chico, que se retorcía de dolor y lloraba, no respondió.

—*Nombre* —volvió a pedir el soldado, pero únicamente recibió sollozos. Así que tomó al chico por el cabello y lo levantó como si levantara un cachorro. Lo situó frente a él, muy cerca, tanto que, cuando volvió a hablar, el chico sintió la fetidez de su saliva—. *Nombre, nombre, nombre.*

—Emulá —susurró el chico—, Emulá Ber.

Dentro del sótano, una mujer repitió aquel nombre.

—¡Emulá, no! —gritó la mujer—. ¡Emulá, hijo!

La mujer y una chica, que era su hija, y quien no debía tener más de catorce años, corrieron a la puerta. La mujer clamaba por su hijo. Agarró los cuartones que protegían la puerta con la evidente intención de retirarlos, pero Lumia y otras mujeres no se lo permitieron.

—No, mujer, no puedes —decía Lumia—, hay tantos niños aquí.

—¡Es mi hijo! —insistía la otra—, *¡mi hijo!*

—Pero si los dejamos entrar, todos moriremos, mujer —insistía Lumia, a su vez.

Desde fuera se coló otro grito, tan agudo como el anterior.

—¡No, ya no, ya no! —se quejaba el chico—. ¡Ya no! —chillaba.

Adentro, la madre sollozaba y gritaba de igual manera:

—¡Dejen a mi hijo, dejen a mi hijo!

La hermana se encontraba paralizada, sin habla. Sus manos temblaban y no podía moverse.

—Por favor —sollozaba la madre.

Lumia la abrazó. Tampoco sabía qué hacer, pero en el fondo de sí, pese a la confusión del momento, comprendía que, de abrir la puerta, muchos morirían. Tenía que ser fuerte y mantenerse firme. No podían entrar. Su única oportunidad era que la puerta resistiera. Si era así, podían llegar otros soldados en su rescate. Lumia pensó por qué habían dejado dos soldados. "Sólo dos", musitó. Supuso que nadie pensó que pudieran penetrar en la ciudad. ¿Cómo lo habían hecho?

—Voy a matarlo —dijo el hombre del norte.

—¡Por favor! —gritaba la madre.

Lumia la abrazó con mayor fuerza. ¿Qué podía hacer?, se preguntaba. Entonces, dos mujeres las empujaron para quitarlas de en medio. Ambas estaban armadas con espadas. Otras más se les unieron.

—¡¿Qué hacen?! —gritó Lumia haciendo eco a la opinión de algunas más.

—No voy a dejar que asesinen al hijo de Naadar —respondió una y Lumia comprendió que la conocían, quizás eran sus parientes o sus vecinas o sus amigas. Pese a ello, insistió en lo que para ella era obvio:

—¿Por salvar a uno vas a matar a todos?

La mujer giró la cabeza para mirarla. Lumia se encontraba en el suelo, aún abrazaba a Naadar. La mujer no dijo más. Se volteó y, junto con las otras, abrieron la puerta.

La imagen que encontraron fue espantosa. El chico yacía en el suelo, en medio de un charco de sangre. La lengua sobresalía de su boca y su cabeza estaba inerte. Borbotones de sangre brotaban de su cuello. Una de las mujeres levantó su espada para atacar, y lo hizo con valentía y fortaleza. Enfrentó y contuvo a uno de los hombres del norte, lanzando golpes veloces y ágiles. Logró herir en el hombro al guerrero, pero uno de los otros devoradores de serpientes hundió su cuchillo en el cuello de la mujer, que cayó junto al segundo soldado. La otra mujer se recogió, temerosa, en el sótano, y empujó con todas sus fuerzas cuando intentaron cerrar la puerta. No lo consiguieron. Los hombres del norte hicieron caer a Lumia y las otras mujeres que se encontraban dentro.

Mientras tanto, aquellas mujeres pidieron a los niños que entraran en el pasillo hacia la salida, pero no todos lo hicieron. Ansiosos, esperaron en silencio que nada sucediera. Su exceso de confianza los había perjudicado. Lumia y muchos otros corrieron hacia los pasillos, pero los hombres del norte y los devoradores de serpientes no tuvieron piedad. Atravesaron con sus espadas a ancianos, mujeres y niños. Algunos intentaron contenerlos, sin suerte.

Lumia sabía que no podía hacer nada, salvo correr por su vida. Llegó hasta el extremo, a un pasillo e intentó avanzar. No fue fácil. Muchos se juntaron ahí bloqueando la entrada. Lumia se olvidó en algún momento de intentar defenderse, su único instinto era escapar. Algunos hombres, muy viejos, intentaban detener a los invasores, y también lo hicieron algunas mujeres, pero muy jóvenes. Fueron presa fácil, no obstante, entre las mujeres pudieron herir de gravedad a un devorador de serpientes, a quien golpearon en la cabeza repetidas veces con un garrote.

Lumia saltó entre la multitud, que se apretaba en el pasillo y chocaba contra las paredes. Uno de los hombres del norte corrió hacia ellos, pero resbaló en la sangre y se golpeó con la cabeza en una pared tras lo cual perdió el sentido. Dos devoradores de serpientes pasaron por encima de él, asestando golpes con sus espadas. Lo hicieron hasta que una flecha atravesó a uno a la altura del cuello; y otra estaca se clavó en la cabeza del segundo.

Lumia observó, a través de sus ojos llenos de lágrimas, a un hombre de pie bajo el marco de la puerta. Sostenía un arco. Creyó reconocerlo, pero se sentía tan confundida que no podía recordarlo.

# 74

—Mi señora —dijo el general Azet.

El devorador de serpientes se encontraba en medio de la calle. La reina Izahar y sus centinelas se detuvieron. Al girar el cuello hacia atrás, descubrieron algunos otros. Y más hombres salieron de una casa situada en la esquina de la calle.

—Es la casa refugio del flanco sur —dijo uno de los soldados.

—Lo sé —musitó la reina Izahar—. Lo sé.

La reina Izahar era tan valiente como atrevida, pero cuando el general Azet le pidió que se quedara a la zaga, ella obedeció.

—Voy a protegerla, su alteza —aseguró Azet.

El general de Trunaibat era prodigioso con la espada, fuerte, veloz, valiente, y no tenía miedo de a quienes enfrentaría. Se podía decir que incluso lo disfrutaba. El viento frío llenó sus pulmones. Sintió la nieve caer sobre sus hombros como una bendición blanca. Alzó su espada y avanzó contra el viento y los soldados enemigos. Su compañía lo siguió, pues no podían hacer otra cosa. Azet enfrentó a los devoradores de serpientes con arrojo y habilidad. Evadió el golpe de uno, a quien de inmediato hirió en las piernas y, luego, en la cabeza. Eliminó a otro más, antes de que aparecieran dos hombres del norte, que se situaron uno atrás y otro delante, y lo atacaron a un tiempo. Azet se movía a un lado y otro, pero apenas podía esquivar el feroz embate de los montañeses. La reina Izahar, al margen hasta ese momento, empuñó su espada y se unió a la refriega. El hombre del norte ni siquiera pudo sospechar el lance de la reina, que dio de lleno en su espalda. Un golpe torpe, pues la hoja se hundió a la altura del hombro, no del cuello. El hombre del norte gritó de dolor y se arrodilló. Azet lanzó su espada sobre él y consiguió arrancarle de un tajo la cabeza, la cual rodó hasta los pies de la reina, igual que el balón lanzado a una mascota. El segundo hombre del norte lanzó su cuchillo a Ezrabet, el cual se clavó sobre el glúteo izquierdo del general trunaibita. Ezra giró noventa grados para detener el ataque del montañés, bloqueó entonces su espada y luego desató un contraataque que acabó con el enemigo. Clavó su espada en el pecho del otro con fuerza, hasta dentro.

No pudo agradecer a su alteza, pues los devoradores acabaron con el resto de la escolta de la reina y corrían hacia ellos. De un vistazo, Azet reconoció los cuerpos de sus tres acompañantes, junto a otros tantos devoradores. Estaba herido, pero no podía permitir que asesinaran a la reina.

—¡Atrás de mí! —le ordenó Azet.

Un cuarto hombre surgió de la casa. El general supo que debía ser tan veloz como letal. Cuando los devoradores se acercaron, no los esperó. Atacó con habilidad, a pesar del dolor que sentía en el glúteo. La herida sangraba. Azet sintió el hilo de sangre que corría por su pierna, pero la adrenalina hizo su trabajo y el general volvió a ser una máquina de guerra. Esquivó el primer golpe enemigo y clavó su espada en el muslo del devorador, entonces la sacó y la giró para infligirle una herida en el cuello. El hombre cayó, muy cerca de la reina. Izahar apretó su espada y golpeó al agresor en el suelo, lo hirió en la mano, no de pleno, pero sí consiguió arrancarle tres de sus dedos. El hombre ya estaba tan mal herido que apenas se quejó.

Ezrabet Azet esquivó el ataque de los otros dos. Bloqueó sus golpes, escapó dando un giro y contraatacó, lanzando su espada a la altura de las pantorrillas de uno, a quien hirió en el muslo. Cuando éste perdió el equilibrio, el general saltó sobre él para clavarle la espada en el pecho. El otro devorador atacó. Intentó cortar a Azet, pero éste fue más rápido y evadió el golpe en el momento justo. El general había perdido de vista al cuarto atacante, sin embargo, y ése fue un error que habría de pagar. Aquel hombre lanzó su cuchillo que se incrustó en las tripas del general Azet, quien sintió el letal pinchazo del cuchillo. Estaba herido a ambos lados. Sintió fallar sus piernas. Un quinto hombre salió de la casa. Azet atacó al devorador que tenía más cerca, le propinó una muerte certera al clavar su espada en la espalda, a la altura de los pulmones. Para entonces, el cuarto guerrero estaba a un paso de él. Lo atacó con fiereza. Ezrabet Azet sintió el peso de su espada. Uno de esos golpes lo hirió en su hombro derecho, pero no soltó su arma. El hombre del norte lo embistió y Azet retrocedió pasando al lado de la reina. Izahar intentó ayudarlo, pero el montañés la sorprendió golpeándola en el estómago con una patada bestial.

—¡*Maldito*! —gritó Azet. Entonces luchó con ímpetu, hasta que atravesó con su espada el cuello del hombre del norte.

—¡Vamos! —escuchó decir al quinto guerrero.

Ezrabet Azet lo observó de reojo. Se dio el respiro de un instante y avanzó, pero el enemigo lo recibió con un golpe que Azet no pudo evadir limpiamente, y consiguió herirlo en el codo. El general se sintió desfallecer. Acumulaba ya cuatro heridas sangrantes. Las piernas le temblaban.

—Ezra —musitó la reina.

—Estoy aquí, mi señora —confirmó Ezrabet.

El general Azet atacó al quinto contrincante, golpeó y giró y volvió a girar y a bloquear sus golpes. Hirió las dos manos del gigante, haciéndolo perder su espada, y lo fulminó. En el silencio tras la muerte, escuchó los gritos. Provenían de la casa. Azet corrió lo más rápido que pudo. Al entrar, lo recibió un devorador de serpientes, que se lanzó al guerrero como lo haría un sapo que se zambulle en un estanque lleno de deliciosos mosquitos. El devorador lo tomó del cuello y procedió a estrangularlo con todas sus fuerzas. Ezrabet Azet estaba tan cansado que su resistencia menguó. Antes de perder el sentido escuchó el zumbido de una flecha, y otro más, y otro.

La rapidez y la precisión de Tintaraz acabaron con la batalla y salvaron a muchos de los que se encontraban en la entrada del túnel de la casa del flanco norte. Su puntería infalible, su ojo implacable, y la fuerza de sus flechas envenenadas acabaron con los últimos devoradores de serpientes y los hombres del norte. Ese día, por segunda ocasión, Lumia abrazó a Ezrabet Azet con una ansiedad que no había conocido antes en su vida. Se encontró tan afligida, que apenas pudo hablar, o lo hizo con sollozos incomprensibles. Llevaron de inmediato al general Azet a la casa de la reina. Estaba tan malherido que muchos lo dieron por muerto, pero no así Lumia, no, ella haría todo lo posible por salvarle la vida.

—Te necesito aquí —sollozaba Lumia—. No puedes dejarme sola, Ezra, no puedes —sollozaba.

La reina Izahar acariciaba la cabeza de Lumia, mientras avanzaba en la cama de una carreta, rumbo a la Casa Real. La madrugada era fría. La luz del alba iluminaba los cuerpos de los muertos a través de buena parte de la muralla. La desolación florecía como un campo de amapolas rojas al inicio de la primavera. La nieve caía o dejaba de caer.

En distintos puntos de la ciudad amurallada hubo luchas intermitentes. Fue así hasta que, antes de llegar la mañana, la puerta de la entrada cedió a las llamas y cayó con un estrépito espantoso. Los hombres de Mahut tomaron entonces el primer patio de la ciudad. Y aunque los arqueros de Trunaibat atacaron desde las segundas almenas, la esperanza de sobrevivir al ataque menguó para casi todos.

—Se acerca la hora —dijo Lobías Rumin a Ballaby desde algún lugar de las segundas almenas.

—No temo a la muerte, Rumin —le aseguró Ballaby.

—El viento sopla desde el norte y desde el este, By —musitó Lobías—. Parece que todo se desvanece, que estamos perdidos, pero no creo que sea así. Aún no. Si me preguntaras si creo que estamos solos, te diría que no, que solamente lo parece, querida By, pero que no estamos huérfanos en esto. No pelearemos solos.

Ballaby apretó la mano de Lobías y luego lo abrazó con todas sus fuerzas.

—Para eso estoy aquí, Rumin, para eso he venido hasta aquí, para decirte que te creo, que ha llegado tu hora.

# PARTE 10
# LA TEMPESTAD

# 75

En la oscuridad, una silueta se acercó a otra, que miraba hacia el sur.

—¿Cómo te encuentras?

—Estoy bien, señora. He recuperado mis fuerzas y mi magia.

—Ha sido un duro trayecto.

—Lo fue, pero estoy listo. Y mis hermanos también lo están.

—Lo que les espera es un viaje más largo aún. Lo hicieron una vez otros como ustedes, hace muchos años. Lo sabes, no tengo que decírtelo.

—Conozco el camino, mi señora, y mis hermanos también lo conocen. No tenemos miedo.

—¿Están listos para partir? Ya amanece.

—Lo estamos.

—Entonces que la luz y la fuerza que creó el Árbol esté con tus hermanos y contigo, Señor del Viento del Este.

—Así será —musitó Balfalás—. Así será.

En la llanura frente a la ciudad amurallada de Eldin Mayor, el viento frío congeló las hojas de los árboles a su alrededor. La tierra se volvió dura como el hielo. Incluso el fango perdió su consistencia y encontró la dureza en la resequedad provocada por el aire gélido. El rey Mahut, sin embargo, no quiso ponerse abrigo, tampoco permanecer en la carpa que prepararon para él como aposento. Salió al campo, donde sus hombres estaban formados.

—¿Qué dices, Hamet? —preguntó Mahut al mago de la niebla.

—La mitad de tu ejército ni siquiera ha entrado en batalla —repuso Hamet—, pero ya hemos conquistado el segundo patio. Los conejos están a punto de abandonar la madriguera. La victoria es cuestión de tiempo. Quizás esta noche cenemos en la casa del rey enemigo.

—¿Eso crees tú, Bartán?

—Es lo que creo, mi señor —respondió el capitán Bartán.

—¿Se sabe algo de Anrú? —preguntó el rey.

—Nada —respondió Ehta—, nada concreto, pero siento que mi padre nos ha abandonado. No escucho su voz dentro de mí, mi señor.

—¿Qué dices a eso, Hamet? —quiso saber Mahut—. Sería penoso que no contemplara la gloria de nuestra venganza, cuando, al principio, era el único que creía en ella. Por él estamos aquí.

—Estamos aquí porque mi rey quiso venir —dijo Hamet.

—Él lo ideó todo, Hamet. Él me habló de la antigua guerra, él me hizo conocer lo que pasó nuestro pueblo al marcharse de su nación convertida en un valle de nieblas malditas, gracias a la magia más oscura; él me dijo que la venganza era nuestro derecho. Fue *él*. Mi único logro fue aprender a confiar. Dime, Hamet, mago de la niebla, ¿qué piensas de lo que dice esta hechicera? ¿Acaso habla confundida por el temor?

—No tengo ninguna certeza —confesó Hamet—, nadie la tiene; pero es verdad que no encuentro la voz del señor Anrú en el viento, ni en mi sueño, y lo que temo y lo que dice mi intuición, es que en efecto nos ha abandonado.

El rey Mahut asintió. Su rostro endurecido era un reflejo del suelo que se congelaba bajo sus pies. Cerró los ojos, pero al instante los abrió y miró hacia la amurallada ciudad.

—Ataquemos con todo nuestro ejército —dijo Mahut, ansioso—. Ya basta de asedios inútiles. Envía tus bestias, señor de los Jamiur, y tú las tuyas, Bartán, y que no quede con vida uno solo de los enemigos. Luego los quemaremos con todo y su ciudad, y el humo que emane de sus cuerpos será como una niebla más oscura y maligna. ¿Me han escuchado bien?

—Cada palabra, mi señor —dijo Bartán.

—Cada palabra, mi señor —repitió Vanat.

—Que así se haga, entonces —sentenció el rey Mahut.


Lobías Rumin estiró su látigo, que colocó sobre una mesa. Lo observó con detenimiento, preguntándose cómo era posible que alguien pudiera tejer esas costuras que no mostraban una sola fisura. Era liso, tenso, liviano, pero a la vez, parecía indestructible. Una magia imperecedera e incomprensible para Lobías Rumin habitaba en aquel artefacto que, desde su aparente insignificancia, podía convocar tanto poder.

—Tintaraz pudo ver una hermosa tienda más allá de las máquinas de guerra y las tropas —dijo Ballaby—. La tienda de un rey, posiblemente. O de un general, al menos. Si es así, ése debe ser tu objetivo. Estoy segura de que eso bastará para llevar la guerra fuera de la ciudad.

—¿Dónde están los ralicias? ¿Lo sabes, By? —quiso saber Lobías.

—Combaten detrás de las barricadas de la avenida central. Resisten. Son fuertes, y valientes. Todos hablan de la habilidad de Tintaraz con el arco.

—¿Lo has visto?

—Lo he visto —respondió By—; sus flechas eran las únicas que alcanzaban a las máquinas de guerra. Puede ser muy útil. No fallará si el blanco es el adecuado, sea un general o un rey.

Lobías vendó sus muñecas, un vendaje leve, el suficiente para conferirle buen soporte; y amarró su calzado, unas botas que rodeó con una cuerda de cuero. Empuñó su espada e hizo un par de movimientos con ella, antes de dejarla en el cinto.

—Es posible que los brujos se encuentren protegiendo a su rey.

—Si es que es un rey.

—Debe serlo, estoy convencida —dijo By—. Lo que ha sucedido es demasiado monstruoso como para que el rey haya sólo enviado emisarios. Tiene que estar allí afuera, con su ejército. Es lo que creo, y si mi intuición no me engaña, es lo que sé.

—¿Te lo dice tu corazón vidente, By?

—Me lo dice algo que no entenderías, algo que ni siquiera yo misma comprendo, ni mi madre. ¿Confías en mí, Rumin?

—Sabes que sí. Y tú, ¿confías en mí, Ballaby de Or? ¿Confías en que regresaré?

—Sí, confío en ti con todo lo que soy —respondió la jovencita, mientras tomaba a Lobías por el hombro. Rumin pudo sentir la mano cálida de la chica, fuerte, llena de energía y de confianza. Una mano que era un consuelo para él, tanto como su mirada fija, y la expresión de su rostro, que no era rígida, pues esbozaba una sonrisa atenuada, una emoción guardada en alguna parte entre el corazón, la garganta y la boca.

—¿Y bien? —dijo Lobías, y tomó su látigo.

—Que la luz y la fuerza del Árbol sean contigo, domador —musitó By.

—Que así sea —repitió Lobías, y entonces atrajo torpemente a By hacia sí.

No llegó a abrazarla, porque antes se separó de ella y tocó con su mano la frente de la chica, antes de darse la vuelta y caminar en dirección a la puerta. Ballaby lo siguió. Lobías Rumin salió del salón, caminó hasta el patio cercano, donde se encontraba su caballo junto a una pila rebosante de agua. Montó de un salto al animal y luego se inclinó para hablarle con dulces palabras:

—Muéstrame tu fuerza, buen muchacho.

El caballo relinchó, como si pudiera entender lo que le decía Lobías Rumin.

Muy cerca se levantaban las llamas del segundo patio. El fuego se extendía por las torres y las casas aledañas. Los Jamiur volaban bajo o caían en picada atacando a los soldados de las almenas. En alguna parte, hacia el este, sonaban las campanas. Los ecos de la batalla llegaban hasta ellos, una mezcla de choques de espada y gritos o lamentaciones.

—La ciudad ha caído en el caos —dijo By.

—Lo sé, pero todo está por cambiar —afirmó Lobías Rumin—, ahora el caos será la tempestad y la tempestad soy yo.

Los soldados del rey Mahut avanzaban sin piedad. En cada calle y callejuela había enfrentamientos, y los incendios se extendían por las casas junto a los muros exteriores de la muralla. Ni un solo hijo o hija de Trunaibat que pudiera cargar un arma se encontraba fuera de la batalla. Muchos fabricaban barricadas juntando carretas, puertas o lo que estuviera a su alcance. Detrás, se arremolinaban grupos de soldados trunaibitas, intentando frenar el ataque del ejército de la niebla.

Lobías Rumin avanzó por las calles hasta la avenida central, donde se encontró con Tintaraz, a quien buscaba.

—Señor de los bosques —lo llamó Lobías.

Tintaraz dejó su puesto, tras una barricada, y acudió al llamado.

—¿Acaso vas a la región más allá de la niebla, señor? —preguntó Tintaraz—. Porque, si es así, creo que pierdes el tiempo, ningún ejército podrá venir a salvarnos esta noche. Ni los caballeros de Or ni los miserables detrás de la muralla invisible.

—No voy a ningún norte, señor Tintaraz, no pienso huir de aquí —exclamó Lobías.

—Las gentes que se guarecían en las casas refugio de ambos flancos están saliendo ya hacia escondites en el Bosque Sombrío y la cordillera nevada, pero será inútil —siguió Tintaraz—. En unos días, serán carne de Jamiur o los cazarán fácilmente los soldados enemigos.

—¿Qué quieres decir con todo esto, señor Tintaraz? —preguntó Lobías—. ¿Acaso lo que me dices es que estamos perdidos? ¿Es lo que crees?

—¿Acaso no lo estamos? —preguntó el Señor del Bosque, con una sonrisa.

—Es posible que tengas razón, pero eso no debería detenernos —dijo Lobías, y agregó—: ¿quieres venir a dar un paseo?

—Siempre me gustaron estas tierras —convino Tintaraz—, la llanura frente a la ciudad, sus arbustos llenos de bayas dulces o sus bosques de pinos alrededor. Sin duda es un buen lugar para dar un paseo. Oh, sí. Hay riachuelos por allí, bulliciosos y llenos de buen pescado. Muy recomendable.

—Así me dicen —confirmó Lobías Rumin—, ¿Viene conmigo, entonces, Señor del Bosque Sombrío?

—No me lo perdería por nada —sentenció Tintaraz.

El Señor del Bosque buscó un caballo y se unió a Lobías Rumin. Ambos cabalgaron hacia una entrada en el borde oeste de la muralla. Al salir de la ciudad, se encontraron frente a una sucesión de colinas con pinares. Les asombró descubrir que nadie andaba por allí, ni soldados enemigos ni amigos. El frío que los recibió era gélido como si fuera la mitad del invierno.

—Que no te moleste este frío que nos ha recibido —anunció Tintaraz—. El viento sopla del norte, Lobías Rumin.

Los jinetes que llegaban del norte atravesaron el Valle de las Nieblas con los ojos cerrados, pues conocían el camino. Corrieron a la orilla de Eldin Menor. Avanzaron por un estrecho olvidado entre dos montañas de la cordillera nevada. Y ni ellos ni sus caballos se sintieron fatigados en aquel recorrido tan extenso. Pronto observaron el reflejo del fuego y oyeron el fragor de la batalla. El sol rojo emergió en la lejanía de oriente, anunciando el nuevo día. Les sorprendió escuchar los gritos de los Jamiur, pero no temieron a ellos, pues no temían a nada. Ni siquiera de la muerte, pues conocían la muerte y la desesperación y sobrevivieron a ambas.

Las patas de sus caballos levantaban la brisa y sus oraciones convertían la brisa en viento que soplaba haciendo sonar las ramas de los árboles al frente y a su alrededor. La nieve retrocedía al encontrarlos. El ruido de su llegada resonó a través de la pradera y quien tenía oídos para escuchar, escuchó.

Ballaby de Or subió a una de las torres en la casa de los reyes. La señora Izahar le pidió que no lo hiciera, pues los Jamiur no cesaban su ataque y se expondría a un peligro innecesario.

—No puedes estar allí, preciosa niña —le suplicó la reina.

—No puedo no hacerlo, su alteza —fue la respuesta de Ballaby.

La chica necesitaba saber qué sucedía con Lobías Rumin, no podía estar tranquila abajo, en la oscuridad, guiada únicamente por su propia intuición. Así que subió las escalinatas hasta la cima de la torre. Justo al subir, el ala de un Jamiur pasó junto a ella, pero también el cuerpo hecho vértigo de un dragón dorado. Ballaby sintió, más que alivio, una repentina alegría, al comprobar que los dragones estaban luchando. Pero su sonrisa se borró cuando contempló la batalla que se extendía por las avenidas y las callejuelas, los techos y los patios y las plazas. El caos y la sangre llenaban la ciudad de muerte y perdición. La mirada de Ballaby se extravió un momento, pero entonces reaccionó y miró más allá, a la llanura que se abría detrás de la muralla. Fue ella la primera que descubrió la columna de jinetes que se acercaba desde la cordillera.

—Oh, sí —musitó Ballaby de Or, y sus ojos se llenaron de asombro y de lágrimas.

Una trompeta sonó y luego muchas otras. Al escuchar el llamado, los soldados del país de la niebla se replegaron y empezaron a salir de la ciudad, sin entender qué ocurría, cuál era la razón del llamado. Pronto, dentro de las murallas sólo permanecieron algunos hombres del norte y devoradores de serpientes, que no comprendieron, al no ser instruidos milicianos, lo que significaba el toque de las trompetas. Hubo que enviar mensajeros por ellos y sólo se marcharon cuando se encontraron perdidos, superados en números por los ralicias y los soldados trunaibitas.

Pese a la confusión, Bartán pudo reunir a su inmenso ejército en la llanura. Vanat, por su parte, llamó a sus Jamiur y estos acudieron hasta donde se encontraba su señor. Hamet y Ehta se prepararon para luchar juntos. Y las máquinas de guerra giraron con enorme lentitud y se situaron de cara al norte. Incluso el rey Mahut se preparó para la batalla. Vestido con atuendos de guerra, subió a su caballo y se hizo rodear por una escolta de veinte hombres.

—¡No vamos a desfallecer ahora! —gritó el rey—. ¡Solamente son una columna de pocos hombres! ¡No podrán hacer mucho contra nosotros!

—Será así, majestad —le aseguró Bartán.

—No vamos a temer en este momento de gloria, mi señor —dijo Hamet—. Nadie es más poderoso que nosotros en esta tierra. Nadie podría serlo. Somos dueños de la magia y la destrucción.

—Lo creo así —sentenció Mahut.

—Y es así —convino Hamet.

Los jinetes de Bartán avanzaron al frente. Los estandartes ondeaban con el viento. El sonido de las muchas trompetas encendía el campo de batalla, pues los guerreros respondían con gritos. Los caballos del ejército de la niebla eran altos y robustos, de patas fuertes. Sus hombres estaban llenos de confianza, lo mismo que sus capitanes. Sus arqueros y soldados de a pie se quedaron atrás, en medio de las máquinas de guerra. Juntos formaban un bloque enorme, terrible, que hubiera bastado para echar atrás cualquier intento heroico. Junto a Bartán, cabalgaba Vanat. Y sobre ambos, los Jamiur chillaban o emitían espantosos gritos. El cielo se ensombreció. El mecanismo de las máquinas de guerra se activó y las flechas asomaron sus puntas, listas para llenar el cielo con su afilado espanto.

En la retaguardia, el rey Mahut contempló, orgulloso, lo que habían construido durante años de esfuerzo, aquel ejército enorme, implacable, entrenado para la victoria. Pensó en Anrú, en su madre, en su país, que era un páramo rodeado por las nieblas perpetuas, y también pensó en la posteridad, en la gloria del retorno y la venganza, y en lo que se diría de él cuando ya no existiera, cuando su tumba se convirtiera en un lugar de peregrinación. ¿Qué le importaba realmente? ¿Su propia gloria o la gloria de su pueblo? "Mi pueblo", musitó para sí, sin dejar crecer la duda que latía en el fondo de su consciencia. El aire frío erizó su piel. En el cielo, las nubes grises se electrificaban por los relámpagos en su interior. Y el rey Mahut asintió como si respondiera una pregunta. La pregunta lanzada por uno de sus ancestros.

Lobías Rumin avanzó junto a la muralla y fue sólo un poco antes de salir a la llanura cuando notó la llegada de los notables visitantes. Cabalgó entonces en esa dirección, seguido de Tintaraz, y muy pronto se encontró junto a ellos.

—Lobías Rumin —lo saludó Balfalás—. ¿Acaso se dirigían solos a la batalla, señor?

—Únicamente dábamos un paseo por la llanura —respondió Lobías.

—No dudo de que sea un buen día para pasear por esta hermosa llanura —continuó Balfalás—. Pero creo que no les haría mal nuestra compañía.

—Oh, no, al contrario —musitó Rumin.

—¿Está listo tu látigo, domador? —preguntó Balfalás.

Lobías Rumin sacudió su látigo. En su punta, la brisa se volvió un pequeño remolino, que se disipó al instante.

—Tan listo como nunca —respondió Lobías.

—Entonces cabalguemos juntos llevando la tempestad y la gloria —exclamó Balfalás—. ¡Domadores!

Al grito de Balfalás, sus hermanos levantaron sus látigos. Y en un gesto unificado, cabalgaron juntos a la batalla.

La columna de domadores avanzó a una velocidad frenética, haciendo girar sus látigos. Por su parte, las máquinas de guerra lanzaron su ataque cuando estuvieron a su alcance, que fue muy pronto. Los domadores desataron sus bestias de vientos, atrapando las flechas y las lanzas, que cayeron al suelo ya enfangado, inútiles. Los caballos de los jinetes del viento las quebraron al pasar sobre ellas. La caballería de Mahut avanzó entonces y también los soldados, que gritaron llenos de rabia, para llenarse de valor. Los domadores atacaron juntos. Cada uno hizo girar su látigo y cuando lanzaron sus tornados no lo hicieron sobre la caballería que se acercaba, sino en un lugar indeterminado, frente a ellos, todos a la vez, juntándose para provocar un tornado enorme, una tempestad de viento que arrasó a la caballería como lo haría un tsunami terrible que entra en costa abierta.

Mahut y sus capitanes entendieron muy pronto a quienes se enfrentaban. Era una magia distinta, real y terrible.

—¡¿Dónde está Anrú?! —gritó el rey—. ¡¿Dónde está Anrú?!

—Anrú no está, pero estoy yo, mi señor —dijo Hamet, que ya sostenía su báculo. Era una pieza de metal que había pertenecido a un antiguo fundador de su orden.

Ehta, que se encontraba junto a él, se negó a pelear junto al brujo. Tomó un caballo, subió y cabalgó en dirección a la costa, en busca de los barcos que fondeaban allí. Hamet observó a la bruja desde cierta distancia. Se sintió ofendido por la huida de Ehta, pero no tenía tiempo para lamentaciones.

—Trae a tus bestias y sígueme —pidió el mago a Vanat.

Vanat hizo lo que el otro le pedía y avanzaron juntos entre las máquinas de guerra.

En la retaguardia, Bartán se acercó al rey.

—No entiendo este extraño poder —dijo Bartán. Mahut no respondió. Su rostro era otro, sus ojos, sombríos, miraban sin mirar, como los de un cadáver—. Señor —insistió Bartán—, es posible que debamos volver a los barcos.

—¿Qué barcos, joven Bartán?

—Los nuestros, señor —repuso Bartán—. Nuestros barcos están listos, no han dejado de estarlo.

Mahut se inclinó y pasó su mano sobre una pequeña flor cubriéndola con su sombra. Donde se encontraban, la tierra estaba hecha fango ya.

—Una pequeña flor en medio del fango ¿te das cuenta? —dijo el rey—. No puede ser casual. Es lo que hemos hecho nosotros, levantar un imperio en medio de la niebla, una luz en la oscuridad. Eso tiene un mérito que no podemos medir aún. Somos fuertes. *Muy fuertes.* No hemos crecido en medio de estos valles, al lado de estos mares luminosos, entre estas montañas donde el sol calienta todo el año. No, señor, hemos crecido en medio de la tierra yerma. Y hemos venido hasta aquí por lo que es nuestro, por lo que le fue arrebatado a nuestros ancestros hace mucho, y ahora vienes a decir que quizá debamos retroceder y volver a un barco. ¿Eso me dices, capitán?

—Pero, señor... —musitó Bartán—, no lo he dado por hecho, es una posibilidad, nada más.

—Guarda tus miserables posibilidades, capitán —dijo Mahut, con acritud, sin mirar a su capitán—. Prefiero morir en el campo de batalla que vivir el resto de mi vida recordando y sufriendo cada uno de mis malditos días por una derrota. ¿Acaso no es mejor la muerte que la derrota, capitán?

—Lo que usted diga, mi señor —exclamó Bartán, que dio la espalda al rey y subió a su caballo.

Hamet avanzó junto a Vanat. Y fue así hasta que un grupo de tres domadores rodearon al mago, entre ellos Balfalás. Vanat lanzó contra ellos dos de sus Jamiur, al tiempo que se replegaba buscando un ángulo donde atacar, pero entonces, muy cerca, descubrió a uno que ya conocía, y dejó atrás al mago y fue tras él. Mientras tanto, Hamet partió en dos a las bestias de viento con la que lo atacaban los domadores. El mago era poderoso. Rompía el viento con facilidad y lanzaba golpes con su báculo, que se estrellaban contra los caballos de los domadores, y contra los domadores mismos, sin necesidad de tocarlos. Los empujaba o hacía que se estrellaran contra un muro invisible.

Balfalás comprendió el poder del mago, pero no pretendía desfallecer. Los tres domadores rodearon al mago y lanzaron sus ataques, esta vez, de manera intermitente. El mago movía su báculo creando un círculo a su alrededor, quebrando el viento. Ni los domadores se detuvieron ni el mago lo hizo durante un buen tiempo, como si fuera una competencia de resistencia. Pero el mago contraatacó lanzando a uno de los domadores contra el suelo, sobre unas piedras que se encontraban a unos metros, a su espalda. El guerrero cayó sobre su cabeza doblándose el cuello. Balfalás cargó entonces contra Hamet, pero éste lo recibió con un golpe fuerte de su báculo. El tercer domador, atento a lo que ocurría, desató su bestia de viento en el momento justo, cuando el mago se encargaba de Balfalás, y su bestia de viento pudo atraparlo. El tornado giró e hizo girar a Hamet, levantándolo del suelo. Balfalás se sacudió el fango y la nieve, y volvió al ataque. Arrojó su bestia sobre el mago, que no pudo resistir la fuerza del viento, y se abrió formando una especie de equis, con las piernas y los brazos extendidos. El mago intentaba decir algo, pero escucharlo hubiera sido imposible. Sus labios temblaban, lo mismo que sus dedos. Su báculo flotaba dando vueltas sobre su cabeza. El mago trató de unir sus extremidades. Algo hizo que el viento disminuyera su aceleración, tanto que Hamet pudo mover sus brazos y estirarse para recuperar su báculo. Estaba por asirlo cuando una flecha lo atravesó. La punta se enterró limpiamente en el corazón de Hamet. Balfalás miró hacia atrás, y se encontró con Tintaraz, quien disparó una segunda flecha. Y luego, otra más. Ambas se clavaron en el cráneo del mago. Cuando los domadores hicieron disminuir a la bestia de viento, liberando al mago, Hamet ya estaba muerto.

Los domadores siguieron atacando sin respiro. Sus bestias de viento barrían a los soldados del país de la niebla, pero eran tantos que pronto sus ataques no fueron tan efectivos como al principio. Las máquinas de guerra que aún funcionaban disparaban hacia sus posiciones, y si bien la mayoría lograba evadir las lanzas y las flechas, algunas alcanzaron a los caballos. Y a pie perdían gran parte de su poder, pues no podían moverse con la rapidez adecuada.

Balfalás comprendió que la batalla estaba resultando menos afortunada en ese momento. Trató de formar a sus hermanos, para atacar todos a la vez. Balfalás sabía que, cuando conjuraban la tempestad de viento, su efectividad era evidentemente mayor. Comprendía que debían unirse y atacar las máquinas de guerra. Así que los convocó a todos, menos a Lobías, que se encontraba sumido en su batalla particular. Cuando los domadores se encontraban tras él, Balfalás le indicó el camino.

—¡A las máquinas! —gritó Balfalás—. ¡Las máquinas!

Y los domadores fueron tras ellas.

Lobías Rumin soltó un grito y sus dragones dorados chocaron en la altura contra los Jamiur. Abajo, en la tierra, Lobías corrió hacia Vanat. Ambos eran muy distintos al día que se conocieran en medio del Valle de las Nieblas. Pese a ello, ninguno tenía duda sobre quién era el otro.

Vanat cargó contra Lobías, acompañado de uno de sus Jamiur, pero Rumin desató una bestia de viento con su látigo, que lanzó al Jamiur, atrapándolo como una red lo hace con un banco de peces. El Jamiur giró sobre sí mismo en la altura, tan fuerte que sus alas se despegaron de su cuerpo. En segundos, cayó sin vida con estrépito sobre el fango.

—Maldito —gritó Vanat, y sacó su espada y atacó Lobías. A su ataque, se unió Jozof, su escudero.

Lobías Rumin desató otra bestia de viento y la lanzó contra Jozof, que quedó atrapado en ella. Pero no pudo evadir el ataque de Vanat, que lo embistió con su caballo y lo hizo caer. Aterrizó sobre un jardín de flores. Su espalda quedó llena de restos de diminutos pétalos morados. A pesar del momento en que se encontraba, Lobías percibió el aroma tan potente y, en un atisbo de extraña lucidez, pensó en el nombre de aquellos brotes, amatumizur. *"¿Té de qué?"*, preguntaba su abuelo, mientras se acercaban a Porthos Embilea en un pequeño barco de madera. *"Amatumi… ama… amatumizur"*, decía el niño. Y el abuelo sonreía a carcajadas. Y toda esa imagen, ese recuerdo, fue un relámpago que atravesó la mente de Lobías Rumin, que se levantó y giró sobre sí mismo, dejando todo atrás, el dolor y el recuerdo.

Vanat se lanzó de su caballo a la vez que intentaba golpear con su espada a Lobías. Rumin pudo esquivarlo, agachándose y girando el cuello. Contraatacó con su látigo, con el que golpeó la mano de Vanat, que gritó al sentir el peso implacable del golpe. El látigo le quemó el antebrazo, le dejó una marca roja semejante a la de un sello de metal encendido. Con el golpe, Vanat soltó su espada. Lobías volvió a atacar con su látigo, que se estrelló primero, y se enrolló después, en el cuello de Vanat. Él, por su parte, recogió su espada y avanzó hacia Lobías, pero Rumin tiró de su látigo y lo hizo caer.

—Me ha dicho Li que la has molestado —comenzó Lobías su discurso a Vanat.

—Y lo haré más a mi vuelta por ese sitio inmundo que llaman Eldin Menor —respondió Vanat, al tiempo que tomaba el látigo enemigo con su mano y comenzaba a golpearlo con su espada, sin conseguir romperlo.

Sin previo aviso, dos dragones aparecieron en el cielo, y cayeron en picada. Su ataque, que ni siquiera esperaba el mismo Lobías, fue repelido por dos Jamiur. La lucha a poca altura fue encarnizada. Y también lo fue el embate de Vanat a Rumin, cuando pudo zafarse del látigo. Las espadas chocaron una y otra vez, pero no por mucho tiempo. Lobías logró bloquear un golpe, evadir otro con un movimiento de cabeza y golpear con su espada el muslo de Vanat, lo que hizo perder el equilibrio al guerrero de la niebla. No cayó, pero, por un instante, cuando intentaba reponerse, descuidó su flanco derecho; entonces Lobías le clavó su espada bajo las costillas y asestó luego un golpe de látigo contra el cuello, donde se enredó y entonces el domador pudo tirar de él. Vanat cayó al fin desvanecido. Rumin volvió la vista atrás, al cielo, donde las bestias de la niebla combatían contra sus dragones, y luego observó a Vanat, malherido, tratando de desenrollar el látigo. Lobías supo lo que tenía que hacer. En un gesto terrible hizo girar su látigo, y éste cercenó el cuello de Vanat, separando la cabeza de su cuerpo. Lobías Rumin no quiso mirar y caminó alejándose de ahí.

Con su señor muerto, los Jamiur emitieron a la vez un grito desolador que erizaba la piel, pero, en lugar de atacar, huyeron despavoridos hacia el norte, buscando su terrible nido en la oscuridad, en mitad del Valle de las Nieblas.

Los dragones y Lobías Rumin atacaron juntos al ejército enemigo. Mientras Balfalás y los otros domadores se hacían cargo de las máquinas, Rumin desató ante los soldados invasores una tempestad de fuego. Los dragones volaban a poca altura y cuando escupían sus llamas candentes, Lobías las atrapaba con su bestia de viento y las lanzaba contra los hombres de Mahut. Rumin corría a través de la llanura lanzando aquel ataque mortal, como una figura terrible, como la muerte convertida en un hombre; lo hacía sin cesar, gritando una letanía incomprensible, que eran las frases leídas en el libro del Árbol y que hacía que sus dragones lo siguieran. Con las máquinas fuera de combate, Balfalás y los otros se unieron a Lobías y provocaron juntos un tornado monumental, el cual alimentó y condujo el fuego de los dragones que aniquiló casi por completo al ejército de Mahut. Restos de ceniza se formaron sobre la planicie que, al soplar del viento, imitaron una especie de polvo de niebla, igual que si se levantara una tormenta de arena en un desierto gris. Pronto, los soldados sobrevivientes huyeron hacia el oeste, a los barcos. Y la lucha se convirtió en una celebración por parte de los eufóricos domadores.

En medio de aquella desolación sombría, observaron a un hombre de pie junto a su caballo, rodeado por una veintena de hombres. Balfalás y Lobías y también Tintaraz cabalgaron hacia ellos. Era, sin duda, una extraña imagen. Tan inesperada como incomprensible.

Cuando los domadores se encontraban muy cerca, los hombres soltaron sus armas y corrieron en dirección al puerto.

El rey Mahut se quedó solo y tomó como un acto de dignidad no girar el cuello para ser testigo de la huida de sus hombres, ni abrió la boca para maldecirlos. No hizo nada, salvo levantar su espada, lleno de orgullo.

—Si son tan valientes como se cuenta, me darán la oportunidad de pelear contra ustedes —dijo Mahut—. Uno a uno.

—¿Quién eres? —preguntó Balfalás.

—Mi nombre es Mahut, rey del Valle de las Nieblas, como lo fue mi ancestro, Mahut Rey.

—He escuchado ese nombre —exclamó Balfalás.

—Y yo —agregó Tintaraz.

—Yo también —dijo Lobías Rumin.

—He venido hasta aquí por la venganza o la muerte —dijo Mahut—. Y si he de encontrar mi fin, no temeré.

—¿La venganza? —musitó Tintaraz.

—Has oído bien, seas quien seas —dijo el rey.

—Alguien te ha engañado durante mucho tiempo, señor rey de la niebla —espetó Tintaraz.

—Sin duda es así, señor —agregó Balfalás.

—Sé lo que están haciendo y malditos sean por querer engañarme con vanos discursos y vanas mentiras —gritó Mahut, fuera de sí—. No los escucharé. No los escucharé, sembradores de muerte.

Mahut levantó su espada, pero, en lugar de atacar a los domadores, la clavó en su propio estómago. Lo hizo con todas sus fuerzas. La espada estaba tan afilada, que lo atravesó sin esfuerzo. Y el rey Mahut se desangró sobre su caballo, y poco después cayó desvanecido, muerto, sobre la ceniza y la sombra, en la llanura frente a la ciudad amurallada de Eldin Mayor, bajo el sol y ante la mirada de Tintaraz, Señor del Bosque Sombrío, y un grupo de domadores de tornados, entre los que se encontraba el joven Lobías Rumin, a quien, poco después, sus hermanos bautizarían con el tan largo nombre de Lobías Rumin, domador de tornados y Señor del Viento del Norte.

# EPÍLOGO

Lobías Rumin y Ballaby de Or visitaron la casa de las nueve señoras poco después del fin de la gran batalla. Pasaron allí algunos días, recuperándose de la terrible aventura que acababan de enfrentar. En su estancia en el bosque no hicieron mucho, salvo contar viejas y nuevas historias, comer estofado, beber té y atiborrarse de panecillos, además de pasear entre aquellos árboles, guiados siempre por Tintaraz. By y Lobías bebieron y comieron hasta que el dolor recién vivido fue soportable, colmados por las atenciones de las nueve señoras, especialmente de Elalás. Y fueron días buenos, pero no para todos.

La mayoría perdió a seres queridos o cercanos. Hermanos, padres, madres, abuelos, abuelas, amigos, perecieron bajo el ataque de los hombres del terrible rey de la niebla. Desde la isla de Férula hasta Eldin Menor, no hubo nadie en Trunaibat que no pasara por el terrible terror que infundió la guerra. Una guerra que llegó a todos como si se tratara de una avalancha que baja sin avisar por las montañas arrasando todo a su paso. Porthos Embilea fue devastada,

Eldin Mayor, destruida, y muchos pueblos que quedaban a la orilla de los caminos, saqueados o quemados. Había tanto por reconstruir, empezando por el alma y el buen ánimo de los trunaibitas.

Entre las cosas buenas, si es que una guerra puede dejar algo que pueda llamarse así, se encontraba la tan estimada restauración de la amistad entre los ralicias y los trunaibitas. Y también pueden contarse entre estas pequeñas dádivas, por las que muchos dieron gracias, el restablecimiento de la salud de algunos heridos. Entre ellos, Ezrabet Azet. Durante muchos días, el general trunaibita estuvo perdido en la oscuridad. Cuando finalmente despertó y la fiebre de las infecciones por las tantas heridas sufridas lo abandonaron, pudo recuperarse con bastante rapidez. Recuperarse y vivir una buena vida en compañía de Lumia, de quien no se volvería a separar, ni siquiera unos pocos días. Y cada año, cuando su amada volvía de visita a Eldin Mayor, Azet recorría el trayecto con ella, a veces atravesando el Bosque Sombrío o los caminos aledaños, junto al muro de los ralicias; y se quedaba en la ciudad lo que hiciera falta.

Muchas cosas cambiaron para todos. El ejército de Trunaibat volvió a armarse y no abandonaron ni su preparación ni se olvidaron de apostar centinelas, tanto en las islas como en el puerto. Centinelas suficientes, bien armados y entrenados.

La reina Izahar se hizo cargo del reinado de Trunaibat, y fue así durante muchos años, a pesar del dolor que le provocó la muerte de su marido, el rey Vanio. La reina viuda languideció a lo largo de muchos inviernos, pero su reinado se recuerda como uno de prosperidad y renacimiento, pues gracias a su visión, el país pudo levantarse de sus cenizas.

Por su parte, Lóriga y Nu volvieron a Ralicia, y contaron la historia de su viaje en muchas ocasiones, y a quienes los escucharon les pareció una travesía tan asombrosa como extraña. En la medida de sus posibilidades, Nu y Lóriga no se olvidaron de sus nuevos amigos, a quienes visitaron en repetidas ocasiones. Se sabe que atravesaron el Valle de las Nieblas en trece ocasiones, en la última de las cuales Nu fue atacado por un Jamiur, un desafortunado percance en el cual perdió un pie y tres dedos de la mano derecha. Sobrevivió, pero no quiso volver a viajar, y Lóriga no quiso visitar más el Árbol o la Casa de Or sin su compañía. "De aventuras, hemos tenido suficientes ya", dicen que solía señalar la señora ralicia, cuando alguien le preguntaba por su próximo viaje.

En cuanto a Ballaby y Lobías Rumin, la historia no acaba el día que abandonaron la casa de las nueve señoras. Se dice que Ballaby acompañó a Lobías unos días a Eldin Menor y que, más tarde, Lobías acompañó a Ballaby a través de la niebla, hasta la Casa de Or, donde se reunieron con Furth, la señora Syma y el señor Yunar. Y, según se cuenta, Ballaby soñó una vez más con Lobías Rumin, el día antes de que éste tuviera previsto volver a Trunaibat. En su sueño, Ballaby se encontró perdida en el Valle de las Nieblas, sola, ciega, hasta que sintió que alguien tomaba su mano: era Lobías.

—Tenemos que irnos de aquí —le susurró Rumin entonces.

—Tenía tanto miedo —musitó ella.

Entonces despertó.

Al reunirse con Lobías más tarde, ya no tenía dudas.

—No puedes irte de aquí —dijo By a Lobías.

Era una tibia mañana de inicios del otoño. El suelo estaba ya repleto de hojas secas y la brisa fría llegaba desde el sur. En

las colinas pastaban las ovejas. Y, muy cerca, Furth juguetea-
ba con un becerro recién nacido.

—¿Qué quieres decir, By? —preguntó Lobías Rumin en
aquella ocasión.

—No puedes dejarme sola —continuó By—. Ya no. Puedo
comprenderlo, finalmente. Es así, Rumin. Y no tengo otra
manera de decirlo. ¿Me entiendes?

Lobías Rumin sabía a qué se refería By. Tampoco él quería
marcharse, no deseaba alejarse de aquella chica extraña, la
vidente de la Casa de Or, a quien había conocido en la oscuridad de la niebla, pero quien siempre le mostró un camino hacia la luz. No, no lo deseaba, era imposible para él definir qué
sentía por Ballaby de Or. Ni siquiera lo tenía previsto. Pero,
como todo en su viaje hasta el Árbol de Homa, nada estaba
previsto para él y, sin embargo, lo había encontrado todo: un
camino, un destino, una vida.

No se dijeron mucho. No entonces, al menos. Lobías abrazó a By, sin atreverse a más. Y fue la chica quien, tímidamente, se acercó a él y le obsequio un beso, apenas un roce de sus
labios. Una torpe caricia que fue el final de una historia y el
inicio de otra.

—Ya no, Ballaby, no podré irme jamás de aquí —musitó
Lobías Rumin.

—Es lo que te estoy pidiendo, Rumin—dijo Ballaby—. Es
justo lo que te estoy pidiendo.


Y así sucedieron las cosas. Y así pasaron los días, las semanas y
los años, y el mundo cambió y volvió a cambiar, y trajo otras
aventuras, y otras alegrías y tristezas. Y la vida fue buena,
como casi siempre lo es.

Al pasar el tiempo, una sola cosa es cierta: en las tabernas o en el campo alrededor de una fogata, o en las fondas de Porthos Embilea y Eldin Menor o Eldin Mayor o después de una cena, un desayuno o un almuerzo, cada vez más se narra la historia de un tal Lobías Rumin, Señor del Viento del Norte, domador de tornados y Señor de los Dragones; aquél que siguió la ruta de las abejas para llegar al Árbol de Homa, y de lo que encontró en ese viaje, a una vidente llamada Ballaby, con quien pasó el resto de sus días. Y también se cuenta sobre la guerra y el rey que la desató, Mahut, y su temible mago oscuro, Anrú, que sucumbió ante la magia de las nueve Señoras del Bosque. Con el tiempo, algunos personajes desaparecieron para siempre; y otros permanecieron, pero se les recordó de una manera muy distinta, cambiando su naturaleza o su leyenda, como Lóriga, que se le recuerda ahora como una bruja blanca, o Vanat, a quien se describe como un príncipe sin ojos que podía andar a través del Valle de las Nieblas, o Furth, de quien se dice que domó un Jamiur y cabalgó por el cielo y entre las nubes sobre su lomo. Pequeños detalles que no alteraron la historia verdadera. Lo cierto es que la historia de Lobías Rumin contada aquí es la más antigua y, por tanto, podemos pensar que también es la que más se acerca a la verdad de los hechos, sin atavíos innecesarios. Como se cuente en el futuro, no nos incumbe.

Que el viento lleve esta historia de un hijo de Trunaibat adonde deba llevarla, a las regiones glaciales del norte, a las colinas del sur, a las ciudades monumentales del este o a las selvas sombrías en el oeste, y así, a todos los confines de la tierra separados en cuatro puntos cardinales. Que prevalezca en el tiempo como el primer rayo de luz de la mañana, que ha sido siempre el mismo. Y que los seres no olviden el camino hacia el Árbol de Homa. Y que el nombre de los héroes permanezca, hasta el último de los días del mundo.

JORGE GALÁN

LA RUTA
DE LAS
ABEJAS

GRANTRAVESÍA

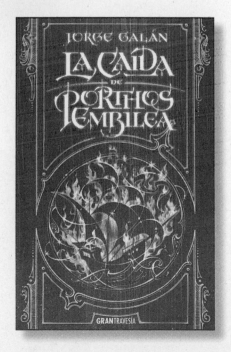

JORGE GALÁN

LA CAIDA
DE
PORFIRIOS
EMBILCA

GRANTRAVESÍA

Esta obra se imprimió y encuadernó
en el mes de octubre de 2022, en los talleres
de Impregráfica Digital, S.A. de C.V.
Av. Coyoacán 100-D, Col. Del Valle Norte,
C.P. 03103, Benito Juárez, Ciudad de México.

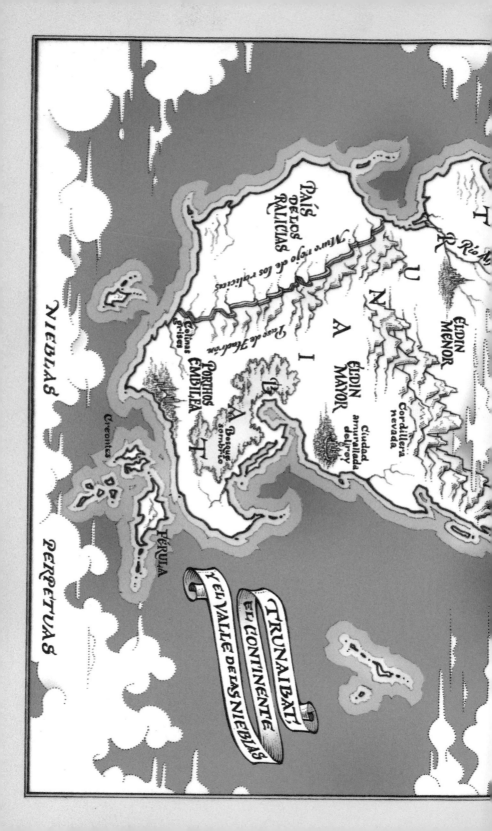